万里敦煌道

上

凉城虚词 著

重庆出版集团 重庆出版社

图书在版编目（CIP）数据

万里敦煌道 / 凉城虚词著. -- 重庆 : 重庆出版社, 2025. 5. -- ISBN 978-7-229-18813-9

Ⅰ. I247.5

中国国家版本馆CIP数据核字第2024SJ5538号

万里敦煌道

WANLI DUNHUANGDAO

凉城虚词 著

责任编辑：钟丽娟　刘　丽

责任校对：杨　婧

装帧设计：荆棘设计

重庆出版集团
重 庆 出 版 社 **出版**

重庆市南岸区南滨路162号1幢　邮编：400061　http://www.cqph.com

重庆出版社艺术设计有限公司制版

重庆市国丰印务有限责任公司印刷

重庆出版集团图书发行有限公司发行

邮购电话：023-61520656

全国新华书店经销

开本：890mm×1240mm　1/32　印张：16　字数：500千

2025年5月第1版　2025年5月第1次印刷

ISBN 978-7-229-18813-9

定价：75.00元（上下册）

如有印装质量问题，请向本集团图书发行有限公司调换：023-61520678

目录

Contents

目 Contents 录

第一章

欢迎回家

三月，乍暖还寒，国际航班的窗外，一缕阳光迎面而来。

连清晖打开纸质笔记本，在最后一页写下一句话——

“爷爷，上机前遭遇第三次袭击，我们从布莱顿机场匆匆离开，檀岩说，对方可能是职业雇佣兵！”

左手边的弟弟连映蔚打着鼾，并不晓得此行的危险。

连清晖将笔记本塞回背包，顺便捏了捏装在里头的经书，确定其安然无恙。

檀岩从过道那边探过身来，压低声音问：“清晖，你确定要去敦煌？”

若是爷爷还活着，连清晖或许还会犹豫。如今知道爷爷为什么郁郁终生，连清晖明白，这辈子他都没法避开“敦煌”这两个字。

“我得找到另外半卷经书，也算是给爷爷一个交代！”

“可是……”檀岩欲言又止，她漂亮的眼睛透着不安，“杨柳他们几个，并不晓得你此行的真正目的……”

“所以，这是我们两个人的秘密，好吗？”

檀岩一愣，无奈地笑着摇头，缩回了自己的座位。

连映蔚“哼唧”一声终于醒来，抖了抖一身肥肉，问连清晖：“哥，到哪儿了？”

“还早，下午六点才能到浦东，睡吧。”

连映蔚坐起身，抬手准备按空乘服务钮，却见一个空乘已经站在了不远处："先生，有什么需要服务？"

"我要一杯……"

连映蔚话还没说完，就见他哥猛地将一杯咖啡朝着空乘泼了出去！

空乘连尖叫都没来得及发出，一阵寒风已经从耳边袭来！

紧接着，不知从哪儿蹿过来的檀岩，一脚踹在了她的脑袋上！

瞬间，空乘左耳"嗡"一声，只觉得天旋地转！随即一头砸在了座椅扶手上，惨叫一声，贝雷帽甩在了连映蔚的脚下！

连映蔚这才看清楚，这空乘居然是个男人！

还是追了他们好几个月的老熟人！

假空乘手脚功夫不错，当机立断爬起来后撤几步，一把拉开头等舱隔间门就冲了出去！连映蔚大骂一声也想去追，却被他哥连清晖一把揪了回来。

"几万米高空，他能跑到哪儿去？"

话音刚落，檀岩已经盘起头发，卸掉了高跟鞋的鞋跟，跟了出去。

连清晖把背包塞到连映蔚的怀里："拿好它！"

"什么?！谁知道这飞机上还有没有他们的人，你交给我保管?！"

连清晖没搭理他，转身贴在了隔板跟前，就听到经济舱里传来一声高过一声的尖叫，显然檀岩正在那边大展身手。

果不其然，一个老头惊惶失措地冲向头等舱，在隔断外大吼："快叫空保！有人打起来了！"

连清晖按住他，似笑非笑道："先生，您的座位上也有报警按钮，为什么要跑到这里来？"

老头急得满头大汗，后面又有几个乘客吓得退到了这边，老头连忙大喊："是不是有人劫机？"

顿时，机舱内哀嚎一片，闻讯赶来的空乘和空保连忙将情绪激动的乘客安抚下来。

连映蔚瑟瑟发抖地缩在一旁，却发现没有了连清晖的踪影……

“先生，请不要害怕，我们会尽快处理！”

美艳的空乘温柔地安慰连映蔚，连映蔚哭的心都有了，连下巴上的肉都在抖：“早知道就答应妈妈坐家里的专机了……呜呜呜呜……”

空乘：“……”

“先生，”空乘温柔地半弓着腰，“我帮您把背包放到行李架上好吗？”

连映蔚终于流下了眼泪：“不是吧大姐……你们接任务之前，都不做培训的吗？”

空乘脸色一僵：“抱歉，您说的是什么意思，我不太明白……”

“飞机行李架是Overhead Bin，你说的Luggage Carrier是大巴的悬挂行李架啊！你的德国口音真的好浓啊！”

连映蔚气得西瓜头刘海都有些“劈叉”，“专业点啊姐妹！”

空乘冷着脸直起了腰，看到连映蔚满脸肥肉一下子气血上头，咬牙朝着那张脸就是一巴掌，用德语说了句“Misgeburt”（畸形儿）！

连映蔚被打得头晕目眩，当即坐地哀嚎，空乘抬脚就想踹，却被同伴一把推开。

同伴脸上表情还蛮严肃：“他虽然胖，但不是畸形，我们只是拿钱办事！”

空乘翻了个白眼退开。同伴上前从连映蔚怀里一把扯出背包，打开看到了里头的经书。

连映蔚没想到这德国女人手劲儿这么大，他半张脸和眼睛都肿了起来，模糊间看到刚才被他哥堵在外面的老头，竟气定神闲地走了过来。

老头颤颤巍巍地接过经书，疼惜地抚摸着，身后的人立即给他打上手电，递过放大镜。

“没错，是敦煌的经书……”

身后人有些纳闷：“为什么只有一半？”

老头一愣，连忙翻开，果然这绸制的经书边缘，有明显撕裂开的痕迹，说明肯定还有未竟部分！

暴躁空乘一把扯过连映蔚质问，连映蔚大骂一声，朝着外头大喊：“连清晖你给我去哪儿了？”

连映蔚被空乘一脚踹了出去，他挣扎着起身还想去夺经书，就被对方提着脚跟拖出了头等舱，再无声息。

上海，浦东。

机场外的咖啡店里，两个风格迥异的女孩各自玩着手机。

一头大鬈发的姑娘嚼着口香糖，忍不住问对面的女孩：“禾野，那对双胞胎怕不是在骗咱们吧？”

禾野，全名星子禾野，看起来只有十几岁，她眨巴着眼睛，一脸的纯真：“不会吧，你们合作已经有一年多了，连清晖应该不会无缘无故爽约。”

杨柳有些烦躁，看着窗外川流不息的行人和车子，心下觉得不可思议，同时又有些近乡情怯。

这是她第一次“回”到中国，这个只在她爸嘴里出现过的中国，爸爸的故乡，她的故乡。

这里满大街都是和她同样肤色的面孔，每个人都有自己的事要忙，都行色匆匆。

这里不是爸爸说过的那样全是穷苦和冷漠，没有森严和保守，没有顽固和封闭，这里处处都透着不同，却又没什么不同。

杨柳一时说不出这里和纽约究竟有什么不同，却又觉得这种不同，本该就是这样。

星子禾野不晓得杨柳此刻内心在想什么，忽然站了起来，拉着杨柳往远处看。

只见茫茫人海中，檀岩孤身一人，背着双肩包，迈着修长的腿迅速钻进了卫生间。

“叮……”

“叮……”

杨柳和星子禾野的手机同时响起，连清晖的信息准时送达——

“下午三点二十，外滩五号三楼Cookie爵士餐厅。”

对于突然更改会面地址，杨柳已经习惯。

他们这一行，说白了就是互相抢饭碗，没有规则没有秩序，谁拿到手就是谁的。连清晖突然从爷爷那里得来的半张经书，就是所有“货人”眼中的金元宝。“货人”是这几年兴起的名字，统称文物宝藏交易的赏金猎人和收藏家。

杨柳跟着她爸，早在十几岁时就入了行，在美国名声不小。许多收藏家都会雇佣自己的赏金猎人，让其为自己掠宝，杨柳收到过不少橄榄枝，但她却悄无声息地加入了连清晖的队伍，一个平均年龄只有二十五岁的组织——猎宝队！

他们年轻而疯狂，四处寻觅着鲜为人知的传世之宝；他们个个受父母庇荫，家财万贯，从不为了金钱而猎宝；他们张狂而怪诞，全都是些好奇心过重的“熊孩子”！

他们没有后顾之忧，不担心自己的未来，不为生计奔波，看到未解之谜就想刨根问底，这支队伍很快就成了很多人的眼中钉。

午夜的外滩灯火阑珊，爵士餐厅里流淌着沁人心脾的钢琴曲，刀叉轻触在骨瓷上，营造出一派高级而奢华的气氛。

靠窗的餐桌上，三个女孩对视半晌，相顾无言。

杨柳推开红酒，双手环胸蹙眉道：“连清晖究竟在搞什么鬼？”

檀岩无奈摇头："他失踪了，给了我和连映蔚一模一样的背包！"

星子禾野瞬间眼睛一亮："你的背包里装了经书吗？"

檀岩真诚地回道："确实有，但我敢打赌，连映蔚的背包里也有一份经书！"

杨柳心中一动："你是说，他在用你俩掩人耳目？"

"以我对他的了解，应该是这样……"檀岩说着，细心地切割着牛排，"连映蔚已经被他们带走，下一个饵，应当就是我们。"

杨柳和星子禾野瞬间紧张，她们不像檀岩，是连清晖专门雇佣的猎宝队职业经理人，会理财，会野外求生，会格斗，仿佛常年扮演着不同的角色，且从未听说有过败绩。

杨柳提前穿好外套："那现在怎么办？连清晖有没有交代你什……"

她被连清晖发来的短信提示音打断，杨柳看完后诧异地问檀岩："连清晖怎么去了敦煌？"

星子禾野倒是十分理解："敦煌是佛教传播的重要节点，从那里下手，自然更容易找到经书内藏的秘密。"

这时檀岩的手机又响了起来。

"喂？老板！"

连清晖的声音从千里之外传来，因为电流的变声，说出口的话听起来冷漠异常——"带着经书去换我弟弟，告诉他们，带着经书滚出中国！"

那头的连清晖直接挂断了电话，檀岩收起手机，歉意地微笑道："看来需要两位自己前往敦煌了。"

星子禾野一点都不介意，她恨不能打开时空门直接穿越到敦煌去，扑入她魂牵梦绕的宝库。

杨柳简直服了连清晖，可就是连清晖这种雷厉风行又毫无章法的任性，让同行难以捉摸，让猎宝队屡战屡胜。她丢下刀叉就起身，却不小心撞上了刚端来浓汤的服务生！

杨柳穿得性感，一碗玉米浓汤泼在了裙子上，杨柳忍不住惊叫一声，吓得服务生直接上手去擦。

“别碰我！”

服务生这才反应过来，汤洒在了人家的胸口上，当下满脸通红，手足无措地抱歉道：“我会赔您洗衣费，请您原谅我的过失，我真的不是故意的，我……”

“停！”杨柳仗着自己身材高挑，抬手按在了惊慌失措的小服务生头顶。

“你是想帮我吸引所有客人，都来观看我胸口吗？拿上你的餐盘继续工作，我不需要你的赔偿，我接受你的道歉，行吗？”

服务生许是吓蒙了，还是不住地一个劲鞠躬道歉，果然许多人都看了过来，杨柳都能听到有人在窃窃私语。

“不是吧，这年头还有这种为难服务员的？暴发户？”

“别侮辱暴发户，这女人真是蛮横……”

“你们看！”有人轻声道，“服务员都快被她骂哭了！”

杨柳恨不能一脚踹飞这个服务生，干脆转身往外走，星子禾野连忙撕了几张餐巾纸跟上，塞到了杨柳的手里。

杨柳一边暗骂晦气，一边擦怎么也弄不干净的胸口，忽然感觉背上一重，有人给她披了一件外套！杨柳惊诧地转身，就见一个身量高大的男人含笑看着她，“上海的晚风不怎么动人，不介意的话，我送你们出去吧？”

星子禾野呆愣愣地仰头望着眼前长相帅气的男人，看看他，再看看杨柳，突然“咦——”一声，整个小脸蛋瞬间红了起来！

……

连清晖走出机场，三月，敦煌和煦的春风迎面扑来。

他取出墨镜戴上，撩了撩头发，抽出一直揣在屁股兜里的卫生纸，夹在纸中间的正是被塑封起来的经书，看起来就像个旅游纪念品一样。

连清晖一边把玩着，一边自顾自地嘟囔："小老弟，只能辛苦你再被绑票几天了！"

手机响起，如同连映蔚的哀嚎。连清晖坐上出租车后才接通，"喂，你好？"

"好你大爷！"连映蔚的声音隔着几千里远，都能听出几乎要爆肝的愤怒，"你还是不是人？为什么每次都要拿我当肉盾！快叫檀岩来救我！"

连清晖："不是我坑你，恰当的时机出现恰当的人，这是你的宿命也是你的时机！檀岩身手再厉害，也比不过热兵器，乖！"

"长个人样不说人话！"连映蔚大骂，"你给我等着！我要不打死你，我就是你孙子！那半卷经书爷爷又不是只交给你一个人！你要是敢……"

"挂了！"不等连映蔚骂完，连清晖面无表情地说，"限你明天中午到敦煌报到，要敢带着尾巴来，要你狗命！"

那边连映蔚听着手机里的忙音，气得肥肉乱颤如同神经紊乱。

这边的连清晖已经住进了酒店。

敦煌的辽阔和举世闻名，从踏上这片沙地，连清晖就已经有所感悟。

他望着远处连绵不绝的沙山，脑海中闪过爷爷临终前的话——

"你以后一定要去敦煌……帮我……"

连清晖忍不住摩挲着手里的经书，这经书究竟藏了什么秘密，能让爷爷珍藏这么多年，临终前才无比珍重地交到他的手上？

连清晖想到爷爷，鼻子忍不住又有些泛酸。从秦皇汉武到慈禧老佛爷，从天文地理到连家祖籍，这些东西就跟《一千零一夜》一样，从爷爷口中说出，陪伴着连清晖长大。倘若爷爷还在……

突然，连清晖听到楼道里有人大喊：“着火了！”

火警铃陡然响起！连清晖一把捞起经书，塞进裤兜，翻身跳了起来！他悄声打开房门，就见酒店的客人全都在惊慌失措地往外跑。

连清晖跟着人群一起往外走，却见几个穿着驼色连体工装服的人，逆着人群，匆匆赶了进来！

连清晖突然一顿，目光不由自主地落在了一个扎着马尾的女孩身上！她在人群中，竟是那么显眼。不知什么原因，女孩脸上带着伤，工装服上还有血渍。即使这样，满身的灰尘也没掩盖她那如水般的双眼，就算跑得匆忙，那双眼也含情凝睇，就像盛着一汪清泉，掬着一捧星辰，怀抱日月山海，叫连清晖瞬间失了神。

那女孩喊道：“快点！先把东西拿出来！所有房间都检查一遍！”

连清晖看得仔细，实则惊鸿一瞥，只听女孩喊了这么一句，就淹没在了人群中。

连清晖一个激灵，从没想过自己会有这么傻帽的一天，双腿却已经下意识迈开跟了上去！

这伙人的袖子上面都有一面红色的小国旗，应当是政府工作人员，他们并不怎么畏惧即将蔓延的火舌，有条不紊地将房间里的几个用木条封起来的箱子全都抬了出来。

连清晖眯眼，这种箱子他倒是熟悉。封闭木箱的箱面，用木板钉合成封闭状态，有防霉防锈的作用，常常装一些铝粉、氯酸钡或硝酸铅等危险品，所以很少有人会靠近。因此，货人常常会用这种看似普通的箱子专门运输文物。连清晖好奇心顿起，他晓得中国遍地文物，只是没想到住个酒店都能遇到搬运的，传闻果真不假！

这伙人行动很迅速，不过十分钟就将所有箱子都运了出去，酒店大堂门口已经有接应的车子，却被匆忙赶来的消防车堵了个正着！消防员迅速进入酒店清场，接取文物的车子只好退开些许。

很快，一楼大厅也涌入了滚滚浓烟。

穿着工装服的工作人员不敢多作停留，只能继续搬着箱子往空旷的地方走。只是，人手毕竟有限，箱子里的东西又过于珍贵，他们很快就感到有些吃力。

连清晖赶紧上前，跑到先前那位姑娘身边："我来搭把手！"

女孩有些诧异地看向连清晖，见连清晖跟着同事一起喊着口号挪东西，便不动声色地继续忙碌。

她看到连清晖穿着一身高级定制的冲锋衣，领子处露出来的内衣是探险专用的排汗材质，就连裤子也是特殊的防风防水防火涂层面料。

连清晖察觉出女孩在打量他，忽然使出了吃奶的劲，顺便招呼站在一旁看热闹的人。

女孩轻笑一声，"别喊了，你的汉语发音不好，他们听不太懂。"

连清晖一愣，人生第一次感觉有些局促。

"不好意思，我是英籍华裔。"

"这有什么好抱歉的？"女孩轻轻一笑。

等箱子落在了安全的地方，女孩将上面的号码标签整理好，望了眼楼顶已经从窗户吐出的火舌，这才问连清晖："怎么想到来中国探险的？"

连清晖耸肩，有些无奈："我以为这里是无人区和沙漠，会很可怕，谁知道到处都是人，甚至还是风景区。"

女孩被他惹得忍不住脸上漾起来一丝笑容，却听身后同事在叫她。

"江主任！车子出来了！"

女孩连忙答应一声，落落大方地朝连清晖伸出了手，友好地握了握，说道："谢谢你的帮助，还有……欢迎回家！"

连清晖一怔，茫然间女孩已经走远，这才发觉迟来的一股震撼和酥麻猛地直击心脏。这种震颤无关风月，那是一种深埋在灵魂里的悸动，就像刻在DNA中的东西被忽然唤醒一般，透着叫人热血上涌的感动和澎湃。

裤兜里的手机忽然振了振，猛地将兀自发呆的连清晖拉回了现实。

发信人是檀岩——

“鱼已上钩，德国人跟着映蔚，下午四点落地敦煌。”

连清晖嗤笑，暗骂一声：“老东西，欢迎来做客！”而后迅速没入了人群。

第二章

美色误人

下午五点，敦煌。

研究院的库房里人声鼎沸。

张潮在人堆里捞到了江见月，忍不住一把将人扯了过来，上下打量一番，除了脸上的创可贴，再没看到其他伤处，这才把悬着的心缓缓放下。

“告诉过你多少次！不要冒进！不要冒进！那么高的悬崖峭壁，你怎么敢直接上去的？”张潮看到江见月嘴角含笑，温温柔柔地听着自己的话，要出口的指责在舌头底下滚了个圈，还是全都咽了回去。

“以后做事小心点！不然我怎么跟老师交代？”

江见月一如既往地微笑点头，然后拉着张潮走到正在卸车的集装箱前。

“这次收获很大，三危山里佛洞零散，很多洞窟鲜为人知，但物品丰富!”江见月说着，第一个集装箱已经打开，同事从里面小心地抬出一个残破褪色的木箱。

江见月解释道：“初步鉴定，里面的文书记载，这是公元八七四年，也就是唐僖宗乾符元年的物件，这应该能补足一些同年代莫高部分残存珍品的信息!”

张潮也被这木箱吸引，连忙戴上手套弯腰探查，就见木箱已经被风沙严重侵蚀。

江见月说：“箱子藏在洞窟的莲花台座下面，座上的雕塑已经被腐蚀殆尽，这才露出来座下的东西，好在封存完好，我们进行了初步防氧化处理，也算抢救及时!”

张潮满意地起身，看着装满六个箱子的文物，忍不住笑出了声，“见月，好样的！果真是青出于蓝!”

江见月抿唇一笑：“我哪有我爸厉害，只是爸爸那边应该没有敦煌凶险，今天酒店的火来得稀奇，张教授还是查一查的好……”

张潮脸色一沉：“这个自然!”

敦煌市区内。

一间小小的烤肉店里挤满了人，最里头的桌子上，几个年轻人目光炯炯地看着彼此。

杨柳第一个忍不住说道：“这就是我给大家提过很多次的星子禾野！咱们的历史专家!”

星子禾野有些害羞地站了起来，一身洛丽塔衣服，搭配齐刷刷的刘海，看起来就像个中二宅女。

然而正是因为她涉猎极广，历史人文研究极其透彻，又深得文物鉴定之法，所以经过星子禾野的多番论证，推断出这半卷经书，很有可能出自“敦煌”!

连映蔚盯着星子禾野目光迷离，被连清晖在桌子底下踹了一脚，这才连忙从双肩包里掏出那张“假”的经书，双手呈给星子禾野：“虽然是赝品，但请大佬瞧瞧，这经书上面写的究竟是什么鬼！”

星子禾野腼腆地接过经书，只看了一眼，就错愕地“咦”了一声。她的手都有些发抖：“可是……这个经书……它是真的啊！”

所有人都面面相觑，连映蔚“嘎”了一声，见众人都呆滞地看着星子禾野，当即又肥又短的手颤抖着指向连清晖：“你……畜生呐……”

连清晖抿了一口茶，从容一笑：“那个德国佬是专家，否则他怎么会轻易放过你？”

“等会儿！”连映蔚脑子都麻了，“你好好说话！又在玩什么手段？”

连清晖笑而不语，眼看连映蔚气得眼眶都有些发红，檀岩只得解释道：“中国有句老话，假亦真来真亦假，和威德打交道这么多年，他的疑心病就跟癌症一样，早就长在了他的灵魂里，所以，就算给了他真的，他也会怀疑！”

连映蔚惨叫一声：“你个疯子！万一人家这次不怀疑了呢？万一当场把我撕票了呢？万一经书被他拿跑了呢?!”

“我猜，威德还有其他打算，”檀岩将一份资料摆在众人面前，“这个经书残缺不全，虽然禾野断定它可能出自唐末年间，但没有任何一个佛教或民间故事能与其相印证，威德想要的可能更多。”

杨柳点头：“确实，一个已经确定年代，但身世经历空白的文物，就跟赌石开盲盒一样，这是每个‘货人’都无法抗拒的魅力，而威德可能想要一个完整的经书，所以才会‘物归原主’！”

檀岩把玩着手里的餐刀，冲着连清晖一笑：“况且，清晖制作的赝品，和我女儿的手工作业没什么区别，威德不会傻到真的相信，我带去的赝品是真品，而傻兮兮地把真品和人质完好无损地送回来！”

连清晖多少有些尴尬，星子禾野瞪大眼睛，一双星星眼望向连清晖："他可是少年天才，怎么可能……"

杨柳挑眉，一双柔若无骨般白皙的手搭在了连清晖的肩膀上："天才也有短板。"

几人正笑闹着，包厢的门忽然被打开，一个身量极高的男人看到几人一愣，随即连声道歉，扭头就走。男人穿一身皮夹克，背上还有泥土，连清晖看到他的裤脚上也满是半干的泥。

"哎！兄弟！"连清晖叫了一声。

男人茫然回头，就见坐在最里头的青年人，似笑非笑地看着自己，冲他的裤子抬抬下巴："东西快掉了！"

男人连忙一把按住口袋，就见一尊极小的，只有手指大的小佛像，果真半挂在外头，多走两步绝对掉出来！男人满是泥土的手立马把佛像塞回去，也不说声谢谢，匆匆走远。

杨柳挑眉："是'货人'。"

这是陈述句。

星子禾野诧异："你怎么看出来他是'货人'的？"

"姐姐我常年和这些人打交道，他们抬抬屁股，我就知道他们要放什么味儿的屁，那人应当是刚淘回来货，还在着急找下家。"

连映蔚不信，觉得杨柳肯定在吹："你这也太扯了，万一人家是工地上刚下工呢？"

连清晖笑道："你见过穿'菲拉格慕'上工地搬砖的？"

星子禾野又把星星大眼转向了连映蔚："'菲拉格慕'是什么？"

连映蔚一怔："不会吧……一双三万多的探险鞋？"

说话间，包间门又被敲响了。

这回是服务员。众人等了半个多小时，终于见着服务员端着一盘跟绿色意面似的"沙葱炒蛋"进来。这是敦煌特有的菜品，可今天客人太多，服务员根本来不及介绍，匆匆放下连忙又出去忙活。

这西北荒漠的敦煌小餐厅，竟比得上一线城市的网红餐厅了。

四五个人盯着一盘菜，就像一堆小奶狗围着骨头盆，谁也没好意思第一个伸手，只得无力地继续等待，连聊天的劲儿都没了。

很快，包间的门再次打开，服务员鱼贯而入，端着一大堆菜品上桌，还有好几瓶五粮液。

这回上菜十分有牌面，大鱼大肉不在话下，更别说当地一些名菜野菜，没完没了地往桌子上堆！

连映蔚恨不能一个猛子扎进这些菜里头，却被檀岩一把按住了手。

“这些不是我们点的菜！”

服务员茫然：“没错啊，一二二包厢，这些都是你们的菜。”

连映蔚这才发现不对，虽然他们这伙富二代没一个缺钱的，可出门在外从不露富，这一大桌子至少几大千，更不要说跟走队列似的两三排五粮液。

连清晖问：“结过账了吗？”

“结过了，还押了预付金，吃多少算多少！”

连映蔚丢下筷子不敢吃了，连清晖却笑着礼貌地请服务员出了包间。

“没事，公共场所，法治社会，也没人敢在饭菜里面下毒，白吃一顿是一顿！”

星子禾野凑到一盘手抓羊肉跟前，发现菜品的摆盘很有意思，和一众粗犷的菜品不一样，看起来有股子清雅之感。只见码得整整齐齐的羊排上面，用竹篾编了一叶孤舟，上头放着个迷你茶盘，茶盘上放着一个指尖大的，叠起来的纸。星子禾野忍不住好奇，她迷恋一切中国风的东西，立即拿起纸条打开，就见上头写了极小的几个字——

“三教平心。”

“什么意思？”星子禾野把纸条递给连清晖，“三教？是他们中国的佛、道、儒吗？”

连清晖没有去纠正星子禾野关于“他们中国”的这个说法，毕竟在座的几个人似乎并没有多大的反应。他蹙眉看着纸条上的字迹，忽然一愣。

“这字……”

连清晖一把从连映蔚背包里抽出经书，即使他向来稳重如山，看到两个几乎一模一样的笔迹，也忍不住倒抽一口凉气。

“怎么可能……”连清晖连忙把经书和字条交还到星子禾野手中，“你看看字条的材质。”

星子禾野撕下一角，尝了一口：“现代工艺。”

“等等！”杨柳忍不住抬手，“你们是不是傻？字体一样怎么了？就不能是模仿的？”

连清晖眼如淬毒：“模仿的才有问题，这卷经书我们查了那么久一无所获，唯一的线索就是出自敦煌，此卷世间独有，字体也自成一派，为什么会有人模仿？”

杨柳秀眉一挑，这才后知后觉明白了连清晖紧张的原因，连忙低头在其他菜品的摆盘中寻找，果然又找出了一张纸条——

“混沌初开道在先天之上。”

连映蔚呆呆地问：“什么意思？”

连清晖道：“世界各地都有关于‘混沌’的说法，在许多神话中，世界都始源于混沌，起初天地连在一起，即处于混沌状态，直至创世神将他们分开。而‘混沌初开道在先天之上’，则是中国道家的说法，混沌也叫混沦，指的是宇宙形成前气、形、质三者浑然一体而未分离的迷蒙状态，‘道在先天之上’，就是指在开天辟地之前，‘道’已然存在。”

“所以……”杨柳问，“道家的话跟咱们经书有什么关系？这卷经书可是佛家的！”

星子禾野用极不标准的汉语说道：“不，在中国，神明的供奉，历来都是根据人的需要，他们经常会从三教中提取自己需要的部分信奉，所以才会有‘三教平心’的理论。况且我们的经书只是残卷，谁也不知道另外一半经书讲了什么！”

杨柳不解：“所以呢？是谁模仿了经书的字迹，还给我们送了这么一桌饭菜？他想做什么？”

连映蔚“嘿”一声，“你们这群人，平时看着机灵，关键时刻就爱想东想西，经书那德国佬不是见过？万一人家身边有个能人异士，模仿字迹，引诱的不就是你们这些聪明人？”

众人面面相觑，连映蔚大手一挥：“嗨呀！别想那么多，还是先填饱肚子再说！管他德国佬还是英国佬！有本事就来爷爷手里抢，否则……”

星子禾野手中的纸条忽然自燃了起来，吓得日本小萝莉尖叫一声，连忙甩手把纸条丢了出去，落地却已然成了焦黑的灰烬。

檀岩捻了捻：“是白磷！”

星子禾野惊魂未定，忽然眼睛被一道强烈的光闪了一记，她嘤咛一声捂住眼睛！

檀岩立马一把推开窗户，就见对面楼里两个十八九岁的孩子，冲她招了招手，急匆匆地晃了晃手里的镜子，做了个口型。

檀岩汉语不好，一时没能分辨，还要追问，小孩听到有人喊，便急匆匆地跑了。

连清晖连忙问：“这俩孩子说了什么？”

几个人望向彼此的眼神，都给予了对方厚望，最终这份沉重的期盼，全都落在了连清晖身上。

连清晖试探道：“好像是……A Song And Dance?”

连映蔚胖嘴一咂巴：“哥，人家小朋友至少是零零后了吧，谁听七七年的老歌……"

杨柳翻了个大白眼，烟熏妆都盖不住她脸上的无语，"是'小心'吧！"

檀岩无奈摇头："我建议大家不要轻举妄动，我们人生地不熟，这明显是对方的圈套！"

几个人谁也不敢再去碰桌上的饭菜，尤其是受了惊吓的星子禾野，她缩在杨柳的怀里心有余悸。

忽然，星子禾野猛地又站了起来："我想起来在哪儿见过这句话了！"

星子禾野急忙从背包里抽出一个笔记本翻看，里面密密麻麻写满了字，便利贴和小书签弄得到处都是，显然做足了功课。她仔细翻找，终于，在一个犄角旮旯里找到了方才纸条上的话！

连映蔚慢半拍，这才反应过来，就见星子禾野的手指，缓缓指向笔记本上一张十分模糊的图片："混沌初开道在先天之上，这是老君堂匾额上的上半句话！下半句是……乾坤既定人居太极之中……"

连清晖蹙眉："老君堂？太上老君？"

星子禾野点头，一双眼灿若星河："在中国，老君堂自然很多，可在敦煌，只有一个地方有老君堂……"

"哪儿？"

星子禾野站起来，走到窗边，遥遥指向东南面："三危山！"

深夜，敦煌历史文化研究院。

寂静的走廊里不时传来卫生间水龙头滴水的回响，漆黑的夜晚将整个小楼都包裹在无声的肃穆中。一排锈迹斑驳的金制佛像，整齐地摆放在江见月的面前，她身后的两个同事面色铁青。几人再三确认，确实丢了一个不到一寸的绿度母菩萨像。

"江主任，应该就是在酒店起火时丢失的。"

"没错，"负责文物编码清点的王邵阳说，"进酒店之前我们记录过，绿度母金身像总共只有两尊，不可能错漏遗失。”

江见月的脸上看不出悲喜，她清楚，酒店的大火必定来得蹊跷，只是这次到三危山抢救文物，早在文物挖掘现场就发现了有盗掘者近期的活动痕迹。

江见月说：“三危山的盗掘者形迹十分可疑，竟然没有破坏任何一样文物，更别说盗取。”她从口袋拿出一颗包装精美的巧克力，丢给王邵阳。

“这是我在洞窟里捡到的，见过这个牌子吗？”

王邵阳见多识广：“国内没有，这是英国特产，看生产日期……出厂不到半个月。”

同事诧异：“难不成是外国人？”

江见月拧眉，想起白天帮忙搬运箱子的年轻人，那张因为过度用力而憋得通红的脸在脑海中一点点浮现。江见月忍不住苦笑一声，心里喃喃——

“这可真是……美色误人呐……”

敦煌的沙山上。

几个年轻人，遥望着远方。连绵如波涛的山口衔着落日，铺天盖地的赤红落在月牙泉的水面上，粼粼的波光闪烁着沉寂千百年的神秘。

连清晖只觉胸口潮涌一般的胀痛，一股不知名的惊涛，在这炫目的落日下澎湃着，却始终找不到出口。他垂眼看向同行的几个伙伴，所有人都是满目震撼。他们坐在骆驼上，听着旅客的嬉笑声和混杂其间的驼铃声。这些声音似乎又渐渐远去，只留下大漠孤烟下的阵阵苍凉和悲切，盘旋在天际，化作铺洒整个大漠的旧梦，让几个刚刚成年的孩子，出奇地一致沉默了。他们心中各有所想，只是这种无法言明的悸动被什么东西束缚着，说不清道不明。

连清晖觉得自己与此地无关，又觉得冥冥之中，有些东西是无法割舍的。

就这样，将近一个小时的骑骆驼小游戏结束，几个人跳下骆驼后都有些面面相觑。

连映蔚问："所以呢？然后干啥？敦煌一日游结束？"

带骆驼的领队说："前头还有沙漠越野，你们可以试试。"

檀岩掏了骑骆驼的钱，问领队："沙漠越野能开到哪儿？能到三危山吗？"

骆驼领队一哽："那远了去了，开越野摩托过去，都吹成人干了！况且咱们这是景点摩托，开不出去的！"

"哦？三危山有没有景点？"

"有！当然有！"领队笑着说，他脸色焦红，口音很杂，普通话里掺着不太地道的西北腔，但几个特殊的字眼却带着南音。

这几个外国来的孩子自己国语就不怎么标准，自然听不出个所以然来，又问了领队三危山的路线，当机立断租了辆越野车，连夜杀了过去。

沙漠戈壁的高速公路直得可怕，路上车也少得可怜，四处都是天边，离得那么近又那么远。檀岩就放开了手脚一路狂踩油门，连清晖晕得脸色惨白，连映蔚吐了俩塑料袋。

连映蔚摆着手："檀姐，咱们好像不赶时间……"

檀岩笑道："你们家这是有晕车基因吧？"

连映蔚自己嫌车上味道不好闻，几次三番开窗透气，骤然闯入车窗的大风，吹得杨柳长发凌乱！

杨柳有些不耐烦，他们清早出发去了鸣沙山，为的就是看能不能再遇到昨晚吃饭时误闯他们包间的男人。可他们低估了来这里的游客，沙丘上全是下饺子一样的人，就算那男人站在他们面前，也不见得能看得出来。

杨柳问："咱们就这么冒冒失失去三危山？逛景点上瘾？"

檀岩笑道："清晖有什么打算？德国佬还等着赴约呢！"

连清晖强忍着胃里翻江倒海的难受，不知道在平板上搜索什么，剑眉紧紧地蹙着："对方料定咱们能发现那张模仿字迹的纸，昨晚的饭应当就是一封邀请函。"

连映蔚半条命吊着，咕哝道："最烦和你们这些聪明人打交道，打个电话发个信息不香吗？再不济来封邮件，搞得这么神秘，如果星子没有研究摆盘……"

檀岩开着车，她在这群二十几岁的年轻人里，凭一己之力拉高了平均年龄，年过三十自然更加沉得住气，看得通透，便朝连映蔚解释道："即便看不到摆盘上的字条，对方自然会换另外的方式让咱们'上钩'。"

连映蔚"嘁"一声，"他下战书咱就上钩？是不是傻？"

"我猜……"星子禾野甜甜一笑，"对方应当不是威德，对吗，清晖哥哥？"

"清晖哥哥"四个字，震得连映蔚浑身肥肉一麻，挤着就要凑到星子禾野面前，被杨柳一把搡了回去："不是威德？怎么说？"

星子禾野说："如果是威德，他大可直接把咱们几个给绑了，索要经书，没必要这么大费周章。"

连映蔚又"嘁"一声，"威德也是够贪心，把我和真经书都放了，来套取更多的信息，寻找另外半卷经书，也不怕竹篮打水一场空！"

连清晖笑出了声，知道弟弟被自己气得够呛，回头将平板电脑展示给几个人看："我手上的经书上面有汉梵双语，在出发中国之前，星子已经对经书做了深度研究，但因为是残卷，所以很多意思都无法融会贯通、彻底翻译。只是，有一句话，来敦煌之前我就很在意，直到昨天摆盘那句'混沌初开道在先天之上'，给了我一些灵感。"

星子禾野诧异："你的意思是……引咱们到老君堂的人，知道另一半经书的下落？"

杨柳错愕，捞过连清晖递过来的平板电脑，只见上面竟是三危山老君堂的历年修缮记录，还有参与修缮的供奉者名录。

连清晖说："这个人要么有另一半经书，要么知道我们手中有这份经书。而对经书内容这样熟悉的人，必然对这个地方了如指掌，我们不妨从供奉人这里下手！"

连映蔚嘟囔："那你这不是瞎猫撞死耗子，万一人家是个死抠，连一根香都不愿意给供呢？"

"等等！"杨柳忽然惊叫一声，纤长的指甲点住一个人名——"许亦然……"

星子禾野也"啊"了一声，就连开车的檀岩都忍不住错愕地回头。

杨柳连忙从包里翻出一张名片，低调奢华的纯黑卡纸上，三个烫金的汉字安静地躺在上面，亦如那个绅士儒雅的男人。

连清晖蹙眉："怎么回事？"

檀岩立即将他们刚落地上海，在餐厅如何遇到许亦然的一段经历快速讲了一通。

连清晖轻笑一声，对杨柳挑挑眉："看来那个服务员也是提前安排好的。"

连映蔚都快吐傻了，听到这儿还是强行吹了个只有气音的虚弱口哨，以积极表现吃瓜的态度。

杨柳有些羞恼，把平板丢还给连清晖："说不定只是重名重姓！"

连清晖哈哈大笑，还是给杨柳留面子地转移了话题——

"三危山绵延六十多公里，被称为敦煌第一圣境，刚才我们去过的鸣沙山神似凤凰，而这三危山则形似游龙。不论从地理位置，还是从形势上看，这里都是风水圣地，所以，这里依旧存留着许多尚未被发掘出的零散洞窟。”

连清晖说起这个，连映蔚就眼冒金星，只是在座其他几个都饶有兴味。

“形势?”星子禾野好奇，“风水我知道，形势又是什么?”

“就是地形地势，势是远景，形是近观。形是势之积，势是形之崇。有势然后有形，有形然后知势。千尺为势，百尺为形，形比势小，势比形大。山有五势，五势则按方向划分。”

说话间，连映蔚忽然挤开众人，喊道：“那是什么!”

第三章

老道木鱼

连映蔚指向遮天蔽日的红石山外，一个泛着金光的东西若隐若现。

众人连忙打开窗户，目光掠过两个山头，就见一个巨大的、浑身镀金的巨大释迦牟尼像，矗立在远处，仿若真佛降世。

连清晖说：“瞧，这就是龙鳌了……”

这里的辽阔和雄伟，让所有东西都莫名变得“大”起来！层峦如烈火一般，连绵的大山，裹挟着游丝一般的公路，人变得宛若蝼蚁蚍蜉，而这样一个几乎六七层楼高的巨大佛像，才像这个世界真正的主宰。

终于，几人看到了三危山高大的牌坊，孤零零地立在戈壁之上。几个年轻人没心思去逛景点，干脆利落地直奔老君堂。

老君堂建在半山腰上，几人下车没有多耽搁，各自整理好装备，状若游人，买了门票上了山。这里游客不多，有的拎着在山下买的香烛上山供奉，因而山间有常年烧香弥留的味道，让这里愈发显得肃穆鼎盛。然而，大西北常有的大风和烈日，却将这种味道连同敬畏消散不少。

山路台阶并不陡峭，连映蔚太胖，再加上一路吐过来，爬得气喘吁吁："这些人就是闲的，有供奉的钱，还不如买个基金理财！"

连清晖几乎将弟弟半个身子都搁在自己身上，却只稍微喘着粗气，他说："无法掌控之事才要求神求佛，如果拜神仙就能买下索塔大厦，你拜不拜？"

连映蔚气若游丝："哥你又忘了……去年我就已经买下索塔大厦了……"

连清晖一时无语。

终于到了中台，老君堂的正殿就在眼前，连映蔚已经累成了一摊烂泥，嚷嚷着要喝冰镇汽水。

连清晖四下望去，发现这老君堂并没有想象中那样雄宏，甚至在这荒山野岭中，显得有些萧瑟和可怜。

杨柳一边擦汗，一边不解地问："怎么敲木鱼的声音不在殿里，倒像是在山后头？"

"不是山后，"檀岩已经上前几步，"这里有条小路。"

几人绕开主殿，踩着已经没了人为铺设的羊肠小道一路往山里头走，那木鱼声愈来愈近，终于，在一堆不到半米高的胡杨林后，一座小如茅厕的屋子露了出来。

连清晖发现这小屋虽然看着玲珑，但修葺用的是青砖，屋脊上竟还蹲着一串瑞兽。

连清晖止步，歪头仔细观察，其他人见状也停下脚步。

檀岩问连清晖怎么了。

连清晖轻声说："中国古建筑屋檐蹲兽等级森严，只有皇帝才能十兽齐聚，这小破屋除了龙凤样样凑齐，檐下套兽却用蟒蛇和蛤蟆，不伦不类。"

连映蔚感觉自己舌头都快干在了嘴巴里，灌完所有的备用水都还觉得渴，又听他哥在这儿神神道道就不耐烦。

"嗨呀！你管他房顶上蹲个啥，蹲个蝙蝠侠都跟咱没关系！这么个破地方，兴许那修庙的根本什么都不知道，胡修一气！"

"不可能，"这时杨柳也出了声，"就算不是瑞兽，也不可能放置獾、熊、鹗、猪、驴这些东西，绝对有古怪，小心……"

杨柳话没说完，就听屋里的木鱼声戛然而止，然后门帘掀开，刺目的阳光下，一个高大的男人迈步走了出来。

"各位见笑，这小屋子是我用来清修的，工人们不知道其中门道。"

杨柳错愕地看着男人，忍不住叫出了对方的名字——

"许亦然?!"

许亦然和煦一笑，声音如初冬暖阳般温柔："好久不见，杨小姐。"

不等杨柳回话，连映蔚哈哈大笑："看我说吧?"

杨柳给了连映蔚一肘子，绾起耳边的头发，用汉语不怎么流利地回了句："好久不见。"

星子禾野双手合十，笑眯眯地说："哇，原来许先生你一直在这里等杨柳姐呀?"

杨柳个子有点高，无处可躲，只能干咳一声冷下脸质问许亦然："为什么引我们来这儿?"

许亦然面露茫然，见站在杨柳旁边身姿挺拔的连清晖饶有兴味地看着自己，也不露声色地打量了一番对方。

连清晖穿着一身青灰色的探险服，显得手长脚长，肩膀宽阔，身段笔直。因着是少年人刚刚长成，还介于褪去稚气的清秀和即将步入成熟的沉静，整个人看起来就如初升朝阳，怀着想要探究一切的蠢蠢欲动和张狂，又很好地压在了适可而止的端方和教养之下。

许亦然眯了眯眼，随即挂上了温和的笑意："我每年夏天都会来这里清修半个月，不知道杨小姐说的是什么意思，自然也没有特意在这里等待各位。"

说话间，从屋子里又走出来一个身穿道袍的中年人，留了很长的胡须，看起来有些仙风道骨。

"各位不妨进来先喝口茶?"

几人互看一眼，心里都揣着小心，鱼贯进了屋子，只留下檀岩一个守在门外。

老道士给几人都倒了一杯清茶，还没坐下，就见连映蔚已经仰头牛饮见底，便笑着又给他添了一杯。

连映蔚嘟嘟囔囔："老道敲木鱼？抢了和尚的饭碗吧?"

许亦然瞧了他一眼，并不以为忤，温和地介绍道："这是我师父，十几岁就在这里修道，从前管理前面的老君堂，现在年龄大了，我就给他修了这么一间屋子。"

杨柳点头，环视四周发现这里也并没有木鱼，也不知刚才"当啷当啷"声音出自哪里，就见许亦然递给她一小块切好的酥饼，连忙伸手接了，咬了一口才发觉所有人都盯着自己，险些呛着。她连忙放下酥饼，细长的眉毛微微竖起，双手环胸审视着老道士："你引我们到这儿做什么?"

老道士倒是很干脆地就承认了，他坐了下来，掖了掖袍角，这才不紧不慢道："你们从坐上回国飞机的那一刻，就已经被无数双眼睛盯上了，恐怕你们也有所察觉吧?"

"你怎么知道?!"连映蔚第一个奓毛!

老道笑着继续说："不仅是威德，还有英国人，美国人，甚至一些被利益冲昏头脑的中国人!”

连清晖的脸从茶杯飘忽的白雾中抬了起来，一双青灰色的眼睛泛着幽然的光：“既然对我们的行踪这么了如指掌，那么这些人中，包不包括你们在内?”

“你们”，自然包括了许亦然!

老道闻言哂然一笑：“可不关我这小徒弟的事，他没那么大的本事!”

杨柳大大的眼睛瞟了一下许亦然，仿若在说：“世界上哪有这么巧合的事!”

她嗤笑一声问：“所以，你也要抢经书?”

许亦然也不解释，安静地听着他师父继续说：“你们肯定知道，手中经书价值斐然，所以才来敦煌寻根吧?”

连清晖说：“您还没有回答我们的问题。”

老道又哈哈大笑几声，这才起身，从书柜里抽出一本十分破旧的书，递给连清晖。

“这是当年我师父誊写的藏经洞传书目，其中有一则《危峰东屹经》的记载，而这《危峰东屹经》，正是你手中那半卷残经!”

一句话宛如惊雷砸在了这矮小的房子里，就连始终稳重的连清晖都忍不住瞪大了眼睛：“这经书叫《危峰东屹经》?”

老道点头：“危峰东屹莫高旁，说的其实就是这三危山，而这经书，则是由一个名叫百缘的和尚所著。当年他在三危山中开龛修法，写下经书后就地坐化，多年后有人修缮洞窟，找到了这本经书，便将经书收进了藏经洞中，只可惜……”

老道说到这里看向连清晖，从窗外散入的日光，星星点点落在了他已经有些浑浊的双眼中。

老道从连清晖手中轻轻抽回那本书目，说道：“可惜……造化弄人，这经书历经千年，还是流落凡尘了……”

猎宝队众人，都只知道连清晖手中的经书是从他爷爷手中传来，却不知道他爷爷如何得到经书，就连他弟弟连映蔚都一无所知。众人齐齐看向连清晖。

连清晖却一言不发，只沉默地喝着茶，目光落在打着旋的茶叶上。

“那么！”这时星子禾野突然说，“您是要拿走连清晖的经书吗？恕我直言，这经书，不属于任何人。”

老道笑道：“此经自书成之日，便只属于百缘和尚，百缘脱凡而去，魂骨始终要落叶归根，说到底，这经书都为国家所有，不论当年此经缘何流落海外，如今都该物归原处。”

老道语气和善，日光铺洒在他灰扑扑的道袍上，宛若一尊同这矮小道观融为一体的泥胎雕像，却给人无法争辩的压力。

星子禾野水汪汪的大眼睛眨巴了几下，粲然一笑，放下手中的茶杯正色道：“您规避了我的问题，所以这经书，究竟是您想要得到，还是要替国家收回呢？”

老道面不改色：“自然要替国家收回。”

星子禾野嘟起好看的小嘴：“唔……那我们怎么知道你是不是骗我们？”

连映蔚一听连忙称是，胖手指着许亦然：“你俩肯定是一伙的！”

老道并不气恼，撩起道袍，从裤兜里掏出手机：“老道我当然没这个权力收回，敦煌历史文化研究院的人长年驻扎在这里，我这就给他们打电话，官方工作人员自然会来和你们衔接！”

和老道坐得最近的杨柳，一把按下了老道要拨电话的手！

“师父先别着急，即便要上交，也得自愿不是？哪有硬逼着归还的道理，况且这些小朋友，都是外籍友人，应当礼遇！”

老道刚要张嘴，不料许亦然也按下老道的另一只手：“师父，此经还需进一步印证，当年流落经书太多，这经书也不一定就是您要找的那卷。”

老道看看杨柳，再看看许亦然，这才不情不愿地收回手机，又冲着连清晖哂笑道：“小友莫怪，承老友嘱托，此经我们已经找了半个多世纪，实在是……不得已而为之……”

连清晖没有接茬，而是忽然问：“昨晚闯进我们包厢的人，也是你安排的？”

老道茫然：“什么？”

连清晖摇头，没有再继续这个话题，只是招呼几人歇好了脚，就继续出发看看三危山其他地方。

老道歪头问连清晖：“小友难道不想知道经书究竟是不是《危峰东屹经》？”

连清晖放下茶杯站起身，长腿轻抬跨出了门槛：“我只需要知道它的价值，不需要知道它的来龙去脉。”

其他人都跟着连清晖出了门，这才发现外面居然阴沉了下来。

许亦然说：“变天了，这里昼夜温差很大，你们要尽快回市区，这里没有可以住宿的地方。”

众人同许亦然道别，直到身影消失在山脊的纵壑交叠处，老道才从屋里悄无声息地走出来，轻轻叹了一口气。

“少爷，为什么不把他们留在这里？”

许亦然从老道手里接过大衣，望着看不到尽头的荒原蔓草层层高山，良久后才迈腿下山。

“总归要他心甘情愿……”

“是，少爷！”

深夜，敦煌历史文化研究院。

王邵阳敲响了江见月办公室的门，进去就看见暖黄的灯光下，江见月正摆弄着一个手掌大小的佛像。

“江主任，许家那边有消息传来，那些华裔年轻人进了三危山！”

江见月诧异抬头："这会儿还在山里?"

王邵阳点头："可能要露营。"

"疯了吧？虽然到了三月，晚上也只零下十几度，今年天气更不好，这几天都有零下二十多度了，就算他们装备先进，山里头可不是开玩笑的!"

王邵阳无奈："跟去的同事没有准备，只好回来了，主任您在那边住过，晚上外头根本没法久待，需要联系警队那边吗?"

江见月摩挲着手中的笔，忽然站起来就往外走。

王邵阳连忙跟上去，眼看着江见月走向停车场，这才后知后觉明白江见月要去做什么，连忙追上去问："江主任，您要亲自去?"

江见月笑道："我看起来有那么古道热肠外加没脑子?"

王邵阳尴尬，跟着江见月上了车，这才知道江见月要亲自去警局。

三危山绵延六十公里的荒滩戈壁上，年年都有进入无人区失踪的人。要么迷失方向，暴晒力竭而亡；要么晚上失温，冰寒无望而死。这里的残酷从不用危言耸听的传说和故事证明，只要心存挑衅或毫无敬畏的人不信邪，想要试一试，三危山总有办法让他终生难忘。

当然每年公安也从无人区救出来不少人，听到江见月的报警，值班警务叹息摇头。

"我们尽快安排调取沿途监控，按照你提供的信息，他们最后出现的地点离市区不过七八公里，还有车开，应该问题不大。"

警方经验丰富，很快在监控里找到了他们。凌晨两点时，他们五个竟然弃车而去，下了公路，徒步走进了戈壁……监控视频中，连清晖修长的身影十分醒目，他义无反顾地没入了黑暗，如同一只偏向虎山行的孤狼，没有一丝犹豫，执拗地一头闯入了他一无所知的危险之中。

江见月支在桌边的手有些泛白，她的薄唇轻抿着。

王邵阳惊诧于这群年轻人鲁莽的同时，眼尖地发现连清晖等人下车的地方，居然就是他们之前找到诸多佛像的戈壁滩路口。

“江主任，这个方向……”

江见月站直了身子，朝值班警员说：“我知道他们要去哪儿，麻烦尽快出警！”

过了凌晨四点半，这是戈壁滩最寒冷的时候。

即便像连清晖这种体能过人的，也开始有些头晕，连清晖知道这是失温的前兆。他回头，看到杨柳和星子禾野蜷缩在檀岩臂下，像两个小鹌鹑一样。他不得不放慢脚步，逆着风冲着几人喊道：“再坚持一会！马上就到了！”

星子禾野的意识已经有些模糊，他们走进无人区两个多小时，可他们一刻都不敢停。

谁都没想到威德的人手脚居然这样快。

他们的越野车被动了手脚，昨晚凌晨忽然爆胎，连着刹车也跟着失灵，更遑论早就被抽空的机油等。连清晖怀疑从他们租赁时就已经出了故障。车子骤停在路边后，连清晖在副驾舱里找出来一封来自威德的信：他将狙击手安排在了伦敦连氏大楼，如果连清晖不在规定时间内交出经书，过几天绝对会收到父母惨遭暗杀的消息。

连映蔚还在执拗地给家里打电话，可他们越是进入无人区，手机信号就越发难以覆盖。

终于，实在受不了的连映蔚大骂一声，冲着连清晖喊道：“信上地址究竟在哪儿？”

檀岩艰难道：“这图……我看不懂，但按照参照物的距离看，应该再往前两公里……”

连映蔚嘴里含糊不清地低骂着，顶着寒风继续往前走。他心急如焚，然而望着月光下幽暗不清的茫茫戈壁，所有的不甘和愤怒都只能随风而逝，只留下无以复加的无力。

连清晖看到远处出现的一处十几米高的半崖，扬声喊道："先去那边躲一躲风!"

连映蔚不想停下来，但他知道再走下去几个女孩必定难以支撑，只能跟着躲到半崖后，果然，几乎要划破人脸的寒风，终于小了许多。

连清晖帮檀岩一起整点了一下物资，他们把能穿的衣物全都套在了身上，可再高科技的御寒物，在这样极端的天气下都是徒劳。这里没有冰天雪地的极度寒冷，却因为骤然降至零下二十度的气温，所有人都忍不住地瑟瑟发抖。檀岩手脚麻利地找出防风火机，微弱的火光在剧烈的寒风中宛若一座灯塔，几个人恨不能钻到火光里头去。

"这里没有干柴，得想办法找些能烧的东西。"连清晖说着就要起身，被檀岩拽了回来。

她从口袋里掏出几块干黑发硬的东西："这是野骆驼的粪便，已经风干了，是最佳的燃料，我们已经深入了'一百四十里戈壁'腹地，这里寸草不生，你去哪儿找能烧的东西?"

连清晖只得坐了回去，骆驼粪便燃烧后有一股奇异的味道，不似臭味，却着实不好闻。

然而在这大风天里，味道散得很快。

檀岩捡来的骆驼粪并不多，连清晖还是坚持和弟弟连映蔚一起又去捡了些被吹散的胡杨和白蒿干枝。几个人围坐在小得可怜的火堆边，听着拍打在断崖上呼号的大风，全都陷入了沉默，或因疲惫，或因恐惧。

过了许久，檀岩突然说："这件事……我需要负主要责任，租赁车后没有仔细检查。"

檀岩从前被科考队雇佣，天南海北哪里都去过，为了给女儿筹集治病的钱，男人不愿意接的活她都敢接。有一次去北极，一个人掉进了冰窟窿里，等了两天两夜，连衣服里的羽绒都揪出来吃了，硬是凭着最后一口气从冰窟窿里爬了出来。

檀岩黝黑的眼珠在火光里泛着光，自责却呼之欲出。她同身边这些孩子不一样，严格意义上来说，她并不是伙伴，而是一个被雇佣者，可她居然犯下了这么严重的错误。

忽然，一只冰凉的手搭在了檀岩的肩膀上，是连清晖。

“檀姐，如果没有你，我们可能这会已经冻死在戈壁了，我们都没有进过戈壁，这次算是咱们猎宝队宝贵的经验！”

“对！”星子禾野虽然冻得已经开始迷迷糊糊，但还是撑着笑脸说，“如果没有你提前准备好的蛋白条，我早就饿死了！”

檀岩勉强一笑，余光扫了眼并未说话的杨柳，继续往火堆里丢进去几块骆驼粪。

连映蔚嘟囔：“这威德是不是脑子有坑？不是都知道咱们手里只有半卷经书了？还这么死咬着不放，图什么？”

连清晖的脸在火光下晦暗不明，谁都看不清他究竟在想什么，半晌后才冲自己弟弟笑了笑：“当然是想要完整的，更有价值的整部经书……”

连映蔚脑子这会子才转过弯来，大骂了一声：“那他绑我干什么？放长线钓大鱼？”

“不仅是要钓大鱼，”连清晖拨弄着柴火，“他应该知道咱们此行的目的，如果要完整经书，暗中跟踪我们，等我们找到经书后一举拿下岂不方便？但他还是选择绑你，显然并不怕打草惊蛇，我猜……”

连清晖止住了话头，连映蔚着急得搡他一把，连清晖才说：“我也并不确定，这需要验证，我猜这里应当有个大惊喜留给我们。”

连映蔚还要说话，就被连清晖一把按了下来。

“听！是不是发动机的声音？”

第四章

欢迎入局

众人都是一凛，深更半夜谁会无缘无故出现在戈壁滩？

几分钟后，果然一道如剑般的白光刺入黑幕，紧接着一辆吉普车风驰电掣般飞奔而来！

敌我不明，连清晖等人连忙踩灭了火堆，躲到了断崖的凹陷处，悄无声息地隐匿在黑暗中。

吉普车一闪而过，带起漫天的灰尘拍在了几人的脸上，杨柳和星子禾野忍不住咳了出来。

檀岩连忙暗喝一声：“嘘！”

“没事！”连映蔚盯着迅速没入黑暗的吉普车，“风这么大，肯定听不到。”

仿佛就是为了专门打脸，吉普车忽然掉转了车头，直直地冲着他们飞驰而来！

连映蔚抬起屁股就要跑，被连清晖抓了回来：“你能跑得过车？况且深更半夜的无人戈壁滩，咱们肯定会走散，等着看吧，就算是威德的人，大不了把经书给他们！”

连映蔚一想也是，撑死了再挨一顿揍，再不济给威德那抠搜老头一笔钱，也不至于在戈壁滩把命丢了。

很快，吉普车的车灯就直直地照在了断崖下，将猎宝队几人明晃晃地丢在了一片光圈中。

逆着光，几人看不清车上的情况，就见一个男人迅速下了车，一脸错愕地看着他们。

半晌，连清晖才看清楚，许亦然那张白净中带着一丝颇有佛像的脸，正无奈地看着他们。

“朋友们，可叫我好找！”

几人钻进了吉普车，才发现白天见到的那个老道士也在。

老道给众人分发了毛毯和热水，替许亦然解释道：“亦然下山回市区时，看到有辆车子被丢在高速路口，旁边还有警察，一问之下原来是你们进了戈壁，便协助警察一起来找你们，没想到你们竟然走了这么深！”

许亦然把空调温度调高，缓缓开着车子：“你们走得太深了，究竟要去哪儿？”

连清晖没有回答他的话，而是轻笑道：“一面之缘，没想到你能进戈壁来救我们。”

许亦然看着后视镜里的连清晖，轻轻笑了一声：“要不是师父惦记你们手里那半卷经书，我也没那么古道热肠，要谢，就谢谢我师父。”

连清晖冲道士道了谢，忽然又说：“劳烦停车，把几个女孩带回去就行，我和我弟弟要继续往前走。”

“什么？”老道错愕，“疯了不成？你们要去哪里？”

檀岩立即也说她不用回去，要跟着连清晖。

连清晖还是不愿意说他们去哪儿，只叫许亦然赶紧停车。许亦然脸上自始至终的笑意终于消失，从见面到现在脸上第一次带上了一丝怒意。

“知道为了找你们，警方出动了多少警力吗？”

连清晖一愣，就见许亦然加快了速度，显然并不会停车。

连清晖深吸一口气，把身上的毯子还给老道：“给你们带来麻烦，实在抱歉，也不是我们任性不知好歹，只是有不得不做的事情要去处理，生死有命，谢谢你们的好意！”

吉普车骤然停下，许亦然回头看向连清晖，那双总是如沐春风的眼里怒意更甚。

连清晖也抿着唇和他对视，俩人无声地交战后许亦然先败下了阵来，他看向坐在后面的杨柳。

“真是群熊孩子……师父，送几个女孩子回去，我陪他们去，往北走二十公里就能到柳格高速，这一带我熟！”

“不行！”老道急了，“你也跟着胡闹什么！你再熟，这都是戈壁滩！你连个御寒的衣服都没有，什么事情不能白天开着车子去？”

“对，清晖，”杨柳也说，“威德没那么大的能耐，那封信本身就有问题，关心则乱！”

连映蔚已经拉开了车门：“不用，我和我哥去就行！”

冰寒的夜风裹挟着粗粝的沙土一下子涌进了车子里，连清晖冲许亦然歉意一笑，“确实不应该麻烦你们，也辛苦你告知警方，不用再浪费警力，我们兄弟俩撒哈拉沙漠都去过，没问题的！”

车门“砰”一声关上，隔绝了肆虐的寒意，这两兄弟竟然就这样头也不回地走了，留下一车人面面相觑。

杨柳暗骂一声，檀岩对她说：“照顾好星子，我得跟着清晖！”

车门又被檀岩一把推开，这个看起来有些矮小的女人也跟着义无反顾地冲入了黑暗。

老道叹口气，问许亦然：“怎么办？”

许亦然看向杨柳，问：“会开车吗？”

杨柳：“……”

过了凌晨四点，“一百四十里戈壁”降至最低温，零下二十五度。

檀岩很快就追上了连氏兄弟俩。

连映蔚怪叫一声："檀姐，不是吧？追讨工资啊？"

檀岩丢给他们一人一个防风镜，拍了拍自己的背包："主要物资都在我这里，你们去撒哈拉跟的是旅行团，咱们这次是当驴友，没我不行！"

说话间，三人又看到一个人影从远处逆着风缓缓走来，近了才发现居然是许亦然！

"你怎么也来了？"

"你们是国际友人，在我们的地盘出了事，还不是得浪费我们的警力找回来？你们要去哪儿？我带你们去！"

连清晖和弟弟对视一眼，终于还是掏出了威德留给他们的那封信。

与其说是信，倒不如说是一张地图，只是在地图的边角处，写着诸如"你父母都在我手里"之类的话。

许亦然看了蹙眉："这地图……没有标尺和等高线，不是现代的！"

连清晖点头，指着地图上明显用笔画出来的山势图，问许亦然能不能看懂。

许亦然琢磨了一番后才说："这应该是古代舆图，地图上用红色标注出来的地方，画了刀戟，应该象征的是军事驻地。这座山……看起来是青山，可是青山荒无人烟，更别说什么驻地了。"

纸的最边缘，画着两个Q版的小人，眼睛都是俩叉号，应当是连清晖父母无疑了。

许亦然无奈道："再往东走是沙山，从这出发，徒步走到双沙圪垯村，再穿过榆林河，就能到。你们如果当初不着急进戈壁，在高速上等过路车，直接从柳格高速走，肯定比现在快。"

"为时已晚了，"连清晖收好地图，"关心则乱，我们也没想到晚上的戈壁会这么凶险。之前确实在高速上等过车子，可惜过路的当地人都说，地图上的地方在戈壁里，车子到不了。”

“怎么会，”许亦然跟上三人一起往前走，手里拎着个穿透度很高的探照灯，让前面的路好走了许多，“沙山附近有村落，也有过往的城乡公交。”

连清晖吃了外来人的亏，也没想到中国眼下并没有他们想象的那么落后，想必那几个所谓的过路车，也都是提前安排好的。

许亦然又说：“刚才在车上，杨小姐已经告诉我一些事情了，那个威德既然想得到经书，直接用你父母的性命威胁即可，何必大费周章让你们到沙山去？你看着挺精明，怎么会……”

许亦然后面未尽的话，自然是“怎么会上这么简单的当”，连清晖听出了他的言外之意，便落在了檀岩和连映蔚身后几步，同许亦然并排走在了一起。

防风镜下，连清晖的双眼透着淡淡的青灰色，许是混血的缘故，看起来有些妖异，在这西域地界的戈壁中，更显得迷人心魄。他压低声音说：“是啊，这么漏洞百出的计谋，我为什么要自己往里钻，还不惜冒着生命危险呢？”

许亦然失笑：“听你这口气，是在怀疑我？”

连清晖不说话，应当是默认了。许亦然强压下心中的不快，语气冷了一分。

“中国有句古话，不知道阁下有没有听说过？”

“什么？”

“狗咬吕洞宾，不识好人心！”

连清晖哈哈大笑：“真巧，在下不才，刚好属狗！”

许亦然无奈：“少爷我是真的没这个闲心，你们除了那张不知价值多少的经书，还有什么值得我觊觎？就算这经书值千百万，那也比不上我手里的东西。不瞒你说，我家世代做古董生意，打小手里经管的物件，随便拎出来一个都比你那半卷经书值钱，你说，我有必要吗?”

连清晖冲许亦然抱了抱拳:“真是失敬失敬,难道许先生,就是西北有名的许家少爷?”

“你……知道西北许家?”许亦然诧然。

连清晖脸上终于也带上了不那么疏离的笑意:“这应当就是爷爷常说的机缘?您祖上,有位叫许世空的得道高人吧?”

“你怎么知道?”许亦然忍不住止步,夜风呼号着,他语气里听着激动。可连清晖却看不清他的表情,只隐约间看到那双淡然的眉眼,在黑暗中骤然灿若星河。

连清晖笑道:“他曾帮过我爷爷,我爷爷流落海外后,常常念叨起他,也常跟我提起。”

“你爷爷是……”

“连梵志!”

许亦然茫然,连清晖便拍拍他肩膀说:“都是陈年旧事。”

连清晖说完便继续赶路,许亦然连忙又跟了上去,嘴里念叨了一句什么,连清晖没听清楚,再问,许亦然便还是摇头轻笑,抬脚追上前面的连映蔚和檀岩。

两个年轻人都没想到,跨越百年,祖辈的交集就如纵横宇宙的星辉,无声地落回了这个叫他们魂牵梦绕的地方。只是其中因缘究竟如何,连清晖和许亦然都没有再继续交流,只闷头往前走着。

就这样又走了将近两个小时,凌晨六点钟,稀薄的朝霞从天际铺洒开来,将整个戈壁滩都晕染成了赤红色,烈焰一般灼烧着,四个人才筋疲力尽地停了下来。

许亦然说:“不出意外,咱们应该已经快出榆树沟了,再往前是青山,今天傍晚前应该能到沙山。”

连映蔚已经累成了一摊烂泥,连带着脑子也成了一团糨糊,这是他这辈子走过最远的路,实在忍不住一屁股坐在了沙砾上。

“哥，咱们还是打车吧！咱们就在这儿等着，开车过来撑死半天!”

许亦然笑道：“都走到这儿了，再坚持一会儿，走到前面双沙圪垯村，还剩下不到九十公里路程，咱们搞个交通工具过去，赶在天黑前肯定能到沙山。”

别无他法，四个人只能继续赶路，檀岩带的蛋白条很快就被消耗殆尽，连映蔚彻底用意念前行。

到了正午，毫无遮掩的烈日又悬在了头顶，连映蔚一身肥肉都要被炼化了，他脱得只剩下一个小背心，不到半小时白嫩的皮肉就被晒得焦红。

连清晖把防晒服丢到连映蔚背上：“这里紫外线很厉害，晒掉一层皮不成问题，不想受罪就忍一忍。”

连映蔚热得说不出话来，认命地裹紧防晒服，恍惚间看到一条白线远远地横在山脚，随着蒸腾的热气扭曲着。

“哥，你看，前面是不是有条公路?!”

“不是公路，”檀岩忍不住欢呼一声，“是条小道!”

连映蔚大骂一声就往前跑：“前面肯定就是小白脸说的什么双沙圪垯村!”

望山跑死马，可这一望无际的戈壁滩上遥远的距离居然没有看上去那么可怕，几个包得跟中东人一样的年轻人疯了一般冲向村子，却错愕地发现这里人烟稀少得可怜，更别说什么交通工具。

一个拉着牛车的老头，错愕地看着四个“天外来客”，“喝”了一声连退好几步。

许亦然连忙取下裹在头上防晒的衣服，朝着老头尽量和善地说：“乡党，别怕，我们是旅游来的驴友，想到沙山去!”

老头狐疑地站在牛车后头，半晌后才操着口音极其浓厚的方言问：“去沙山做甚？那都是红山，有啥耍的？咋的不去旁边的火焰山？那还是个景点！”

连清晖三个人如同听外语，许亦然也听得似是而非，只好笑着又问老头村子哪里能租借到车子。

“村子都空了，全都易地搬迁到瓜州城边边上咯，哪有车借给你们！几个瓜娃子。”

许亦然将老头的话大致翻译给连清晖，就见连清晖的目光幽幽地落在了牛车上，老头很快从他的眼里读出了金钱的味道，错愕地露出了仅剩一颗的大门牙……

烈日偏西，一头填满饲料的黄牛飞奔向东，颠着车板上花了两万多红人头的年轻人，兴奋地冲向了沙山，果然在落日前，站在了层峦叠嶂的红沙山石面前。

沙山从古至今都人烟稀少，连能走牛车的乡道都鲜有一条，所以停在山脚下的一横排越野车就尤为显眼。

几个男人围坐在帐篷里，一边烤着羊羔肉，一边笑闹着喝烈酒。为首的是个壮汉，穿着一身短打，黝黑的脸上泛着油光，面目是典型的中国北方人。

看到牛车，众人纷纷站了起来，壮汉手里还抄着用来割肉的小军刀，一边把玩着，一边等候连清晖等人的牛车靠近。

“你们迟到了，朋友！”

连清晖跳下牛车，看到帐篷下至少有十七八个人，个个目露凶光，显然不是什么正道人士。

而只有一个男人，依旧坐在帐篷里，在影影绰绰的人堆后面泰然自若地继续吃着羊肉，并不像其他人一样凶神恶煞。这人正是猎宝队出发三危山前，在鸣沙山寻找过的穿着“菲拉格慕”的男人。那人还穿着三天前的衣服，甚至身上还留着泥土干涸后残留的污渍。

男人们见连清晖几人不吱声也不靠近，其中一个小矮子大喝一声：“经书带来了没有！”

连清晖扬声道："来的路上遇到了野狼，我们同伴受伤了，东西在他们手上，还在戈壁里！"

"扯淡！"壮汉呵斥，顺势带着一伙人就围了上来，"老子在这戈壁里跑了十来年，可从来没见过哪只狼敢咬人！"

连清晖轻叹了一声，将两眼茫然的老牛护在了身后，对檀岩说："檀姐，别闹得动静太大。"

话音刚落，壮汉的拳头就砸了下来！

许亦然一凛，连忙翻身往后退，却被方才喊话的小矮子一把揪住了衣领。看到小矮子胳膊上遒劲有力凸起的青筋，许亦然骇然意识到，他们这是遇到练家子了！

拳风带着煞气迎面袭来，许亦然下意识闭上了眼睛，却觉自己被拽着的领口豁然一松，紧接着，一声惨叫瞬间传来！

许亦然被惯性抡了出去，险些一头撞到牛屁股上。回头就见一道残影从眼前一闪而过，一个人高马大的大汉，登时仰面翻倒在地，鼻血横流！

紧接着，檀岩娇俏的身影再次鬼魅一般出现在了下一个人的身后，那人错愕间，只觉后腰一重，檀岩已经缠着他宽阔的后背翻身骑在了他的肩膀上！檀岩如同庖丁解牛一般的手，在男人的肩胛骨和后颈敲了两下，男人就已经浑身一软，迅速瘫软。檀岩也顺势往他腰窝一踩，跳到了地上猛地后撤几米开外！

一些跟在后头的人不明所以，听到前头的惨叫声连忙大喊着"前仆后继"涌了上来！

许亦然这才后知后觉，连忙从背包里抽出一把折叠太阳伞，"嗷"地叫了一声就冲了出去！

连映蔚看着许亦然和一群大汉围殴在了一起，忍不住也有些摩拳擦掌："好家伙，这兄弟打架跟伦敦老爷一样，可不能被打死了！"

说着，连映蔚也甩着一身肥肉飞扑了出去！

那边檀岩刚把为首的壮汉放翻在地，两条腿跟剪刀一样狠卡住壮汉的脖颈，就见一座肉山疯了一般砸向壮汉。壮汉惊惧地惨叫一声，却感觉脖子骤然卸了力，然后整个人就被往后拖出去几米远。

檀岩歇斯底里地大喊："连映蔚，这里杀人犯法！"

连映蔚扑了个空，二百多斤的肉山砸在了沙土里，扬起漫天灰尘。

壮汉惊惧交加，满头满脸全是灰土，只留下一双湿漉漉的眼睛，错愕地看着那肉山敏捷地又爬了起来，咆哮着冲向了另外的弟兄。

壮汉两腿发软，刚要扑上去抓那"巨熊"，就觉后脑忽然一股凉风，紧接着左边耳朵"嗡"一声，才明白有人从他身后跳起，直接一脚踹在了他的脑袋上！壮汉应声而倒。

许亦然被四五个人围住殴打，他的折叠伞居然还坚挺着，跟个直升机叶片一样疯狂旋转，远看画面还挺优雅。

连清晖实在看不下去这幅"英伦绅士和西北大汉武斗图"，纵身跃进了人堆里。

半晌过后，坐在帐篷里的男人终于不再吃烤羊肉。他起身走到躺倒的大汉身边，捡起他手里的军刀，悄无声息地瞄准了连清晖的后脑，猛地掷了出去！

"小心！"许亦然正好看到这一幕，连忙"嘭"的一声打开了遮阳伞，可那军刀力道极大，竟然直接穿透遮阳伞，直直飞向连清晖！

千钧一发之际，檀岩不知道又从哪里蹿了出来，一把抓住了飞射而来的军刀，刀尖堪堪停在连清晖后脖颈不到一寸处！然而连清晖却一片坦然，他的目光穿过人群，远远地看向那个还在嚼着肉串的男人。

男人抬了抬手，几个还在和连映蔚缠斗的人立即停了下来，一边忌惮地盯着连清晖四人，一边小心翼翼地朝男人身后围拢。

原来，他才是真正的领头人。

“没想到，连先生身边藏龙卧虎，除了雇佣兵，还有许家少爷？”

男人一张嘴，就露出了满口的黑牙。

连清晖见他身材并不高大，宽阔的鼻翼和黄黑的皮肤，猜想这人应当来自南亚一带。

许亦然收了遮阳伞，看了男人许久，才错愕道：“你是……刘伯身边的那个打手？”

男人笑着冲许亦然拱了拱手：“正是在下，人们都叫我一声六哥，许少爷想是又来敦煌修道？”

许亦然没好气道：“刘伯他老人家可好？怎么会牵扯到德国人的生意里？”

六哥笑道：“哪里的生意不是做？今天这三个人，我们必须带走，还请许少爷勿要见怪！”

许亦然下意识挡住了连清晖的半个身子，等喘匀了气，便拍拍满是灰土的衣服，撩开被汗打湿的刘海，冲六哥不客气道：“先不说这几个是我的朋友，就算这是刘伯的生意，你们也不该这么肆无忌惮，心里还有没有点法规？难不成……为了夺宝，你们还想杀人灭口？！”

六哥闻言，抑制不住地哈哈大笑：“每年无人区死多少人，失踪多少人，许少爷比我清楚吧？”跟着六哥的几个打手都跟着笑起来，俨然已经忘了方才被檀岩暴揍的经历。

连清晖问：“所以，引我们到这里来，就是为了杀人越货？”

六哥踹开脚边的碎石，朝着连清晖啐了一口：“废什么话！给我上！”

一伙人再次冲了出来，檀岩伸手从背包里抽出一根筷子一样的金属小棒。

连清晖急忙说：“檀姐，手下留分寸！”

檀岩胳膊一甩，那根金属棒“唰啦”一下就变出了三倍长，远看就跟击剑的刺刀一样。

冲在最前面的打手见只有檀岩一个女人上前，叫嚣着抡起胳膊就朝着檀岩头顶砸了下来，却只看到一道银色的光闪过，胸口登时传来一阵钻心的剧痛，人也应声而倒！

“把这个女人先给老子弄死！”六哥咆哮一声，七八个男人立即朝着檀岩围拢上去！

许亦然见状还想帮忙，被连清晖拽了回来。

“别捣乱，檀岩收拾这些人绰绰有余，如果留他们继续闹腾，檀岩生气了……真的会杀人……”

许亦然没由来后背一寒，就见檀岩宛若一只上下翻飞的小耗子，所过之处仅留下一道血线，挡住她的人便轰然倒地。短短几分钟内，原本还叫嚣的男人们，全都蜷缩在了檀岩的脚下！

六哥骇然后退，踉跄了几步，才发现檀岩并没有攻击他的意思。那根不明来路的长刺也被檀岩一甩，收了回去。六哥这才惊疑不定地看向连清晖。

连清晖递给檀岩水壶：“消消气！”

檀岩擦干净手上的血渍，这才坐到了牛车上，“消气”去了。

连清晖看着躺了一地、呻吟不止的打手，无奈地冲六哥抱歉地说道：“见笑了，檀姐在东南亚当过雇佣兵，脾气不太好。”

六哥恨不能扭头就跑，他看到愣神的许亦然，连忙道：“许少爷，刘伯好歹也是您长辈，今天这事……我只是拿钱办事，经书拿不到，刘伯那边我也不好交代……”

许亦然无奈：“为什么把人引到沙山来？论说戈壁无人区里头更方便动手，刘伯究竟和德国人做的什么生意？”

六哥知道大势已去，他只得老实交代：“他们死在戈壁里，我们就捡漏，要是有命走到这里，当然就地格杀……”

六哥见对方眼露凶光，连忙找补道：“到沙山来，当然是寻找另外半卷经书！"

"什么？！"连映蔚怪叫一声，"你们有另外半卷？"

"不，"六哥转身指向沙山，"应该说……那里有……"

许亦然蹙眉，低声对连清晖说："别上当，沙山里头地质队和考古队进去都觉得危险，刘伯那人生性狡诈，还是确保你父母安全为主。"

连清晖点头，要六哥现在就跟刘伯打电话，通知刘伯他们已经拿到了经书。

六哥左右为难，连映蔚上去，蒲扇一般的大掌狠拍一记六哥的后脑勺，险些把六哥脑浆子给打出来！

"不想要你兄弟几个的命了？你也说了，无人区每年都有人失踪，哥几个屁股都不怎么干净吧？想不想我们打电话叫警察和搜救队啊？"

六哥无奈，只得硬着头皮拨通了刘伯的电话。

刘伯果然和威德在一起，那头威德苍老而尖锐的声音，透过电话都能听出得意来。

"哪有什么杀手？哈哈哈！果然是群孩子！我可不想招惹连氏那个疯婆娘，哈哈哈！"

刘伯吩咐六哥原地待命，他们马上带探险队前来会合。

挂了电话，六哥欲哭无泪："刘伯说，前些日子敦煌历史文化研究院在沙山的悬崖上发现了一处洞窟，里头有东西能证明同经书有关。"

"敦煌历史文化研究院？"连清晖呢喃一声。

连映蔚忽然拍了连清晖一把："哥！你之前说……威德有个'大圈套'等着咱，是不是这儿？威德这人怎么有点反复无常？飞机上抢来不要，这会又瞎折腾这一出！他和刘伯联手，是觉得咱们几个找不到另一半，给咱搞通关提示呢？"

连清晖挑眉："这倒也能说得通……只是这刘伯，我猜他的身份并不简单，或许后面还有隐秘……"

两人正说着，就听远处隐隐传来一阵汽车的轰鸣声。

第五章
旷野狼群

远远的，被地气蒸腾扭曲的戈壁上，两辆越野车飞速前进，卷起漫天的黄沙，如同破开瘴气的装甲，声势浩大地冲了过来。

等走近些，车顶天窗里冒出了一只脑袋！

星子禾野粉色的头发在狂风中飞舞，她挥舞着小手，兴奋地喊着连清晖的名字。

等走近了，连清晖才看到副驾驶上，一张清丽娟秀的脸。

那个仅有一面之缘的女孩——人们都叫她"江主任"，此刻正沉静地看着他，那双如潋着清泉的眼里，含着他读不懂的嫌弃。

来人还有杨柳，以及敦煌历史文化研究院的三个工作人员。

昨晚杨柳返回敦煌市里重新置办了装备，耽搁了小半天，上高速时又在路口遇到了赶来搜救的警察和江见月。杨柳好说歹说劝返了警察，听说江见月来过这一带比较熟悉，又把人捎了过来。一来一回过了七八个小时，所以这会儿才匆匆赶到。

几人坐在六哥的帐篷里，吃着烤羊肉才觉得又活了过来。

连清晖终于拨通了妈妈的电话，那头略带疲倦的女人刚结束会议，闻言笑道："宝贝，做你想做的事情，这个世界上没有人敢用枪指着我的脑袋，放心吧。”

连清晖一面觉得自己关心则乱，一面还是再次嘱托家人加强防卫，逼着日理万机的爸妈答应，把连氏大楼里三层外三层都检查一遍，这才放心。

星子禾野笑嘻嘻道：“清晖哥哥，咱们也去沙山吧！那里肯定有许多还没有公布的秘密！”

连清晖看了眼站在远处打电话的江见月，没有说话，许亦然劝道：“不要瞎闹，沙山里头比戈壁滩更可怕，到时候出了事，就算出动专业搜救队，也难保你们不会丢了性命。”

“哦？”连清晖递给许亦然一块切好的羊肉，放在许亦然的盘子里，“你去过沙山？”

许亦然点头：“跟着师父游历过，前些年我们几乎走遍了整个河西走廊。这里佛龛洞窟数不胜数，千百年来潜修之人在这里或自己开龛，或替信众作画塑像，更不要说从前还有官僧，受命朝廷专门作画，所以沙山里头必然也有洞窟，只是没有莫高那样密集。”

星子禾野张着小嘴，惊愕不已：“我从前只是以为敦煌文明只限于莫高，原来到处都是。”

许亦然笑道：“中华文明五千年，单单只是河西，前后就有前凉、后凉、南凉、北凉、西凉、大凉几朝建都，更不要说河西之战到安史之乱期间的七八百年鼎盛繁荣时期。从夏商到两宋，这么多年，河西文明辐射千里，而千万文脉汇聚之处，怎么可能只是一个莫高？”

星子禾野整个人都呆住了，许久后吃着烤肉的连映蔚才不满地胖掌一拍：“禾野，别听他瞎说！你是咱们的历史顾问，懂的肯定比这个假道士多！”

许亦然闻言也不恼怒，只是温和地笑笑，继续喝水。那头打完电话的江见月回头看向他们，蹙眉指了指头顶。

众人茫然，杨柳忽然惊叫一声！

“好像是沙尘暴！”

变天几乎就在一瞬间，前一刻还骄阳烈日。忽然，不知从何而来的一阵飓风猛地扑了过来。众人看到远处一道数十米高的“沙墙”，遮天蔽日，几乎同科幻片中的景象一般，都是一片骇然！

“上车！”江见月大喊，“全都上车！”

包括跟着六哥的一伙打手，所有人都连滚带爬地冲向车子。

可沙尘暴的行进速度，显然比肉眼看起来更加迅猛。

很快众人就感觉到了浓烈的土腥味，等爬上车，脸上已经沾了一层白土。

六哥车队的车上都有对讲机，江见月捞起来给所有车子喊：“往山坳里开！那里风沙小！”

四五辆车子就如被驱赶的小蚁，在巨幕一般的沙尘墙前拼了命往前飞驰。没路的沙砾戈壁上开车并不轻松，六哥的车子还是普通越野，方向盘连个稳定辅助都没有，连清晖只能死命抓紧，直直往山坳里冲去。

车子已经快要冲过二百码，连映蔚还好些，星子禾野感觉自己简直就要飘起来，忍不住大叫出声，又被杨柳和檀岩一把揪了回来，七手八脚地给她套上安全带。

“清晖！小心！”

檀岩大喊一声，连清晖连忙打一把方向盘，高速行进中的车子险些侧翻！

宽阔的旷野戈壁中，竟然有块一人高的巨石！

杨柳心有余悸地看着后视镜里迅速远去的红色巨石，赶紧捞起对讲机给后面的许亦然和江见月喊话，叫他们小心些。

然而话音刚落，就听“嘭”的一声巨响！

连映蔚大叫一声，就要开车窗，却被檀岩死命按住：“别开窗！

风沙这么大，你想害死所有人吗?!”

连映蔚，连同几个年龄都还没超过二十五岁的年轻人，脸色惨白地看着模糊不清的车后，不知道撞上巨石的车子究竟是哪一辆。星子禾野忍不住呜咽出声，她把脸埋到檀岩怀里，实在不想再看车窗外一片昏暗的天地。

再快的车速，都赶不上肆虐的风沙，短短数分钟，连带着车子都开始摇晃。忽然，对讲机又一次传来了刺耳的电流声。很快，江见月急促的声音从那头传来——

“看到前面的白塔了没有？往白塔的方向走!”

连清晖狠狠踩下油门，一颗不知道什么时候高高悬起的心轰然坠地。他有些凶悍地长按了一记喇叭，呼啸的飓风中，很快传来隐约的喇叭回应声，几辆车子甩下疯魔一般的沙暴，风驰电掣冲向白塔所在的山坳。

一直到了傍晚六点半，风沙才小了一些。

白塔下的窄小山坳里停了三辆车子。跟着江见月的王邵阳匆匆跑回来：“不行啊江主任，还是没有信号!”

江见月皱起好看的眉毛，她看着外面能见度依旧不到十米的风沙，只好说：“先到白塔里面去，这是我们之前考古时用过的补给站，里面有水和毛毯。”

一行人又冒着风沙迅速爬山，半路上星子禾野坚持不住，被许亦然和连清晖换着背，一直爬了将近一个小时，才终于钻到了白塔里头。

白塔修在半山腰，外头简单地涂了一层白灰，御寒是足够了，容纳二十几个人却很艰难。

刚才撞上巨石的是六哥手下的车子，现在根本联系不上，他们也不敢贸然再返回去寻人，六哥垂头丧气地蹲在角落，眼眶通红。

江见月清点了人数，发现只少了两个，心理压力少了许多。她从木柜里翻找出几条毛毯，先分给三个女孩，再将剩下的分给大家，又找出一些压缩的炒面：“凑合吃吧，放在这儿不到三个月，不会闹肚子的。”

连清晖接过炒面，打开锡纸就闻到了一股淡淡的香料味道，很好闻。

大家仿佛从这炒面里找到了一丝西域特色。

炒面就是用干面粉和着十几种香料翻炒制成的，是千百年来途经河西走廊的旅客们最主要的口粮，也是西北大多数地区的特色食物。

连清晖用手指撮起一些撒到嘴里，发现嚼也不是，硬咽也不是，连忙喝了一口水才渐渐尝出炒面的香味来。扭头却见江见月又戴上了护目镜，招呼着王邵阳要出去。

连清晖连忙站起来：“这么大的风，你要去哪？”

江见月头也不回，一把拉开了门：“我去找找前面那辆车，你们就在这儿等着，风不停就不要出去！”

连清晖赶忙起身追出去，江见月和王邵阳的身影却已经消失在了灰白的傍晚和风沙中。

许亦然跟了出来：“这里我熟，我跟他们去，你回去待着！”

连清晖一把拉住许亦然：“你丢了谁又去找？别跟去了，那块石头距离这里不过二里路，两个小时后他们没回来，咱们再去找！况且……还有这群人在，你放心把他们几个丢下？”

许亦然回头，看到干咽炒面的六哥，只能反身回了白塔。

时间一分一秒地过去，眼看天色已经彻底漆黑。白塔外除了呼啸的风沙，就只剩下简易的门板和窗棂死命地哀嚎。

星子禾野依偎在杨柳怀里昏昏欲睡，忽然听到连清晖说：“刘伯让你们带着经书，去沙山哪里？”问的是六哥，六哥一个激灵清醒过来。

“不知道，我只需要把经书交给刘伯，他要和德国人自己去找一个叫什么……‘百缘洞’的地方。”

“‘百缘洞’？”许亦然诧然，“真的有‘百缘洞’？”

“这这这……这我哪里知道？许少爷……”

连清晖又问：“那你和刘伯接头的地方在哪儿？也在这沙山里？”

六哥小心翼翼地点头：“再往前不到五公里，有个天然形成的小石磨嘴子，上头不知道谁修了个观，外头挂着彩幡，一眼就能看见。德国人也在那里，刘伯说那是百缘洞的入口。”

连映蔚忍不住骂道：“哥你听这人满嘴跑火车，又是道观又是彩幡，到底是佛是道？骗谁呢？”

“真的！”六哥连忙道，“骗你们我今天就被这风沙埋了！”

连清晖把玩着从六哥手里缴来的军刀，不再说话。许亦然看他神色，便猜出了他心中所想。

“连清晖，你想去找刘伯？”

连清晖没有否认，许亦然忍不住发怒：“你疯了？这种天气你还要乱跑？”

连清晖笑笑：“放心，江主任还没回来，我不会乱动的，况且我们什么装备都没有，怎么进山？”

许亦然放心不少，可他见连清晖如狼似隼的双眼，还是忍不住想把这个初生牛犊不怕虎的年轻人一掌拍晕。

过了两个小时，江见月果然还没有回来。连清晖不得不将六哥拎起来，叫他跟着自己和许亦然，再把檀岩留下监视剩下的几人。

“也给我们两个小时，”临走前连清晖说，“如果两个小时后我们还没回来，就派两个人去山顶找信号报警，切记，不许再来找我们，除非你们已经脱险！”

檀岩果断点头，连映蔚也想跟着去，被连清晖强行按了回去。

连清晖戴好护目镜，脸上裹了两层防沙巾，一头钻进了无尽的暗夜中。

再次入夜。

今夜的气温比昨晚更低一些，不到十一点，已经快要零下二十度。

连清晖拍了拍有些看不清数字的手表，上面的指南针乱转。他拍拍走在前面的许亦然，指了指远处的大山。巨大的风沙下，谁都不敢开口说话，只能靠着模糊不清的手势辨别对方意思。好在许亦然和连清晖还算默契，明白对方在说方向错了。

他们没有想到，这个横向不到一千米的山坳，因为黑夜和风沙的缘故，居然能让他们迷失方向。或许早先离开的江见月和王邵阳，就是这样走失的。

六哥还在前头浑浑噩噩地走着，他根本不关心那两个撞了石头的兄弟，反正他们这伙人都是天南海北凑起来的，而此刻被许亦然和连清晖逼着出来寻人，也明白是怕他留在白塔反过来欺负留下的人。忽然，六哥觉得脚下一软，就跟踩在人肉上一般，他吓得险些惊叫出声，连忙凑近了一看，却发现是一头昏死过去的野骆驼。

这玩意在戈壁常见，六哥顿时放下心来，刚要去叫连清晖，一回头却发现巨大的山坳里，竟然只剩下了他一个人！鬼怪一般呼号的大风，穿过山坳拍打在六哥的身上，天地浩瀚，六哥就跟一个沙砾一样被丢在了这里。

他一下子被钉死在了原地，脚下的野骆驼还带着一丝余温，六哥整个人都簌簌发抖起来，从嗓子眼里，冒出了一声几近呜咽的哀叫。

“许……许……”

六哥从未发现，自己的声音在这空旷的山坳中这般微弱，他鼓起勇气抬起脚，却听远处传来“当啷”一声！

六哥头皮一麻，霎时一股狂喜涌上心头，刚要抬脚循着声音追过去，却听到身后又是“当啷”一声！紧接着，前面也是“当啷”一声，左边随即也跟着响了起来！

六哥的狂喜僵在了脸上，取而代之的是比方才更为惊惧的骇然，因为他看到四面八方，闪烁着绿莹莹的火团，一晃一晃，缓缓朝他围拢了过来……而方才听到的声音，竟然就是这些火团发出来的，六哥终于忍不住惨叫一声跌坐在地上，裤裆里一片温热，很快又被大风吹得冰凉！

就在这时，一道如同劈开夜幕的光束猛地刺向了他的面门。六哥看到一个人影从飞舞的沙暴中缓缓走了出来，等那道光近了，才发现竟然是他们要寻找的江见月！陆续有人跟着江见月走来，正是那两个撞上巨石的伙计。

“六哥！”

他俩扑到六哥面前，见六哥一脸鼻涕眼泪，连忙把他扯了起来。

那“当啷”的声音依旧萦绕在四周，江见月丢给六哥一把手电，“小心，这是狼群！”

“狼群？”六哥惊叫一声，但听是活物倒是放心不少，“那这些绿火是怎么回事？”

江见月一时也难以分辨，他们找到两个被困在车里的伙计时，也听到过同样的声音。

江见月从前在这山坳里见过狼群，它们的脖子上都戴着一个铃铛，不知道是谁在驱使这些野兽，却从没见过这种绿火，看起来就像磷火一样。可这里没有人和动物的尸体，哪里来的磷化氢？况且这么大的风，不管什么火都得吹散了。

野骆驼受这绿火和狼群声音的惊吓，在山坳里横冲直撞，王邵阳差点还被受惊的野骆驼撞断了肋骨。

江见月问：“你怎么一个人在这儿？”

六哥只好说连清晖等不到他们回来，便出来找，谁知道风沙太大，他们三个也走散了。

江见月“啧”了一声，叫六哥的两个伙计抬着王邵阳，和六哥一起回白塔去。

“这里夜间太危险，不管你们是什么关系，保命要紧，有什么仇怨，都等风沙过去，天亮以后再说！”

六哥自然恨不能现在就飞回白塔去，见江见月还要留在这里，不由一愣：“你要去找他们？你一个姑娘家的……”

江见月没有理他，扭头就没入了一片黑暗之中，飞舞在风中的发尾如同战袍一般，六哥愣神，被伙计拍了一记才幡然惊醒。

一伙人连忙闷头往回走，等回了白塔，六哥才后知后觉发现自己脸上滚烫，也不知是不是被寒风吹的。

山坳中丝毫不歇的风沙几乎叫人窒息，江见月透过风镜，只能看到不足十米的东西。地上不断有横七竖八躺倒的野骆驼和野马，这些动物似乎是被驱赶到了这里，却不知为何全都躺倒在地，身上也没有被撕咬的痕迹，只是昏昏沉沉地躺着。

手电筒的光柱里飞沙就跟雪花一样飞驰而过。忽然，一个东西从眼前一闪，瞬间没了踪迹！江见月连忙照了过去，什么都看不清楚，只留下呼号的大风，还有几乎要刺穿皮肉的寒冷。

此时已经过了凌晨十二点，急剧降低的气温让江见月迅速失温，如果她现在不返回白塔，以她目前的装备，肯定要出问题。她一个人站在空旷的山坳中，目光灼灼地望着黑黢黢的远处，突然再次迈出了脚步，义无反顾地冲入了黑暗。

很快，那叫人头皮发麻的“当啷”声再次响起，江见月干脆循着声音追过去。就在那“当啷”声几乎近在眼前时，忽然，不知道从哪里冒出来的东西，猛地将江见月扑倒在地！

江见月只一瞬惊愕，而后迅速稳定心神！她反应很快，倒地的瞬间翻身就在原地打了个滚，顺势从裤腰带上抽出时常备在身边的军刀。

那团东西又一次隐匿在了黑暗中，江见月的手电光左右横扫。很快那东西再次出现，正是方才一闪而过的不知名物体！

“谁？”

江见月大喝一声，那东西并不回答，只是“当啷”声再次靠近。果然，七八只目露凶光的大狼，口流涎水，缓缓朝江见月围拢而来！

江见月紧了紧手里的军刀，压低身子，镇静得根本不像个二十出头的小姑娘，倒像是个纵横山野的老手！

江见月又喝问一声：“你究竟是谁？为什么养狼？”

那团东西动了动，终于缓缓地站了起来，一张戴着兽皮面具的脸终于出现在了手电光下。

不过，这的确是个人。只要是人……

江见月轻轻呼出一口气，又打起十二分精神，试探道：“你是这附近的村民？”

那人并不答话，只是忽然“嘎嘎”一笑，朝着狼群打了个呼哨。狼群顿时躁动起来，低吼着就要扑上来！

江见月心中一凛，攥着军刀的手心全是湿汗，下一秒，就有一匹大狼咆哮着扑了过来。

江见月“喝”一声，一手格住大狼的脖子，军刀鬼魅般一绕，瞬间插进了大狼的脖颈！

谁知那大狼力道极大，江见月登时被扑倒在地，她却极其灵活，翻身将大狼又压在了身下，军刀再次刺穿了大狼的皮毛。江见月在它惨叫的同时立即抽身后撤。

其他的狼见势全都扑了过来，江见月忍不住心中哀叹一声，脑子里一片空白，没有应对之法，没有求救的机会，只能连连后退，眼看就要被七八匹狼生吞活剥……

忽然，一阵轰鸣声传来。然后就是响彻天地的、巨大的鸣笛声！只见一辆不知从何而来的越野车，冲破混沌的沙墙，横冲直撞地飞驰而来，巨大的远光灯，虽然歪歪扭扭只剩下了一个，但还是狠狠地刺在狼群的眼中，狼群大惊之下连忙四散逃开。

车子打横停在了江见月面前，连清晖那张清俊的脸露了出来。他拉开车门，不管三七二十一，一把捞起还跌坐在地上的江见月，把人扯上了车子！

那个能操纵狼群的人连忙打起呼哨，狼群再次冲了上来，一匹狼狠狠地撕咬住了江见月的脚腕。

江见月忍不住惨叫一声，却不想连清晖的力气很大，一把就将她塞到了副驾上，然后伸腿一脚踹在了狼头上。

大狼呜咽一声松了口，连清晖一把关上车门，踩下油门，风驰电掣般冲了出去！

江见月艰难地扯下捂在口鼻上的防风罩，露出一张略微有些发青，却极其秀丽的脸蛋。她的嘴唇苍白，缓了许久才喘匀了气。

连清晖丢给她一瓶水："这车跑不了多久，被撞得太厉害了。"

原来是六哥手下两个伙计留下的车子，没想到连清晖走得那么快，居然找到巨石，还把这车子都给折腾好了，但几个人还是这样阴差阳错地走散了。

连清晖说："看一下脚腕，有没有受伤，小心伤口感染，这狼和狗混居，要赶紧回城里去，感染狂犬病就麻烦了……"

江见月艰难地挽起裤腿，却发现脚腕上只是刮起了一层表皮，连血都没有渗出来。松了一口气的同时，扭头去看连清晖。

疾驰的车子里静默许久，江见月才问连清晖："你们到敦煌来，究竟要做什么？"

连清晖扭头对江见月笑笑，那双青灰色眼眸里，竟然带着些许温情，又有着少年人特有的纯净和澄澈。

他把一直贴身带着的半卷经书丢到了江见月的怀里，猛打一记方向盘，朝着白塔飞驰而去。

“烦请专家鉴定，这东西究竟值不值钱。”

第六章
老树开花

苍茫的旷野寒风中，狼群亲昵地围拢在男人的身侧，男人脸上的兽皮被狼蹭了下来……

他背起被江见月刺伤的大狼，朝着漆黑的山坳走去，被风沙一口吞入了腹中。

几乎报废的车子，刚走出沙山，堪堪爬到乡道，就“嘎唧”一声咽了气。

江见月发现脚踝还是有些痛，应当是被那头狼拖拽时，有些扭到了。她蜷缩在车上，看着手里的经书，错愕的同时又有些震惊。这样珍贵的文物，这个人居然就这样轻易地丢给了自己？他究竟是谁？来中国有什么目的？

仿佛感受到了江见月审视的目光，车外寻找信号的连清晖突然回过头来。

两个人遥遥相望，连清晖却并不觉得被冒犯，脸上什么表情都没有，看了江见月一眼，又转过了身。刚刚破晓的曦光斜斜打在他修长的后背上，将他的身影拉得很长，宛若一把长剑，刺入戈壁沙漠之中。

江见月看得有些出神，忽见他的胳膊上带着血色，这才反应过来，刚才连清晖救自己时也受了伤。

此时车外温度刚刚破零，残余的沙尘还在孜孜不倦地拍打着车子，江见月摇下车窗，冲连清晖喊：“回来吧！警察知道我进了戈壁，没等到我回复，肯定会派救援队过来的。”

连清晖裹着一身寒气和土腥味上车，他打开车上的无线电，传来的只有刺耳的忙音。

连清晖说：“许亦然还在戈壁里头，你见过他吗？”

江见月摇头，将经书仔细叠好，还给了连清晖：“这份经书，你从哪里得来的？”

连清晖笑笑：“祖传。江主任有没有看出什么门道？”

江见月抿唇，她想问连清晖跟那个盗走绿度母菩萨像的人有没有关系，但话到嘴边，看了眼茫茫无际的戈壁，又尽数咽了回去，只说道：“这份经书只有一半，故事也不全，但能看到‘天祐’和‘节度使仁恭’这些字眼，内容应当是唐末天祐年间，卢龙节度使刘仁恭的相关记事。”

“哦？”连清晖不知道从哪里搜出来一包干馍片，拿出来一个递给江见月，话题却变了，“江主任，你听说过沙山‘百缘洞’吗？”

江见月摇头，并没有回答。连清晖便不再追问，只舒展身体，仰躺在座位上，扭过头去瞧江见月。

连清晖见她被风沙侵蚀过的面庞，居然并没有高原人特有的颜色，反倒是透着些许细嫩。一时间，连清晖成语存量可怜的脑子里，竟然只能浮现出一个，说出口绝对会被吐槽“油腻”的词语——肤如凝脂！

江见月啮齿动物一般啃完了一块馍片，拍了拍手，把围在脖子上的防风罩又戴了起来，连清晖连忙捉住她的手：“干什么去？还想回沙山？”

江见月轻轻笑一声："我看起来那么没脑子？"

连清晖一愣，这才后知后觉明白人家姑娘应该是要解决生理问题，登时一张脸不受控地红了个通透。

连清晖看着江见月一瘸一拐地走远，不免有些担忧，刚想出声提醒她别走太远，整个车子忽然"哐当"一声巨响！连清晖心里一跳，难不成那些疯狼又追了上来？

他不敢打开车门，见江见月还慢慢悠悠地走着，连忙破开天窗朝她大喊。

江见月愕然回头，就见一头拉着板车的老牛，十分幽怨地一下一下撞着他们的车子，连清晖从车顶探出半个身子，嚎得撕心裂肺。

猎宝队一行是下午四点多才回到市区的。

连映蔚怜惜地抚摸着老牛的头："好兄弟啊！要不是你，连清晖也不能那么快找到县城，把我们捎带救出来。为了报答你，今晚我们就吃红烧牛蹄吧！"

"走了，"连清晖敲了连映蔚西瓜头一记，"再迟点，你老哥我就要变狂犬了！"

连映蔚促狭地捅一捅连清晖："打狂犬疫苗，你带着人家江主任干吗？"

"不是我带着人家，是我诚心地邀请江主任，以表我真挚的歉意！"

两人说着，正好走到江见月的车前，话音落到了江见月的耳朵里。

她倒是大度，无奈地摇头笑笑："我这连皮都没破，真的没必要打疫苗。"

"那可不行！"连映蔚用一身肥肉挤开连清晖，趴在车窗外笑呵呵地说，"这不是受伤的问题，是一个纯情少男想要抓住表达真情的机会，江主任，您看破不说破啊！"

“瞎扯什么！”连清晖一张冷脸黑得跟锅底一般，拽着弟弟一脚踹上了车。

到了疾控中心，大夫剪开连清晖血迹已经干涸的衣服，江见月才忍不住倒吸一口凉气。

连清晖的后背，被撕扯开了近一寸深的口子，消毒的棉签擦过伤口边缘，连清晖紧实的肌肉生理性地一阵抽搐。

大夫说：“打上疫苗后，还是尽快去医院缝合伤口。”

连清晖笑笑：“没事，先给她打疫苗吧。”

江见月闻言心里忽然涌上来一股怒意，可这怒意却无法宣之于口。她只好把埋怨和不解强行压下，塞回到肚子里。

结果等打完疫苗，坐上车子，这股怒意已经转化成了连江见月自己都没有察觉的感动和柔软，轻轻的，痒痒的。

江见月下午还有会，陪着连清晖缝好线，留了个电话便匆匆离开。

连映蔚咂巴着嘴说：“连清晖啊，这老树开花也得讲究时机！况且你这激情澎湃来得也太突然了，写小说也得有个感情铺垫不是？再者，咱们这趟来敦煌，最好不要碰到官方，你明白我的意思吧？”

连清晖白了他一眼，也没否认老树开花这一条，只说：“这次倒是必须和官方交流。”

“哦？怎么说？”

“这次进无人区，招惹了一些看似友善实则危险的人物，他们应当也是抱有同样的打算，敦煌历史文化研究院……眼下便是一块谁都想舔一舔的肉。”

连映蔚眯了眯眼：“危险的人？你是说……那个许亦然？”

连清晖点头：“还记得当初刚到老君堂，我们听到的那个酷似木鱼的声音吗？”

“记得！怎么？”

“那声音很特殊，有点像催眠术里的口令催眠。搞出这种声音的人，显然从老君堂开始就在做伏笔。峡谷中有人专门用这种声音，操纵狼群袭击了我们！”

连映蔚怪叫一声，险些追尾了前面的车子：“你是说，有人跟咱玩潜伏？”他揉揉西瓜头，脑子里灵光一闪，“哥，你说，你们在戈壁上遇到的狼群是不是许亦然养的？”

连清晖摇头，连映蔚这个定论太过主观，中间没有必然联系。

“是不是他养的不确定，只是昨晚在山坳里，我们俩是一起被狼群袭击的，在和狼群搏斗时，他和我走散了，后来回到白塔救你们时，才在半道捡到了昏迷的他。”

连映蔚十分看不惯许亦然那副温文儒雅的模样，因而十分执拗地说：“跟他没关系也跟那个老道士有关！我就觉得他人模狗样！”

连映蔚说着，把车子开到酒店车库，又问：“那六哥遇到的鬼火，又是怎么回事？”

“是狗。”连清晖想到那晚看到的场景，后背的伤口便愈发疼起来。

“那人用几条狗来驱使狼，鬼火不过是一种颜色近似磷火的灯，挂在狗脖子上。”

连映蔚咋舌：“你看到狗了？背上的伤也是它们干的？”

连清晖点头：“只看到一只，那狗体形极大，也十分聪明……我不知道再次遇到它，还能不能全身而退……”

连映蔚感慨，幸亏当时他没跟着连清晖一起出去找人，否则他此刻早就成高级狗粮了。

连映蔚准备扶着连清晖下车，就见他哥双眼微眯，青灰色的眸子在幽暗不明的地下车库，闪烁着叫人不寒而栗的光芒。

连映蔚抖了抖肥肉，说：“哥，每次当你露出这种表情，我就知道你又要憋坏招了，咱打个商量，这回不拿我当肉盾成不？”

“成！怎么不成?”连清晖下车，在江见月的手机号前面加了个“A”，设置成了通讯录第一个，“你现在就去找杨柳和星子禾野，让她们尽快根据各自对中国历史和佛教历史的了解，查一查《危峰东屹经》更多的信息，至于你……”

连映蔚连忙举手投降：“我还是帮她们查资料吧!”

连清晖点点头：“叫檀岩过来找我。”

连映蔚“啧”了一声，见连清晖又爬上了驾驶座，连忙抓住他要关上的车门：“哥，你要去干吗!”

连清晖挠了挠脸颊：“我觉得……这狼牙肯定有问题，伤口有点不对劲，去问问江主任有没有同样的状况……”

连映蔚眯眼：“蹩脚了啊，你得给彼此留点空间，咱这前后脚分开连一小时都不到，好男孩要懂得保持距离和分寸!”

连清晖扒开连映蔚的手：“既然牵扯到了敦煌历史文化研究院，我打算干脆去实地学习学习，最好能听听他们对古文献的解读。”

连清晖说着，已经发动了车子，关上车窗前，含糊不清地说道：“毕竟星子……和咱们隔了一道……”

连映蔚一愣，当即明白连清晖这个所谓“隔了一道”是什么意思。

在来敦煌之前，其实猎宝队是没有星子禾野的。她是杨柳在古玩行当里浸淫多年，花了不少功夫才找来的小专家。

可千言万语都抵不过两个字——血脉。

连映蔚叹口气，替连清晖拍拍车门：“你的伤太重了，别太拼，小心发炎发烧!”

“明白!”

敦煌历史文化研究院，专题会后。

江见月给张潮倒上茶水，张潮连忙把她拉着坐下，无奈道：“你也太不让我省心了！人家救援队是干吗的？你非要去逞这个能?”

江见月还是和以往一样，抿唇微笑着不言语，温婉细腻，就像一道清泉静静地流淌着，任谁抽刀断水，都不会停下脚步。

张潮无奈，说难听点，就是这破小孩最爱玩“非暴力不反抗”这一套！

张潮也着实上火，还要再劝说几句，就听江见月说：“张教授，您对‘百缘洞’有什么看法？”

“百缘洞？”张潮推了推眼镜，思索片刻说，“以前在文献上，确实见过一个叫做百缘和尚的，那是唐末年间沧州人士。不知何原因一个人到了敦煌，在敦煌宣扬佛法，传说在三危山坐化修得正果。这个百缘洞，应当就是与他有关。”

“哦？”江见月又问，“那这个百缘和尚，可有什么遗作？”

“这个就无从考证了，你也知道，敦煌文献千年来不管是内因还是外因，经历过无数次的浩劫，”张潮笑笑，“我学识浅薄，这个还不得而知。”

“您还学识浅薄？”江见月无奈道，“那我们这些人就是文盲了！”

张潮无奈地用手指点点江见月，看似指责，眼里却多是长辈的包容，而后转了个话题：“这段时间，有没有绿度母菩萨像的消息？”

于是江见月便将如何遇到连清晖，又如何搭救六哥等人的事情详细地说了一遍。

张潮摩挲着自己的胡楂，思忖后说：“你是说，连清晖看到过六哥偷走的绿度母？”

江见月刚要说话，就有同事来敲办公室的门：“江主任，有个姓连的英国人找你！”

张潮笑道：“来者动机不纯吧？”

江见月和张潮亲自到单位大厅去接连清晖，一打照面，连清晖就问江见月被狼牙刮过的伤口有没有发痒。

江见月一愣，她自己没什么感觉，但想到连清晖背上那道可怖的伤口，正常人肯定这会已经躺下休息了，这人还这么火急火燎地跑过来，难不成这伤真有什么问题?

这样想着，对面的连清晖已经上前一步，说了声“抱歉”，然后就弯腰撩起了江见月的裤腿。

江见月的脚腕果然又红又肿，张潮错愕，忍不住责备：“这么严重?你怎么不说?”

江见月也有些发蒙，这狼牙毒真有这么厉害?那连清晖的后背岂不是……

连清晖轻轻捏了捏江见月的脚踝，替江见月解围道：“没事，没有脓包，应该是扭伤有了瘀血，吃点活血化瘀的药就好了。”

张潮不信，也蹲在了江见月的腿边，按了按她肿得跟馒头似的脚踝：“只是崴了?”

正巧赶上下班时间，各个科室的同事都走出了办公室，一到大厅，就见他们江主任脚边，“趴”俩男的，跟朝奉似的!

江见月看着几个表情精彩纷呈的同事出去，这才后知后觉地发现，这场面怎么看都有些诡异，白嫩的脸登时火热一片，连忙把俩人提了起来。

“哎呀没事，我都没感到疼!先去我办公室。”

连清晖十分丝滑地站了起来：“那多麻烦，不知道江主任方便不方便?”

江见月皮笑肉不笑地和连清晖客气了一番，把人请进办公室后，给连清晖介绍道：“这位是张教授，专门从事古代文物历史研究和修复，算是我们研究院的技术指导。”

“连清晖，”连清晖主动同张潮握手，“张教授好!”

张潮见连清晖不卑不亢，举止进退有度，倒像是国内一些世家子弟一般。

“听说连先生是华裔?”

连清晖点头："是，英籍华裔，祖父祖母都是中国人。"

张潮点头，有些感慨："我从前也去伦敦交流过，不愧是全世界博物馆和图书馆数量最多的城市，确实很有底蕴。"

连清晖并没有因为张潮对伦敦的夸赞而显出与有荣焉的神态，只是肯定了张潮的话后说："但在我看来，要说'底蕴'二字，只有中国当之无愧！"

"哦？怎么说？"

连清晖谦虚笑道："您是专家教授，我不敢在您面前班门弄斧，只是从小爷爷对中国文化的推崇和怀念，让我耳濡目染，喜欢研究一些野史和旁门左道，都是些拿不上台面的兴趣。可即便是这些东西，也让我窥到了中国文化的厚重。"

张潮笑着拍拍连清晖的肩膀："小友自谦了，我看你倒是不忘祖，知道寻根溯源，就拿你脖子上这块小青玉说……"

张潮说着，指了指连清晖的脖子，给江见月说："还记得之前你爸爸他们发现的康王遗物吗？连先生这块玉，这可是御赐！"

连清晖诧异："居然是御赐？"

张潮笑道："前些年，小江的爸爸在敦煌出土的铁券上，找到过关于这玉的记载。"

"铁券？"连清晖摩挲着小玉，没想到这玉竟然这样有来头，"铁券是皇帝赐给功臣和重臣的凭证，就跟现在的勋章一样。"

张潮说："对，这小玉就是赏赐之一，可惜小江的爸爸找了好多年，才知道这玉自打民国出土后，就没了踪迹，实在可惜……这玉后头应当是刻了字吧？"

连清晖一愣，连忙取下青玉，递给张潮："教授说的没错，后面确实刻着'尊崇诚信，保境为信'几个字！"

张潮又把玉递给江见月，对她解释道："这是唐贞元年间的物件，说明连先生呐，还是有慧根的！"

江见月摩挲着青玉上的字迹，上面还带着连清晖的体温，不烫，江见月拿着却总觉得不舒坦，又放回了连清晖的手心。

也不知道张潮是怎么能从“底蕴”扯到“慧根”上的，也不明白人家玉上有字，跟连清晖的“慧根”怎么掰扯到一块的。

尬聊的级别实属罕见。

江见月明白，张教授这是想留下连清晖，问问绿度母的事。

江见月顺势说：“既然张教授这么认可连先生，那不妨请连先生参观参观我们研究院？也算是为华侨同胞展示中华‘底蕴’，如何？”

连清晖自然是没什么不答应的，两方一拍即合，连清晖便将早就等在外头的檀岩叫了进来。

走在研究院的走廊里，檀岩忍不住，捅了连清晖肋骨一手肘：“你要结婚的话，我是不是得签续约合同啊？我和你爷爷签的是‘三代’合同！”

连清晖瞥眼：“连映蔚是不是把我儿子的名字都想好了？”

檀岩耸肩。

一行人走到“文物修复室”，江见月十分大方请几人都进去，“这些是我们正在修复的，非保密部分的一些文物，平时也会对外开放，允许参观。”

江见月戴上手套，将一个残缺不全的陶罐拿了起来，“文物修复的难度不在于残缺，而是对残缺的部分进行修补时，遵循不改变文物原状、最小介入干预的原则。残块的形状、大小、颜色、花纹都不能凭主观想象任意创造，影响文物的价值。”

连清晖点头：“其中是不是涉及文物的所属年份？我看一些文物鉴定的节目，还会对所有者、制造者的特点，甚至还要对控制温度和湿度有所掌握，对吗？”

江见月双眼望向人的时候，一汪清泉似有说不尽的深情，再仔细分辨，却又潋入平静的表情之下，叫人抓不住，摸不透。

她就用这样一双眼，看着连清晖说："没错，这期间的难度十分大，有人甚至花数十年来修复一件文物，来探究这件文物身上究竟有什么故事。"

连清晖怔愣地看着江见月，江见月又叫了他一声，这才倏然咳了一声，含糊不清地"嗯"了一下。

连清晖深吸了一口气，扭头却看到桌上还有一幅正在修复的画像，上面是个长相和气的老人，看样子应该不过百年。

"这是……"

江见月语气郑重："这位是敦煌历史文化研究院的第一任院长，林锦云。"

"哦?"连清晖凑近了看画像上的人，"这人很出名吗?我第一次听说，还是这画价值很高?"

江见月摇头："不是画本身价值高，而是画上的人。"

正在做这幅画修复的工作人员介绍说："一九二七年林锦云在法国留学的时候，看到了一套由法国人撰写的《敦煌图鉴》，全书共分六册，收有关敦煌石窟和塑像照片上千幅，他十分惊奇，这才知道在中国，竟然还有这样一座艺术宝库存在，且已经在国外引起了轰动。而国人自己却全然不知。林锦云的触动极大，因而做出了一个几乎改变他一生的决定。"

连清晖点头："确实，我在英国也看到过很多介绍敦煌的东西，包括我有一位日本朋友，她对敦煌的研究堪比教授级的学者。"

工作人员听见这话，面上便不怎么好看，不情不愿地继续说："林院长毅然决定回国守护敦煌。在几十年的艰苦生活中，他前后经历了妻离子散、家破人亡的种种不幸和打击，克服了难以想象的困难……即便是这样，林院长在辛勤工作的几十年中，组织大家修复壁画，搜集整理流散文物，撰写了一批有较高学术价值的论文，临摹了大量的壁画精品，并多次举办大型展览，出版画册，向更多的人介绍敦煌艺术……”

听完这些，连清晖没有说话，江见月便望向他的眼睛，似要望到连清晖的内心深处去。

连清晖却始终未发一言，他明白，这场“参观”是带了目的性的。这个目的就像中国人自古以来所持有的特质一般，太过隐晦和委婉，叫人舒服而不疏离，却不由自主地要从灵魂骨骼肌肤里反省自我。

江见月果然没有点破，只轻快地说：“这也将是我这一生最大的心愿……就跟千百年来走过这里的僧侣和画工一样，我也愿意把自己的一生都奉献给敦煌!”

江见月说完最后一句，脸颊有些发红，她急忙转过身招呼工作人员继续工作，连清晖看得出来她是在掩饰尴尬。这年头，谁能在日常生活中，这样大大咧咧地，说出这样“令人羞耻”的豪言壮志呢?

连清晖被檀岩搡了一记肋骨，这才把目光从江见月身上挪开。另一头的张潮也暗中观察着连清晖。他发觉眼前这个举手投足都透着英国绅士之风的年轻人，身上竟同时杂糅着中国人特有的风韵。这种感觉有些玄妙，甚至只可意会不可言传，倒是十分对自己的胃口，便说：“其实呐，这文物的修复虽然困难，但好在文物是在我们自己的手中，可那些被窃取的文物，就叫人十分痛惜了!”张潮说着，打开一旁的显示屏，调到一张绿度母菩萨像。

连清晖和檀岩对视一眼，知道这尊绿度母，是猎宝队进入三危山前，“误入”包间的六哥口袋里露出来的佛像!

如今再回头研究这件事，便愈发耐人寻味了，误入的六哥，对面楼上的两个小孩，恐怕都在某些人精密的计划之中。

江见月“冷却”后归队，将两人的神情看在眼里，终于牵出了今天的主题：“这是我们在酒店大火那天丢失的绿度母，连先生，我只想知道，那天的火，和你有没有关系？”

连清晖一愣，没想到江见月会怀疑自己，却也不觉得恼怒。只是他的脸上这辈子从没出现过“和蔼的笑”，所以只是干脆地摇头不认。

果然江见月脸色不怎么好看，连清晖猜此刻江见月应该把他和六哥划分在了一起。

见连清晖什么都不愿透露，江见月多少有些失望，只得带着俩人出了修复室。

同样的走廊，同样熟悉的檀岩“肘击”配方，她用眼神问连清晖究竟什么打算。

连清晖苦笑一声，给檀岩发了个消息——

“还需静待大鱼上钩，此时不宜深交！”

第七章
配合演出

敦煌戈壁滩，沙山，百缘洞中。

威德冻得脸色青紫，终于起身大骂一声，一脚踢翻了煮着面条的酒精炉，冲着跟着他的翻译嚷嚷了半天。

翻译赔着小心，又将威德的话转述给一旁依旧一副气定神闲的刘伯：“既是合作，就要拿出诚意！咱们白白等了这么久，你们究竟布的什么局？威德老板有权利知道，否则就一拍两散！”

刘伯吸溜一口茶，一点也不在意被寒风吹得随风乱舞的胡子：

“少安毋躁……聪明的猎物自然不会立即中招!”

翻译也不敢给威德转述，急得抓耳挠腮：“你们既要牵制德国人，又不想告诉他们实情，那就该拿出点诚意来嘛！大家都是商人，否则德国人一走了之，还合作什么?”

很快夜风来袭，威德年事已高，只得跟着自己的团队匆匆离开。

刘伯手下跑来，一见着刘伯就喊：“刘伯，老六几个被抓了!”

刘伯眼皮一跳：“怎么回事?”

手下在冰冷的寒风里摸了一把汗：“他们所有人马都折在那几个小孩手里了！大少爷和那几个外国来的在一起，后面研究院的也来了!”

刘伯一下子站了起来，失声反问：“谁？大少爷？他回来了?”

“是在道观里头清修，也不知道怎么的就……”

刘伯抬手打断手下，原地转了个圈，自言自语道：“我说呢，先前老六打电话时语气就不对劲，原是想引我出洞!”

手下挠挠脑袋：“啊？难不成少爷想叫警察埋伏啊，不至于吧?咱手底下都是干净买卖，抓咱们有什么意思?”

刘伯赶紧跑出百缘洞，顺着简易木梯快速往下爬，边走边招呼所有伙计：“加快速度！联系小姐！让她赶紧来接货!”

此时已经是连清晖等人夜闯戈壁的第二天晚上，刘伯心里发怵，不明白他们家大少爷究竟闹的哪一出，又觉得没法给上头交代，刚匆匆坐上车子，就听见一阵汽车轰鸣远远传来。

手下大喊：“真的是条子!”

刘伯急忙镇定下来，见五六个警察下车，连忙迎上去：“麻队长怎么来了？这大半夜的!”

麻舒，民警大队队长，和刘伯也算是老熟人了，两人年纪相当，见面还是接过了刘伯递过来的烟。

“你们在这片又干吗呢？这里可收不着东西。”

“嗐!”刘伯连忙解释，“收啥东西呢，早不干这个了……”

“那跑这么偏的地方来做什么?”

刘伯四下看看，实在搪塞不过去，只好说是研究院委托他们来搞搬运，这个他们在行，以前也经常做。

刘伯手里有先前研究院开给许家的特批单子，麻舒环顾几个跟着刘伯的小青年，大多是许家人，便嗤笑一声说：“你个老狗糊弄谁呢？又想喝茶了?”

刘伯连忙告饶，麻队长到上头洞窟里看了，确实什么东西都没有，这才不情不愿地离开。

打发了麻舒，刘伯没好气地给家里去了电话。

那头接电话的是个小姑娘，许亦然的小堂妹，听刘伯这么说，当即冷声道：“是你们先前在瓜州闹的动静太大，这是对方给了你一个提醒，回来吧……从长计议。”

敦煌大酒店。

除了已经元气满满的星子禾野，其余人都无精打采地扒拉着盘子里的冷餐。

杨柳看着一直埋头看手机的许亦然，见对方精致的脸上没有一丝情绪波动，颇有些坦然处之的味道。

似乎感应到了杨柳的审视，许亦然抬头，见杨柳挑眉，便大方地扬扬手机解释道：“处理一下店里生意上的事情。”

“你家做古董生意，应该快一百多年了吧？老字号。”

许亦然没有否认，干脆放下手机，向杨柳解释道：“最开始并不是做古董生意，后来发迹才做，曾祖以前也修道，所以传下来一些不成文的规矩。”

杨柳“哦”一声，显然被吊起了兴趣，又问许亦然“道生万物”究竟是什么意思，等许亦然絮絮叨叨解释完，两人已经不知不觉间坐在了一起，只是众人都未发觉。

正巧连清晖和连映蔚回来了，顶着比死人还难看的脸，连清晖居然还坦然自若地坐下给自己倒了杯红酒。

檀岩一把按住高脚杯：“如果想让我背着你的尸体回英国，我建议你再喝点威士忌解馋。”

连清晖无语地放下酒杯，见几个小伙伴“热切”地看着自己，只好耸耸肩说：“好吧，是时候开第二次圆桌会议了。大家有什么想法，可以和以前一样，逐条提出来，咱们挨个解决。”

杨柳跷起大长腿，耸肩说道：“目前还能有什么问题？除了百缘洞，咱们也没什么副本可以打。”

连清晖说：“百缘洞暂且按下，这个点本身就缺乏推敲，在线索还没得到充分印证的情况下咱们就贸然进入了沙山，这是以前从不会犯的错误，我们需要全面复盘！”

连清晖话毕，杨柳的目光就落在了许亦然的身上，许亦然当即举起手后退一步说：“这是你们内部会议，我先上楼洗个澡。”

看着许亦然的背影，连映蔚终于忍不住了：“肯定是这小白脸诱导咱们！什么百缘洞，根本就是他胡诌的！他就是想骗咱们的经书！”

星子禾野眨巴眨巴眼睛，转过自己的平板给大家看：“可是许家明面上的资产就有这么多，就算咱们的经书价值几个亿，对他来说也不足挂齿吧……”

连映蔚凑过去一看，登时被一连串的“0”给唬住了：“好家伙，这么有钱，和本少爷都有得一拼！”

杨柳倒是神志清醒，她嗤笑一声说：“事出反常必有妖，从咱们踏入中国那一刻起，这个人就恰如其分地出现在每个合适的时机，要么这卷经书真的价值连城，要么……就是它的背后藏了更诱人的东西！”

“背后？”连映蔚十分呆瓜地干脆抽出包里经书，翻过面看了看，

“背后是一幅画，啥也不是。”

连清晖眼皮一跳，一把夺过经书：“不会说话就少放屁!”

星子禾野当即就跳了起来，抖着洛丽塔小裙摆凑了过来：“我看看!”

连清晖无法，只得将经书铺开放在桌面上，果然背后有一幅看起来不怎么明显的山水图，星子禾野琢磨半天，也没看出个门道来。

“奇怪……”星子禾野把经书转了几个圈，都没研究明白，“看起来是工笔，却笔法粗糙，显然和前面经书的作者不是同一个人……清晖哥哥，你之前怎么没给我看这个?”

杨柳把星子禾野抱到一边，从挎包里掏出一个特制的放大镜，她浸淫古玩行当多年，正是靠着一双毒辣的眼睛在货人圈里小有名气。

“这不是画，”杨柳说，她血红的指甲轻轻地点在经书上七扭八拐的一团线上，“这应该是一幅舆图!”

一语惊四座，尤其是星子禾野，她惊叫一声，连忙从杨柳胳膊下挤进去，凑到经书前仔细端详，半晌后才喃喃自语：“这么一看……确实画风和我在台北故宫博物馆里看到的《康熙台湾舆图》挺像，只是画师水平差了太多……”

“这个从前应当是彩绘，”杨柳捻了捻经书，“只是画舆图的人买不到好的颜料，以次充好，所以时间久了颜色全部掉了，只剩下了黑墨。”

众人全都凑近去看，确实图画上很多树都只剩下了歪歪扭扭的枝干，尴尬地悬空在同样光秃秃的山峦上，显然这里曾经绿意盎然。只是到了经书断裂的部分，波浪一样的东西代替的高山，看起来一马平川，却戛然而止。

杨柳说：“如果我没有猜错，另外一半经书上画的一定是沙漠了。”

星子禾野搓搓下巴："可是为什么后面会有舆图呢？难道许帅哥为的是它？"

"许帅哥"三个字麻得连映蔚险些抖掉三斤肥肉，他嫌弃地说："肯定是了！长得人模狗样，心眼子多的是呢！"

杨柳没好气地把经书卷起来："收一收你那嫉妒的嘴脸！他的目的不纯是必然的，只是究竟是不是这个舆图，都是我们的臆测，还是按清晖说的来，我们需要全面复盘！"

终于等到这群人"闲聊"结束，连清晖笑道："漂亮，等了快二十分钟，你们终于想到会议主旨了。"

连清晖收好经书，环视一圈众人，然后说了句叫大家都惊掉下巴的话："很可惜，刚和敦煌历史文化研究院对证过，确实存在百缘洞，且许亦然这些年积极配合研究院工作，替国家追讨过许多文物，总结说来，这个人可能真的是个迷人的正派角色。"

星子禾野不解："那沙山里头那些许家的坏蛋怎么说？"

"许家太大了，光九族外的旁系都有上百号人，况且本家人心不齐，虽说许亦然是不可否认的嫡传继承人，可他还有七八个堂兄弟姐妹，保不齐家里人会有其他心思。"

星子禾野瞟了一眼杨柳，暗戳戳地说："也对，否则到戈壁救咱们这么危险的事情，他也不可能亲自出马。"

杨柳知道这"中二"萝莉又在脑补什么剧情，连忙说："说好的复盘呢？"

"过程就是，"连清晖说，"许亦然的出现，要么是阴差阳错，要么是刻意为之，但绝对和许家人脱不了干系。大家别忘了，威德此刻还猫在敦煌，暗中盯着咱们！既然你们认为这份经书后面可能是舆图，那么我们不妨干脆和许少爷开诚布公地聊一聊，如何？"

几人正说着，又有服务员端着一水的敦煌当地美食走了过来，场景如此的熟悉，猎宝队众人一时无语。

“我说……这许少爷是不是脑子有病?”

脑子有病的许亦然喜气洋洋地又下了楼，换了件衣裳，还真的洗了个澡，他给众人介绍道：“到了咱们河西走廊，不管什么事情，我总得尽尽地主之谊!”

看着一桌子大油大盐的牛羊鱼鲜，猎宝队人人面如菜色。

面对许亦然的开诚布公，连清晖等人便不再拿乔，十分给面子地消灭了一桌子饭菜。

许亦然说：“抱歉，无意间听到了你们的墙角。我们家确实支系庞大，这些年家里头纷争也愈发杂乱，为了躲清闲，我常到师父那边坐坐，没想到刘伯他们，竟然连外国人的生意都要做。”

“哦?”杨柳来了兴趣，“你们家这么大的古董买卖，只和中国人合作?”

许亦然点头，笑道：“许家海外只做采购，货品一律内销。”

杨柳挑眉，倒是没想到许家人有这份讲究。以前在网上看一些中国相关的事情，总觉得这里的人对于“家国”这种东西有莫名的执念，没想到现实中，还真有人是这样。一个做古董倒卖生意的，居然也讲“情怀”?

看得出杨柳眼里的不屑，许亦然也没有多作解释，只端坐着抿了一口茶，看起来十分有教养内涵。

连清晖又问：“那刘伯不是你的人?”

许亦然说：“是，从我小时候起，他就跟着我二伯，算是我二伯的伴当。几个月前，我爸把西北所有铺面都转交到了我的手里，所以二伯那边有些坐不住了。”

“你以前不知道他和威德合作?”

许亦然放下茶盏，目光里透着澄澈，直视连清晖的眼睛：“如果我知道他敢私下同外国人合作，我会召集族老，将他剔除出族谱。”

猎宝队几人对视一眼，心里明白这句话的分量，在古董行业，世代家族的影响力不容小觑。即便货人的手中有天价之宝，倘若没有大族盖印佐证，这东西便是个“地下货”，很难在市面上自然流通。倘若许亦然的二伯被踢出许家，意味着什么，不言而喻。

果然星子禾野的好奇心被挑了起来，她也是大族的女孩，便倾着身子睁大眼睛问：“那许桑为什么不允许和外国人合作？”

许亦然唇角漾起一个好看的纹路，恰如其分地拿捏着不属于青年人的沉稳：“这是历史遗留问题，相信你在中国生活一段时间，会明白的。”

星子禾野失望地看向连清晖，连清晖说道：“既然这样，我们这些亚裔不知道能不能有幸购得许家的货物？”

许亦然没有拒绝，干脆起身邀请几人到自家的总店去坐一坐：“有样东西倒是和连先生颇有渊源。”

许家的古董总店设计十分后现代主义，但依旧保留着这个行业特有的古色古香，名字更是玄妙非常——是道楼。可能是因为由许亦然这样的年轻人执掌，店里的运营模式更贴近现代化。

他们走过三层挑空的大堂，坐着观光梯直达贵客厅。凭栏向下，众人才发现这座是道楼的玄妙之处。这楼中间似天井，四周轩榭围拢，朱红的窗棂上都挂着牌匾，最中间便是“是道则进，非道则退”的对子，应当印证的就是这座“是道楼”。

“少爷！”几个穿着统一制服的姑娘远远迎了上来，训练有素地替几个“贵客”斟好茶水，柔声说：“请您随意观看。”

许亦然亲自介绍道：“这里基本不对外开放，陈设的都是许家人世代留传下来的东西，有价无市。”

说着，许亦然带猎宝队来到一幅丹青前：“这是晚清时祖上的师父，与安肃兵备道的道台廷栋手谈图，是祖上亲手所绘。”

连映蔚巨大的身躯躲在星子禾野的身后，嘟嘟囔囔地吐槽：“什么有价无市，自家老太爷的画，肯定没人捧场呗！”

星子禾野和连映蔚窸窸窣窣地笑，许家几个导购妹子面如菜色，恨不能撩起旗袍直接一脚送这俩人飞升。

前面的许亦然依旧举止有度地向众人介绍：“这是一个拓本，研究院的张教授对这个很感兴趣。”

“拓本？”连映蔚探出西瓜头，“谁写的？有名吗？”

“一般有名，”许亦然回头微微一笑，“皇帝的秉笔太监写的。”

连映蔚西瓜头一个“劈叉”，分析了一下其中逻辑，皇帝的秉笔太监写的……不就是……

“嘿！不就是谕旨？多大点儿事！前些天我还收了一个法兰西路易十八的手稿呢！”

连清晖把弟弟的西瓜头推到一边，凑到拓本前仔细地看，瞬间心下便有了数。看来这趟，还是有人设好了局。

许亦然又去同杨柳几个人介绍看起来亮闪闪的宝器，甚至给几个女孩子每人送了一副手串。

连映蔚捅一捅连清晖，低声说：“看到没？小白脸要给你下套呢！那拓本不就是上次张教授说的铁券？”

拓本开头八个字，正是“尊崇诚信，保境为信”，怪不得来之前许亦然说这里有渊源，合着这渊源是他亲手挖的吧？

连清晖面无表情，却突然大声“咦”道：“不会吧？不是吧？不可能吧?!”

连映蔚被他哥吓一跳，顿时一脸黑线：好了，这人又要作妖了……

果不其然几个人都被吸引了过来，连清晖便十分诧异地掏出挂在胸前的小青玉：“这上头的字！居然是一样的！”

连映蔚悄无声息给他哥后腰来了一肘子，连清晖居然纹丝不动，还激动地看着许亦然：“难不成，这块玉，和这铁券有渊源？”

这俩戏精算是和“渊源”两个字杠上了。

连映蔚无声退下，虽然在他看来，连清晖的演技浮夸到用“烂”来形容都有些保守，可对连清晖不熟悉的人来说，连清晖的“激动”也只体现在稍有波澜的语气上，他的脸上还是一如既往的“白屏”。

许亦然接过连清晖的小青玉，将几个字念了出来以后，几人也发现了端倪。

杨柳：“这铁券哪来的？”

好嘛！果然每个人天生都是优秀的捧哏！连映蔚见他哥和许亦然望着杨柳眼神满是欣慰，恨不能把这两人一屁股给坐死！

成年人的世界需要这么复杂吗？就不能开门见山直接说吗？

没人关心巨宝宝的心思，每个人都融入在自己的角色中激情奉献演技。就连檀岩都挤进去问道：“难不成这背后有什么故事？”

导购姐姐们轻车熟路地给诸位添了茶，许亦然撩开不存在的袍摆，长叹一声：“此事说来话长呐！”

连映蔚面如死灰地听他哥跟背台词一样接话：“哦？愿闻其详！”

兄弟们，你们是拿了谁家的制式剧本吗？就不能有点新意？

“这事还要从一百年前说起……”许亦然吱溜一口茶，“而这铁券，则是我爷爷临终前，从沙山里带出来的。至于这小青玉，则有个很长的故事了……”

所有人都做出了“愿闻其详”的表情，许亦然扫视一圈，最后将视线落在了连映蔚面如菜色的脸上。在众人殷切的期盼下，连映蔚只得用胖脸艰难地挤出一个微笑：“哇！快讲来听听！”

大漠风沙吹过了几千里路，停在人迹罕至的莫高微叹一声，将一夜冰雪留在沉默的佛龛里。

一个年幼的小道士，手里焐着个汤婆子，稀罕了一会儿汤婆子几乎要沁到心底的暖意，又把它小心地塞到了一团破布下面。破布蠕动了一瞬，转而又没了动静，身后木门“嘎吱”一声响，王圆箓拄着拐杖，带着一身寒气走了进来。

“你又在浪费东西！”王圆箓没好气地瞪了小道士一眼，见他没心没肺地憨笑，只得无奈地摇了摇头，嘟囔道，“都两天了，也不见得醒，明天准要发臭了。”

“又没死，咋的能发臭！”小道士带着方言的嗓音还有些奶，也不管王圆箓忙进忙出，只小心地将破布往汤婆子跟前塞。

许是动作有些大，那破布下面的人猛地一颤，“唔”了一声，咕哝着含混不清道：“烫……”

小道士立即“哈”一声，大叫道：“师父！师父！人醒了！”

王圆箓连忙从里间跑出来，和小道士合力将人抱起来：“赶紧！灌点米汤！”

混着杂糠的米汤从嘴里一路烫到胃，男孩浑浑噩噩地感觉到一只冰冰凉凉的小手搭在了他的额头上，浑身快要将他烧死的烈火，竟奇迹般逐渐熄灭。随即而来的便是又一次如坠深渊般的梦境，男孩在虚幻的回忆里，看到父母兄弟衣衫褴褛地走在官道上，此处都是饿死的人。

有人坐着马车匆匆路过，父母便发了疯一般追上去，祈求哪个好心的老爷，能买走自己的儿女，换点口粮。可惜从河南一路走到了河北，老爷们自己都难以糊口，更别说一路上千千万万想要活命的孤魂野鬼。男孩想呼救，可他的舌头都已经干在了嘴巴里，只能呆滞地看着一个又一个人跌倒在路边，再无声息。

忽然，远处传来一声怪异的巨响！

“滴”一声，如震碎地狱的天启，惊动了所有神游无望的流民！众人惊慌地看向远处，只见苍茫的天边，一个黑色的四轮怪物，破开人群缓缓驶来！

有人惨叫一声：“又是那些吃人的东西！”

男孩骇然起身，看到那怪物里头，果然坐着个金发碧眼的

“人”！

和所有人一样，男孩突然爆发出前所未有的力气，拼了命从地上爬起来，发疯一般地逃走！

第八章
经书舆图

男孩恨不能把下辈子的力气都用上，很快便抛下父母，丢下兄弟姐妹，一骑绝尘地冲到了所有人前头，连同那辆吃人的怪物，也被远远地丢在了身后。

可那怪物忽然发出一声轰鸣，猛地也蹿了起来，在所有人的尖叫声中，横在了男孩面前！

男孩惊惧交加，跌坐在了地上，就见那怪物被打开，里头那个蓝发碧眼的人长腿一迈，走了下来。

那人用古怪的语调问他：“你愿意跟着我吗？”

男孩惊骇地看向追上来的父母，奋力躲到两人身后，母亲连忙抱住簌簌发抖的男孩，却听自家男人忐忑地说：“三袋黄米，老爷，这孩子换三袋黄米！”

“你疯啦！”女人破口大骂，“卖娃就算了，还要卖给鬼！”

男孩满脸是泪，揪着母亲如抓住最后的稻草，可那“鬼”的脸上已经露出了无奈的表情，从口袋里掏出一块小“龟宝”，丢在了男人的手里。那些流民全都发出一声惊呼，所有人的眼里都冒出了绿光，就连一直护着男孩的女人，也登时僵了手脚，怔愣地看着男人手里的“龟宝”，不知不觉间松开了儿子的手。

一粒龟宝，那是五十两的银锭，是能买下整村人的价钱！这个鬼佬竟愿意出这么多钱，买一个骨瘦如柴的小东西？

那“鬼”满意地看着所有人的反应，又操着奇怪的声调问：“我没有黄米，这个怎么样？”

男孩的喉咙里只能发出气音，从小他睡梦里都在听“鬼佬”吃人的传闻，倘若自己真的被他带走……

男孩的父亲欣喜若狂地从老婆手里一把夺过孩子，疯也一般塞到“鬼佬”的座驾上，生怕孩子的哭喊惹恼“鬼佬”，干脆利落地一巴掌扇在了儿子的下巴上！

男孩只听“咔嚓”一声，下巴竟无力地耷拉着无法闭合，他拼命爬起来想向母亲求救，却发现母亲只是低着头，欣喜地拢着剩下的几个孩子……

是了，有了龟宝，就再也不用卖孩子了……

“鬼佬”也上了车，一阵叫人惊悚的嗡鸣过后，车子骤然发动了。

男孩趴在车玻璃前拼命想看父母最后一眼，却见只有自己最小的弟弟哭着追了上来。

“鬼佬”好心地打开了车玻璃，弟弟便将一块发硬发黑的糠饼塞了进来。

莫高窟外的寒风簌簌地吹着，小道士见男孩又醒了过来，连忙高兴地跑去喊师父。

男孩的高烧退了，终于想了起来，他被外国老爷买下以后，变成了“斯老爷”无数个劳工中的一员。他们走南闯北四处收货，然后送上沿海的货轮，运回斯老爷的老家，这一干，就是三年。

可斯老爷并不是男孩的救命恩人，他只是看中了男孩异于常人的耐力，因而在到敦煌时，男孩失手摔了货物，便被斯老爷的工头打了个半死。大雪天里的莫高窟佛像林立，男孩躺在白茫茫的雪里，不知道求哪尊神佛才能救他出这苦难。浑身的伤痛不足以叫他绝望，只是每每想起父亲看到龟宝时的癫狂，想起母亲缓缓松开的手臂，想起揣在怀里至今都没舍得吃的糠饼……

男孩倏地笑了起来。

也不知道是被雪原里突如其来的笑声给吓的，还是命中缘该如此，小道士被男孩绊倒摔了个狗吃屎，便拖着比他大出好多的男孩，一步一步走回了莫高。

男孩摸了摸肚子，想起混沌中喝下的那碗热汤，比斯老爷善心大发时赏的蘑菇汤都要好喝，他窥了一眼在屋子里忙进忙出的小道士，悄悄舔了舔嘴。

长工们见到男孩没死都有些诧异，斯老爷的队伍这次在敦煌收货时间不短，因而工头善心大发叫他可以休整半天。

看着忙进忙出的小道士，男孩不知怎么的，忽然掏出了一直揣在怀里的半个糠饼，递给了小道士。

小道士诧异地看着男孩手里都快磨出“包浆”的糠饼，心道这人是把糠饼当成传家宝了不成？见男孩整张脸一片通红，便忍不住“扑哧”一声笑了出来，在男孩收回手前一把拿过了糠饼。

“哇！这么细的糠，我都没见过！”

男孩挠挠脑袋：“以前家里还没打赤脚时攒的……”

那也亏得没发臭，风干了吧……

小道士心里想着，便从脖子上取下来一块小青玉：“这是我娘给我的，说以后我出了师，回家认亲用。可前些年遭了灾，全家都没了，也没啥亲可认了！”

小道士说着居然“咯咯咯”笑了起来，仿佛这是件挺好笑的事情。男孩怔愣地接过青玉坠子，慎重地捧着，就见老道士从外头走进来，拍了一把小道士脑袋。

“蠢狗，人家用块饼都能换你的玉！不想要了给你师父我啊！”

小道士吐了吐舌头，摇头晃脑地说：“师父不懂，这叫机缘！”

话毕，三人都笑了起来。

是道楼的楠木桌前，经年后不知是否能共情的年轻人们，听到茶盏“哐当”一声细响，猛地从故事里醒了过来！

许亦然说道：“本是段救苦救难的佳话，只是那小道士后来不知何因，一口认定了是那小孩同自家老爷做了一场戏，就为哄骗他的玉，因而多年后，还发了悬赏令要追回青玉。”

连清晖问：“那这铁券和青玉应当同出一处，怎么会铁券二十年前才被发现？”

许亦然答：“青玉是许家传家之物，当年爷爷因为家道中落，被送到道观修习，这些年来一直想找回来。而铁券则出自沙山佛龛，早些年他帮研究院做勘探工作，这才算知道青玉的真正身家。”

好嘛，原来“渊源”在这儿等着呢！

连映蔚没好气地说：“绕了一大圈，不过是想帮你爷爷要回玉坠嘛，搞那么复杂！”

许亦然笑道：“那倒不是，毕竟已经隔了三代，我也没什么执念，当年是爷爷自己送给别人的，如果连先生无意归还，我也无可置喙。”

许亦然说着，又站起来对众人说：“今天请大家来，另有原因。这青玉吊坠家中曾经有两枚，而另外一枚，则藏在三危山中，我们找了许久，直到今天……看到你们，才稍有头绪……”

杨柳长腿一跷：“怎么说？”

许亦然从身后的博古架上拿下一本书。书本上的名字已经模糊不清，显然有些年月。

许亦然似乎早有准备，直接翻到夹着书签的一页，展示给连清晖："这本书是我爷爷花了大半辈子力气才找来的，你还记不记得，当初威德放在你们车上的'信'?"

连清晖自然记得，在几乎要把眼睛糊住的风沙里，许亦然就曾说过，那封信是张古代舆图!

连清晖立即朝檀岩打了个响指，檀岩迅速从包里精准无误地拿出了那封信。众人看着连清晖将那封信同许亦然给的书放在一起，两张"地图"几乎一模一样!

星子禾野叫了一声，指着书中地图上的一角说道："这里！这里的图画，队长的经书上也有!"

这次连清晖也是一惊，他连忙叫连映蔚拿出经书，三幅地图对照一看，果真一座神似蛋挞的小山，如同复制粘贴一般！而这个高度重合的部分，正巧处于经书的断裂处。

然而可惜的是，几人又进行了反复的对比，发现信和书上的地图，似乎被放大了无数倍，只留下方寸不过百里的一角，耐人寻味。书上的舆图，同样并不完整。

连映蔚搓着肥嘟嘟的下巴："这么看来，是有人截取了经书舆图的一部分?"

"没错，"许亦然指着"蛋挞"说，"仅是这一部分，已经暗藏天机，这书是爷爷花费大力气寻来的，按着书上指引，他果真在沙山中找到了一方佛龛，因此发掘了铁券，可再想找另外一块青玉，却断了线索。"

连清晖直起身，忽然抽走了摆在众人面前的经书，一边仔细地将经书卷好，一边状似无意般说道："所以，总结一下，你的意思是，想借经书上的舆图，来寻找青玉?"

许亦然没说话，连映蔚先一甩西瓜头，阴阳怪气道："新花样，新玩法！果然比德国佬段位高，开个百家讲坛煽情结束，然后就到情怀寻宝，替爷还愿?"

许亦然无奈摇头，摊手说："我只是在为你们答疑解惑，我也说过了，青玉只是爷爷的夙愿，我不会为这么一个意义不大的东西，搭进去自己的时间和精力。现在族内纷争不断，我何必放着这么大的家业跟你们冒险呢？"

好一个不好好玩就得回去继承亿万家产的理由！连映蔚朝许亦然拱了拱手，终于心服口服："明白了，是我狭隘了！"

许亦然轻笑："也不全是……我没那么好心……"

连清晖按下还要疯狂输出的连映蔚，看着许亦然的目光里少了些冷意，唇角甚至还挂了点笑意，倒是看起来亲和不少："你想让我们代你铲除异己。"

这是陈述句，许亦然没想到对方竟这样通透，三言两语便一点就通。

许亦然点头："威德和刘伯有了合作，我猜……他们也在觊觎这份舆图下深藏的宝藏……"

连映蔚看着对视着、目光胶着得几乎忘我、都含着莫名其妙微笑的两人，干脆利落跳到了两人中间！

许亦然只觉一座肉山轰然压来，面前的空气都为之一荡！

连映蔚冷酷无情地说："不好意思，请容我捋一捋！"

"首先，"连映蔚肥胖的手指对准星子禾野和杨柳，"经过大家毫无科学根据的推敲，这很有可能是一份藏宝图，对吧？"

星子禾野和杨柳一脸蒙，但还是配合连映蔚："所以威德他们才会不遗余力地来争抢。"

连映蔚继续道："这条信息，很有可能就是刘伯提供给威德的，对不对？"

连清晖无奈苦笑："目前看来，应该是这样。"

"好，那么这本书，和经书究竟有什么渊源呢？"

许亦然没了声音，偌大的贵宾室里落针可闻，所有人的目光都落在了许亦然和连清晖的身上。

许久后，连清晖清清嗓子说："我猜……这可能是一种……机缘？"

除了檀岩，所有猎宝队成员："……"

连映蔚的刘海又"劈叉"了，突然不是那么想复盘了……

总觉得好像少了点什么，连映蔚心里暗暗盘算。他们这群人看似玩世不恭，但个个心思玲珑剔透。他哥明显在配合着许亦然的节奏，他们都想把事情推向一个彼此都愿意的境地。杨柳如此，檀岩亦如此。

连映蔚饶有兴趣地看着所有人镇定地"表演"，当然，还是除了睁着眼睛，一脸跟不上节奏的星子禾野。

果然单纯的女孩就是这么可爱……

连清晖懒得再听连映蔚磨叽，一把推开小肉墩，看向许亦然："如果经书的真实作用是舆图，威德想用它来寻找更多的宝藏，而许家夺权的人应该也是同样的打算，可如今经书只有一半，所以威德才会在一开始就选择放长线钓大鱼，那么……"

连清晖的眸光里仿若沉着一汪望不见底的潭水，却很好地潋滟在一层少年意气的笑意中："你打算让我们如何帮你？"

许亦然摩挲着指尖的玛瑙扳指，也含笑看着连清晖，仿若一场无声的较量，又好似陈年故友的心照不宣。

一旁的连映蔚却心里没由来地一寒："难不成……你要让我们把他们引到无人区……"

连映蔚在自己的脖子上做了个手刀的动作，顿时引得星子禾野惊吓地叫出声。

杨柳无奈道："应当是以文物非法倒卖，送他们进去吧？"

许亦然没说是不是，但答案显而易见。

"我对宝藏不感兴趣，爷爷留给我的，是多少财富都没法衡量的，唯有一样，叫我豁出命，也要拿回来……”

许亦然说完这句便起身，招呼几个导购送猎宝队去后院休息。

连映蔚嘟嘟囔囔地说：“那么，当初要用饭店的摆盘来引诱咱们进三危山的，究竟是那老道士，还是这小白脸？”

连清晖轻笑一声，意味深长地说：“他有承认过这点吗？况且饭局的主人究竟是谁并不重要，所有人都想引我们入局而已。”

连映蔚只觉得这章内容，他实在跟不上趟，赶不上溜，简直说不出来的难受：“怎么说？之前在老君堂的老道士可是当场承认了的！”

正说着，杨柳忽然咳嗽了一声，几人止住话头，就见远处廊桥上一个身穿长裙的女孩，翩然的身姿在水中映出翩若惊鸿般蜿蜒婀娜的倒影，她的旁边正是老君堂见过的那位老道，正弯着腰，同女孩低声说着话。

猎宝队众人跟着导购一路往深处走，檀岩听力惊人，隔了百米远竟也能听清：“这女孩也叫老道师父。”

走在前面的导购回头介绍道：“这是少爷的堂妹，二老爷的闺女，和少爷一样拜兼容道长为师。”

这里是几进几出的院子，除了北方特有的四合院设置，还添了些亭台水榭，穿插在各个院落之间，曲径通幽别有趣味，让这个隐匿在城市中的豪门大宅愈发神秘。

山重水复，几人跟着走过了七八个廊，一个颇有苏杭气韵的水榭映入眼帘，导购撩开轻纱幔，里面已经坐了两个人。

“江主任！”连映蔚怪叫一声，搡了一把他哥，扭着肥臀就激动地冲了进去，“好久不见呐江主任！”

江见月被惹得发笑，烈火般的夕阳余晖下，一双波光潋滟的眸子，盛着似水的柔情，落在宛若青绿山水长卷一般的朦胧日光中。那目光好像在看着他们，又好像落在悠远的某处。

连清晖只觉得自己被连映蔚捅了一记的后腰疼得发酸，一路酸到胸口，然后“扑通”一声，掉在了空无着落的地方，扯出一丝羞赧的味道，舌头便下意识地在嘴巴里滚了一圈。

连清晖捏了捏拳头，跟着猎宝队几人一起步入水榭，把下意识要脱口而出的问候死死地压回嘴里，果然惹得牙花子一阵发酸。

江见月礼貌地冲众人点了点头，她身后的张潮也站了起来，文质彬彬地冲连清晖伸出了手：“今天真是缘分不断，三个小时便似三秋！”

连清晖握过张潮的手，忽然顺理成章地，将自己的手也朝着江见月伸了出去。

江见月一愣，随即在众人都未反应过来之前，很快地同连清晖握了握手，然后迅速抽离，仿若那稍纵即逝的温热触碰，只是不经意的擦肩而过。

连清晖收回的手几近痉挛，他悄无声息地陷到了众人身后，等着所有人逐一寒暄完，才语气如常地为猎宝队介绍道：“这是研究院的技术指导张潮张教授。”

张潮做派讲究，冲众人一一点头示意。连映蔚笑嘻嘻地问：“张教授和江主任怎么到这儿来了？”

“哦，”张潮笑道，“原本是几天前就定好的行程，这些天太忙没顾得上，今天好容易逮着小江，便赶紧过来了。”

猎宝队众人视线相碰，心照不宣。

几人坐定，没等到主人过来，大家也不方便招呼吃喝，只简单地碰了碰茶，张潮便主动说道：“前些天我们在三危山有新发现，好些个文献资料还是得借鉴许家私藏，只能觍着脸过来了。”

恰巧许亦然过来了，他居然又换了身衣服，看起来休闲了许多：“您要打趣我，我爸怕是要打死我！请您来一趟我得花费多少工夫，您心里没数？”

张潮看着许亦然，无奈笑道："还是这么调皮!"

许亦然和江见月竟然算是发小，这倒是出乎众人意料。一番寒暄后又拉了一堆家常，不熟悉这种中式交流的猎宝队个个面色僵硬，只有檀岩捧着茶杯，兴趣盎然地笑道："哎呀，年轻人就是这个样子的，我二十几岁的时候，一个人就敢去南极冰窟，现在可没那个勇气！江主任这才哪儿到哪儿!"

张潮无奈道："三危山无人区各位也算是领略过了，那地方她也敢徒步进去，唉……"

突然想到眼前这几个年轻人都是徒步进过无人区的，张潮无奈地说："不知道你们回国来要做什么，三危山里的东西，没那么简单！况且中国不比外国，不可能叫你们玩儿探险寻宝，那都是国家的，都应该……"

张潮话没说完，就被江见月礼貌地、不露痕迹地打断了。方才他们谈过经书的事情，江见月也还记得从戈壁出来时，连清晖不甚在意地将那卷经书丢到了自己的怀里。

"如果我没有看错，你们手中的经书，应当是百缘洞所出，这也是我们此行的目的。"

江见月说着，扫视众人一圈，看到星子禾野一脸茫然，杨柳若无其事，心神却完全倾注在她接下来的话上。

连家兄弟最为坦然，只有许亦然低头喝着茶，看不清眉目。

"我们对于百缘洞最新的发掘工作，需要许家内藏的关于百缘的传承文献作为佐证。"

连映蔚又是第一个跳起来的，他激动地问："真有百缘洞?"

"八九不离十，只是……"江见月说，"佛龛被风沙破坏严重，我们还需要进一步佐证，且在文物运输的过程中，丢了很重要的一样东西。"

"丢了?"连映蔚怪叫一声，"查出来没?"

江见月微笑，眼里透着一丝稍符她年龄的狡黠：“只有一点线索，我们在佛龛里发现了其他人近期活动的痕迹，还有一块英国特产巧克力。”

在座只有两个英国人，完全没有自知之明，连映蔚咋咋呼呼地解释：“不可能！我们的行程都是透明的，你可以去查我们的航班和途经路线！”

“这个自然印证过，”江见月似在逗弄一只胖猫，语气中甚至带着一丝促狭，“否则也不会坐在这里和你们喝茶。”

连映蔚讪讪地坐了回去，没了人肉“旁白”，猎宝队实在没人能在这种中式“村口桥头闲聊”的氛围里扛过大旗，还是杨柳关键时刻站了出来。她似深思熟虑过了一般，蹙眉深沉地说道：“既然这样，那我们就不方便叨扰了……”

猎宝队众人瞠目结舌。

是叫你中场接力，不是叫你总结陈词啊！

星子禾野连忙大叫一声说：“既然我们有三危山的舆图，或许能帮到你们？”

连清晖理了理外套，清了清嗓子：“对，反正闲着……也是闲着……”

猎宝队众人一时无言。

他们领队今天中蛊了吧，他难道没发现自己只说了一句话，脸就跟干翻了三盘腮红一样吗？

众人是真的万万没想到，把“跩”几乎刻在灵魂里的连清晖，居然是个纯情派！

星子禾野“咦唔”一声，捂着小嘴巴扭成了一团。杨柳无语地把堪堪到她腰部的星子禾野拎起来，蹙眉道：“别忘了，我们都是旅行签证，在中国最多只有九十天，你们确定要在这里浪费时间？”

连清晖不说话，所有看热闹的人情绪都静了下来，杨柳无奈地背好自己的包，长腿一迈就出了水榭亭子。

“等等！”连映蔚大喊一声，“星子说得对啊，你们研究院想借许家的文献作参考鉴定，许家想借我们的舆图寻找小青玉，我们想找到百缘洞，这不就是一个完美的闭环吗？”

“完美个屁！”杨柳终于还是忍不住爆了粗口。

“到底有没有百缘洞，谁说得准？不过都是那老道士的一面之词！你们不觉得这就像一场排演好的局吗？那么巧我们一下飞机就遇到了许先生，那么巧进了无人区许先生就携人来救，那么巧今天被邀来做客，他们研究院也来喝茶？”

杨柳说完扭头就走，所有人都面面相觑，只有许亦然轻叹一声，给众人说了句抱歉，吩咐导购给众人续上茶水和糕点，便匆匆追了出去。

张潮笑呵呵地说：“听说杨小姐来自美国？确实有美利坚风范。”

这儿可没有他能“听说”的途径，显然这人对他们早就作了深入了解。

连清晖也不说破，只是接着连映蔚的话头继续道：“我弟弟说得不错，实不相瞒，这次到中国来，我们唯一的目的就是找到另外半卷经书，如果这卷经书真的出自百缘洞，且这百缘洞真实存在，我们必然是要去一次的。”

张潮说：“百缘洞在三危山腹地，上次你们途经沙山，不过走了三分之一的路程，其中凶险你们已经领略过了，真的要去？”

连清晖点头，又和张潮说起了青玉的事情……

第九章

沙海诡庙

七扭八拐的廊桥尽头，是许家是道楼的最西边。杨柳双手叉腰站在高大的青砖墙下，望着高耸的围墙，听到了外面车水马龙的声音。这个地方，已经是她第三次路过了……

就在杨柳挽起袖子准备干脆爬墙时，许亦然总算是沿着各种蛛丝马迹找到了人。

“杨小姐，采访一下，您是怎么每次都精准地错过正确出口的?”

杨柳面无表情地放下了袖子，轻咳了一声，实在找不出什么词找补，便不尴不尬地用英语反问许亦然说了什么，她没听懂。

许亦然无奈，只能带着人一路往出口走，看到熟悉的假山幽径，杨柳忍不住问：“为什么要把路修到假山上去？走在平地上会比较平凡吗?”

许亦然也不恼，耐着性子解释说：“下面也是有条路的，通往后院的休息区，你刚才走过了，只是到我卧室门口又拐向了花园。”

杨柳的脸登时红了，她猛然想起方才确实有个高大的镂空木门，半掩着，里面有个女孩，趴在床上，晃动着脚丫子。那女孩是谁?

杨柳看了许亦然一眼，沉默地跟着许亦然出了后院，一路走到是道楼的前厅，连清晖等人居然已经等在了那里。

杨柳被冲过来的星子禾野圈住了腰，紧绷的后背才放松一些，见江见月和张潮也在其中，便明白连清晖是下定决心要和这些人合作了，不由得蹙起了好看的秀眉。檀岩冲她递了个眼神，轻轻地摇了摇头，杨柳只得先按下心中不快，一同回了酒店。

决定再探三危山之前，准备工作是繁复且重要的。

许亦然向研究院提供了一些许家家传的文献卷宗，江见月也带着猎宝队再次参观了研究院。在此期间，连清晖的伤口反复发炎，他的脸色肉眼可见地灰白一片，看起来就像失血过多、命不久矣一样。檀岩不知道从哪儿找来了一大堆益气补血的东西，每天逼着连清晖“进补”，他的脸色这才好了许多。

研究院的部门繁多，陈列馆是较为特殊的一个。在陈列中心所辖下，有许多的专题陈列馆，而莫高窟中的“三清宫”，则是外界最为熟知的一个。

三队人马集结整齐，齐刷刷十几辆越野车风尘仆仆地到了莫高窟，在馆长的带领下，众人来到一个十分破败的院落。院子四合规制，进出也只有一道，一眼就能看到底。

馆长打开门，一股子尘封的土腥味迎面扑来。江见月说：“先前这里是王圆箓的旧居，后来便改成了陈列馆。藏经洞遗留的一部分真品也陈列其中，当然，大多数还是临摹品。”

众人围着展台细细观摩，馆长见江见月亲自带队，还以为是上头来视察工作的，连忙介绍道：“这些临摹品的真品，大多收藏在大英博物馆和法国吉美博物馆。”

“大英博物馆？”连映蔚问，“这幅画也是？”

馆长连连点头，连映蔚便嘟囔：“英国博物馆都快被我看出包浆了，怎么没见着这幅？你唬我吧？”

“这……”馆长没想到有人杠这个，连忙向江见月发出求救信号，江见月无奈道：“大英博物馆里面官方公布的中国文物都有好几万，没有公布出来的更是不可胜数。他们都尚未整理出来，你怎么可能都见过？”

江见月说完便扭头走开了，连清晖见弟弟一脸呆滞，便继续给他解释道："况且大英博物馆里的外国藏品，除非举世闻名，否则哪些不是成堆摆放？就算你把博物馆展台磨出包浆，堆起来的画也没法展开叫你观摩。"

连映蔚给自己的胖嘴拉了个拉链，但很快就被屋子里难闻的土腥味逼得退了出去，结果杨柳和星子禾野已经等在了外头。杨柳的墨镜几乎挡住小半张脸，她躲在屋檐下，不耐烦地问连映蔚："你哥什么时候完事？"

连映蔚耸肩："你对这些不感兴趣吗？我还以为你和我哥一样呢。"

杨柳嗤笑一声："我只对有价有市的东西感兴趣，看这些能搬回家吗？"

"当然不能，"连映蔚小心地瞄了一眼展馆里头，压低声音对俩女孩说，"大连的老套路了，先进行文化深入探究嘛，等摸清了底细，做了朋友，后面的工作才好展开嘛！他做事，准是万无一失，哪次失手过？"

正说着，檀岩也出来了，她贪婪地深吸了一口外面清朗的空气，顺着连映蔚的话接道："确实，现在他们已经开始探讨进入三危山的路线部署了。"

三个人一脸茫然。

看着他们三个如出一辙"留级生"的表情，檀岩无奈地出门去整理装备，星子禾野哀嚎："岂可修！刚上课不是才讲到一加一等于二吗？现在怎么就到代数方程了？"

原来这次出来，是直接打算要走的吗？猎宝队成员立马跑去跟着檀岩整理自己的东西，却见檀岩坐在车里，把弄着一个奇怪的东西。

连映蔚一怔："好家伙，檀姐把她的弩都带出来了！"

那是一把和手枪大小差不多的小弩，通体乌黑，但明显有金属的光泽，弩的后面像有个机械臂一样，紧紧地绑在檀岩的胳膊上，然后很好地隐藏在袖筒里。

三人看到檀岩从靴子侧边抽出几根手指长的箭头，依次插入弩床的盒子里。这种经过现代化改良的弩箭，可以随时订制，虽然没有枪支那么可怕的杀伤力，但百步杀人绝对不在话下，看檀岩准备如此充分，想必此行绝不会轻松。

很快连清晖和许亦然、江见月等人也都走了出来，除了他们几个，还有许亦然带来的几个门内人，个个打扮精神，包裹在冲锋衣下的筋骨不用看都能感觉到一股肃杀之气！江见月则十分简单，她甚至没让张潮跟着自己，只带了上回一起到沙山营救的王邵阳。

连映蔚看到发型和自己高度相似的王邵阳就迎了上去，仗着人高马大，就把人家一下子揽到怀里，“小东西，不是被野骆驼撞断肋骨了吗？还敢出来乱跑？”

王邵阳从连映蔚怀里挣扎出来，理了理自己的西瓜头：“没断，好着呢！”

连映蔚竖个大拇指：“是条汉子！就你们两人？连个装备都没有？”

王邵阳嘻嘻一笑：“我比你们有经验，再好的装备都不如这个！”

王邵阳错开身，众人顺着他手指的方向看去，只见苍茫的沙海深处，一队骆驼慢吞吞地向他们走来。

王邵阳道：“不用加油不怕抛锚，速度虽慢胜在有耐力，重点是能提前感知自然危险，比车靠谱多了！”

杨柳不可思议地问：“现在就出发？你们知道舆图上画的是什么？”

“原本确实没这么着急，”江见月回头说，“但气象局那边预测，半个月后可能会有极端天气，上次在沙山遇到的沙尘暴应该只是前奏，你们的签证等不了那么久。”

杨柳蹙眉看向连清晖，却见他只是朝自己点了点头，像个无言的承诺与安抚，杨柳只得闭上了嘴。猎宝队合作两年多来，连清晖从未做过一个错误的决定，相信这次也不会例外。

众人很快将物资都搬运到了骆驼身上，正午的阳光打在几乎要将人烤熟的黄沙上。牵着骆驼的领队高呼一声，所有骆驼似有所感，全都发出沉闷如牛的低应，颠簸着轰然起身，顶着灼灼烈日，带着一群满怀希冀的年轻人，浩浩荡荡地进入了戈壁。

雄宏的莫高窟终于脱离视线，已经快被骆驼摇散架的星子禾野超长反射弧这才缓慢反应过来，她惊愕地一把拽住连映蔚：“怎么突然就出发了？咱们要去哪儿？”

连映蔚耸肩：“应该是按照经书上的舆图去找宝藏吧，跟着我哥走就是了。”

实在没法理解这个无脑“哥控”，星子禾野又去问杨柳，才发现她也一脸惊惶失措。星子禾野又抻长了脖子问前面的檀岩，檀岩晃了晃手机，星子禾野这才发现猎宝队小群里连清晖刚才发了条消息：“舆图暂时无法解开，或许百缘洞有突破口。”

浩瀚的沙漠在几乎要将人灼烧殆尽的烈日下，泛着不怎么真切的光芒，空气也随之摇晃。骆驼缓慢的脚步沉重地陷入沙砾中，又缓缓抬起，稳稳地踩下去。

星子禾野看着走在他们前面的连清晖，忽然觉得他们这群人好像都从没猜中过他的心思。这个人仿佛装了无数的秘密，又好像穿过时间长河，稳重地站在了他们的面前。他和连映蔚明明一母同胞，为什么他看起来那么深沉？

星子禾野沉默地观察着所有人，她小小的脑袋里并不是全然不谙世事。回想起家族中那些为了获得父亲宠爱的孩子，一个个恨不能将自己的脑袋掰开，把文献知识灌输进自己的脑子。可是到头来，他们都败给了自己，而自己所倚仗的，不过仅仅是天赋。那么连清晖也是这样吗？他那异于常人的睿智和冷静，真的能带领她找到敦煌最大的秘密吗？如果此行能够成功，她便再也不用受父亲桎梏……

三队心思各异的人马赶在天黑前，在一百四十里戈壁入口扎了营。

其他物资已经从柳格高速提前运到，连映蔚大口大口地撕咬着烤羊腿，含糊不清地问他哥："百缘洞不是在沙山？怎么不直接从高速过去？又要人肉穿越戈壁，探险上瘾？"

连清晖一边给烤羊上面撒调料，一边漫不经心地说："舆图很大，自然不仅是沙山那么点东西，况且主指三危山脉，中间还有个青山，一路走过去，说不定有其他收获。"

连映蔚鬼鬼祟祟地看了眼远处和同事说话的江见月："那他们能叫咱们乱来？有诈吧？"

连清晖轻轻勾勾唇角，笑容并没有抵达眼底，手里冒着热气的羊肉串飘起袅袅的雾气，将他冰凉的脸隐在看不真切的朦胧后面。

"许家人对舆图是觊觎，研究院则是好奇，谁都想看看这张堪比'藏宝图'的舆图下，究竟能找出什么惊天动地的东西来，既然大家目的一致，何不搭个伙？"

连映蔚直着嗓子就要大骂，被他哥瞪了一眼，赶紧低下声骂骂咧咧道："叫他们搭伙，不是砸咱自己的锅？尤其有研究院的人，万一这能找到点什么，咱们还能有什么子儿捞？"

连清晖没说话，只是将目光落在了远处猎宝队的几人身上，显然他们个个眉头紧蹙，对这场贸然的联合出动多有怨言。

丢下连映蔚，连清晖把烤好的羊腿给三个女孩子端过去，惹得星子禾野兴奋地大叫。

连清晖回到炉子前，又烤了小块肉，细心地挑了羊油，横竖割开后把料油和调料撒到上面，被火舌一舔，“刺啦”一声，一股奇异的香味立即飘到了整个营地。等烤好后，连清晖又把肉切成小块，无声无息地将盘子放到了江见月的手边。

江见月正和王邵阳说话，闻到香味才发现有盘肉，转头去看，连清晖已经坐在了猎宝队里。王邵阳噼里啪啦地说着什么，江见月蓦地觉得有些好笑，一面觉得这可能就是英式浪漫，又觉得连清晖多少也有些中国式的含蓄。她端起盘子，见每块肉上居然还插着一根牙签，就跟水果盘似的。

王邵阳说得起劲，突然看到江见月手里的盘子，当即“哇”一声就想上手：“这谁做的？闻着好香啊！”

江见月不动声色地把最后一块肉放到了嘴里：“明天就进无人区，去和许家人一起清点一下物资，不要出纰漏。”

王邵阳连忙去做，猎宝队那边则突然爆发出一阵大笑。

江见月倚在折叠椅里，远远地看着篝火前的一众年轻人，用不同的语言聊得兴高采烈。

随着江见月渐渐出神的目光，那火光也慢慢模糊起来，隐约间连清晖似乎回过头来，沉沉地看了她一眼。江见月一个激灵，坐起身后却发现连清晖还是在听猎宝队的人说话，仿佛刚才那灼灼的一眼，只是她的臆想。

翌日。

沙漠里的太阳来得比较迟，等众人整装结束，铺天盖地的日光才蜿蜒至他们脚下，将驼队的身影拉得很长。

王邵阳走在最前头，和许家带队的许儒风核对后，朝着身后众人喊道：“三个小时后，就能到鸿柳峡。”

这里没有信号，唯一能沟通的现代化工具就是对讲机。猎宝队不能线上交流，檀岩只得对连清晖压低声音说：“鸿柳峡是著名的死亡区域，咱们上次有幸没有绕进去。”

“死亡区域?”星子禾野睁大眼睛,“还会有沙尘暴之类的吗?”

檀岩摇头:“沙漠的恐怖不仅是自然,还有科学无法解释的异象。听说从前有个美国探险队,进入鸿柳峡三个月后,只有一个孩子逃了出来,声称见到了‘鬼城’。”

星子禾野说:“难不成是和楼兰之类一样的遗址?”

“说不准,但一定有危险。”

驼队行进得并不快,再加上几乎要把人烤干的烈日,等队伍终于进入鸿柳峡,众人已经筋疲力尽。

许家带队的许儒风喊道:“原地休息一个小时,补充体力!”

连映蔚撞撞他哥的肩膀:“怎么这回出来,许亦然不怎么说话了?都是这哥们在操持。”

连清晖看向许亦然,见他只是安静地坐着,手里不知鼓捣着什么。

连映蔚“嘁”一声:“装大佬吧?”

这确实和与他们在一起时的许亦然不一样,仿若那个温文尔雅的男人和眼前这个冷着脸的男人,是彻底割裂开来的。茫茫无际的戈壁,在许亦然的身后成了轰然列阵的甲兵,敦煌这片浩瀚的天地就是他的主场,就连那些打着响鼻的骆驼也似在喊杀。然而许亦然也只是安静地坐在那里,垂着眼眉,什么都没有做,只那气场就叫人生出这么多莫须有的震撼。

连清晖收回目光,冲檀岩等人递了个“注意防范”眼神,檀岩当即点了点头,一切都在无声之中。

鸿柳峡纵横百里,都是层叠的山峦沟壑,零星有几株矮植,却连个觅食的沙中兽类都无法遮盖。

驼队整装重发,炽热的风里逐渐带上了一股子土腥味,江见月警惕地说:“都提前把防风面罩拿出来!”

似乎就是为了印证她的话,很快风中的沙味变得更重,连映蔚骂道："怎么说话不算数！不是过两天才来沙尘暴吗?!"

前头的许儒风返了回来，在大风里他的声音也有些含混不清："鸿柳峡天气自成一派，我们得到峡谷里去了！"

一听又要进山，连映蔚脑袋就摇成了拨浪鼓，上次在沙山里头，沙尘暴差点要了他们的命。这回又要往里头钻，他宁肯在戈壁里当"沙雕"。所有骆驼都是串成一串的，由不得连映蔚拒绝，驼队疯了一样往峡谷里冲去！呼啸的风沙中，很快众人就看不清路了，只闷头跟着许家人往前冲，半小时后大风便呼啸了起来，遮天蔽日的"黄"又一次包裹了天地。

"以前也没听说敦煌天天有沙尘暴啊！"连映蔚骂道，"难不成咱没算对出门时机?"

他的咒骂迅速飘散，大风灌进峡谷，发出鬼怪呜咽一般的怪声，风沙却小了许多。驼队所有人都不敢抬头，挡风镜被细密的沙砾打得"噼啪"作响。连映蔚觉得甚至有沙子从防风罩里挤了进来，拼了命地往他的肺里跑！

他回头去看几个女孩，见她们个个缩着脑袋，挂在驼背上左摇右晃。连映蔚不敢乱动，又去看前头的人，就见许亦然和几个许家人竟然站在驼背上，迎风辨别着方向。怪不得连清晖非要跟许家人合作，果然经验老到，身上也有些本事！很快，驼队就转了方向，猎宝队和研究院的人都只能跟着许家人走。

不知过了多久，对讲机响了起来！

许亦然对连清晖和江见月说："前面有个湖海神庙，进去就没事了！一定跟紧队伍！不要擅自离队！"

荒滩戈壁里居然有湖海神？猎宝队众人带着疑惑穿过狭长的峡谷，果然一座破败不堪的小庙蜷缩在山坳之中，仿若躲避风沙的小兽一般。骆驼不怕风沙，被拴在了外面，几十个人迅速挤进了小庙。

连映蔚嘟囔："真是天有不测风云，啥事没干，先吃了一肚子沙！”

“也不全是坏事，”江见月一边脱掉头套，一边甩甩干练的短发，“这座湖海神庙我以前也只是听说，没想到真的有！”

许儒风说：“我也是很多年以前，在这一带走失过一回，无意间闯入才发现竟然有座庙。”

这庙着实小得可怜，若不是神位牌匾上有“湖海”二字，指不定会被人当作什么不起眼的土地庙。小庙的左右各竖着一个石碑，上面潦草地刻了修庙之人功绩，江见月仔细看了，发现竟是清初时候的老建筑，在风沙里能保存得这样好，也算不易。只是这碑上没刻缘由，似在刻意避讳什么，只最后一句读起来有些怪异——“妖龟镇，湖海平。”

连映蔚说：“把海龟镇压到沙漠里？意思是要把乌妖王给干死？”

显然大家都是这样想的，连映蔚啧啧称奇：“那这个修庙的人可真是个大聪明！”

外面风沙还在继续，许儒风说，这风沙指不定会到明天，他们只能就地休息，整理行囊。

连映蔚刚才吃得有点多，便拉着同样闲不住的星子禾野在小庙里乱逛。这横跨不到一百平的小庙一眼就能看完，可这俩闲人竟愣是找到了些不同寻常。

连映蔚“咦”一声，“这上面的泥是糊上去的吧？下面似乎有东西！”

“没错！”星子禾野直接上手，剥掉了上面的泥，下面果然露出了白色的墙体。

他俩的动静很快引来所有人注意，许亦然一把拉住星子禾野的手：“别乱来，小心下面的东西被破坏！”

星子禾野噘着嘴退到一边，江见月和王邵阳立即戴上了手套，拉开工具箱，里头全是专业的考古和修复工具。

“这上面的泥层看起来确实是清末的，下面……”

许家也有能人，帮着研究院的两人，花了三个小时，终于将一面墙辟出了两三平米出来。然而，仅是这两三平米，就让所有人都呼吸一滞！

眼前呈现的，显然是一幅画的局部——

一棵接天连日的巨大古木，宛若沧海游龙，盘根错节，形成一道拱门，挡在一众身穿异服的鬼兵之前！

连清晖说：“这应当是一棵槐树，看这形貌，应当有千岁了。”

江见月点头：“槐树长寿，常用以寻根。”

连清晖蹙眉：“槐又称鬼木，传闻可通灵天地，一般庙宇陵墓不会有这种树，怎么会在神庙里绘槐树？”

一句话，让气氛顿时紧张起来，星子禾野缩了缩肩膀：“有可能是修庙的人不懂呢？”

“不可能，”许亦然也帮忙修复，他敲掉一块泥，“看来有人要将这幅画掩盖起来。”

被许亦然敲掉泥块的地方，赫然出现一条金色大道，十分抽象地绕过七彩腾云，引向一座仙宫。

“难不成……”杨柳反应最快，“这是一个叙事画？”

众人登时都来了精神，恨不能叫江见月等人不吃不喝赶紧把所有墙泥都扒干净。几个人轮班，终于在晚上十二点前，一整面墙全部被清理了出来，果然是一幅叙事图！

第十章
戈壁深渊

他们里头虽然江见月和王邵阳最为专业，可这画多少有些扭曲，透着些邪行，常年研究旁门左道的连清晖就派上了用场。

连清晖指着一个穿着军甲的将军："这图是按照庙宇方位叙事的，开头应是在东方。"

只见那将军脚下踩着尸山尸海，手持利剑直指西天，而在西天之上，没有神魔腾云，只有一只巨大的乌龟，口衔一颗圆滚滚的……大丸子?!

连映蔚搓搓下巴："这是要召唤神龙?"

连清晖拍一把连映蔚脑门："你召唤神龙只用一颗龙珠?"

江见月接话道："是药!"

"没错。"连清晖说道，众人顺着他的手指，看到一个精致的宝盒被将军珍重地捧在手里，带着一队兵马又向东面飞奔。然而途中突生变故，几个"鬼兵"又拦住了将军的去路，连清晖解读道："这将军祭献了某物，这些鬼兵就被镇压在了这里，然而鬼兵绵延不绝，将军只得请来了一个高人，这高人召唤出了'槐门'，将这些鬼兵都挡在了门外。"

画面上的故事到了最后，那将军为答谢高人，便在此地修了一座神庙，神庙随高人飞天而去，落在了无尽的沙海迷雾之中。

"你还别说，"连映蔚咂巴着嘴，"古时候人讲故事还挺够味，怎么没个女主角?”

连映蔚的脑门上又挨了不知谁的一记，这故事没头没尾，众人听完只觉寡然无味。

那将军是谁？为何求药?

等等!

连映蔚肥肉一抖，小眼一眯：“江主任，你怎么知道这将军求的是药?”

众人的目光全都唰的一下落在江见月的脸上，江见月也不恼，笑着说：“你们没看到，这将军镇压鬼兵时祭献的东西，很眼熟吗?”

许亦然一下子站了起来，目光如炬地看向了连清晖。连清晖苦笑着摇头，只得将挂在脖子上的小青玉拿了出来。

许家人一下子都躁动了起来，许亦然便抬手将他们都按了回去，“不出意外的话，这位将军就是武康王吧?”

星子禾野睁着大眼：“武康王？谁?”

连清晖说：“武康王原名李元谅，唐德宗贞元年间，因抗敌有功，被赐国姓，封王，常年驻守陇右崇信。”

“陇右？那他怎么又跑到敦煌来了?”

“他有个妻子，是御赐皇亲的公主，传闻公主常年卧病，想来此行便是在为公主求药了。”

连映蔚搓着下巴：“管他是给谁求药，既然这图中的青玉是真，那就能证明这幅图上的事情真的发生过，那武康王最后为高人修建的神庙，又在哪儿?”

很好，又是一个未解之谜。众人便又将目光落在了另外几面墙上。

可惜，他们耗费了整整一夜，其他墙面后面只是些道家故事，并没有什么新奇。

熬得满眼血丝的连映蔚又突发奇想：“有没有可能，那座神庙就是檀岩说的那什么‘鬼城’？”

“不可能！”许亦然断然道，“那鬼城根本就是以讹传讹，我们许家纵横西北这么多年，从没有人见过什么鬼城，我们之前为了找青玉，也放过一些无人机进来，这里除了荒山，什么都没有。”

“哎呀！”连映蔚摆摆手，“万一是什么佛龛洞窟呢？在这种无人区里面，除非亲自过去，否则从上空看根本找不到嘛！”

这句话他熟，许亦然无奈地闭上了嘴。

此行的第一个清晰的目标终于诞生——寻找鬼城！

连清晖仔细地在舆图上，按照他们出行的路线标注了出来，果然从敦煌出发，湖海神庙体现在舆图上，竟是一只小到几乎看不清楚的“龟”！而这湖海神庙，显然就是因当年武康王镇压“妖龟”取药所建。从前这舆图只是猜测，如今第一次有了印证，众人都是激动不已。

等到天光大亮，风沙稍歇，驼队再次整装出发，直往鸿柳峡的深处而去。

驼队的铃铛在峡谷中回响着，所有人都把自己包裹得严严实实，一句话也没有，生怕一张嘴就是一嘴沙子大餐。

走了四五个小时，连映蔚第一个撑不下去，冲着他哥的背影嚎道：“算了，你们去吧，我在这儿等你们！”

“那麻烦你帮我们做好晚餐。”连清晖头也不回，原本就平静的声调，被防风面罩一捂，愈发地冰冷。

连映蔚哀嚎一声，扭着肥臀要去拿水囊，驮着他的骆驼被折磨得嘶鸣一声，腿一软就跪了下去。

“哎！”连映蔚大叫一声，整个人就扑了出去，一头扎到了戈壁的砂石里！

“映蔚！”檀岩翻身跃下，一把将人捞了起来，连映蔚一抬头，已经是满脸的血！

连清晖也急忙跳下骆驼，连映蔚嚎得更狠了。

“闭嘴！”前头的许儒风忽然大喝一声，“有动静！”

连映蔚还记得沙山那些恐怖的狼群，登时吓得捂住了嘴巴。就听寂静的山谷中，窸窸窣窣不知道什么东西，似是讥笑，又似呻吟，从不知名的方向幽幽传来……

有人哆嗦着呢喃：“难不成……是那些个鬼兵?”

想到那壁画上满身腐肉、穿着奇异的鬼兵，众人顿时汗毛都奓了开来！

“瞎说什么！”杨柳眉毛一竖，“不过是鸣沙，有什么可怕的！”

“不是鸣沙！”江见月却说，“有喘息声，是动物……”

又是动物！连映蔚简直想抱头鼠窜，上次是狼，这次又是什么鬼东西?！所有人都高度戒备，驼队却继续徐徐向前走着。

忽然，许亦然大喝一声：“小心前面！”

然而一切都太迟了，几乎在许亦然话音刚落的瞬间，走在最前头的许儒风，已经发出了一声惨叫！这时从山坳的四面八方，竟都涌出了一只只青灰的狼来！所有人的汗毛都竖立起来，头发根都有些发麻，驼铃一阵疯响，被拴着的骆驼忽然都开始踉跄着，往前扑去！

“不好！前头有陷坑！”

不知道是谁喊了一嗓子，连清晖就看到前面的骆驼一个接一个忽地消失了，连带着他身下的骆驼迅速被带着往前跑。

“拉紧缰绳！”连清晖一跃而下，檀岩顾不得山头虎视眈眈的狼群，已经纵身跃到了一旁山岩突出的山石上。

不知谁喊道：“前面掉下去了！得砍断绳子，否则全部完蛋！”

连清晖抽出靴子里插着的匕首，迅速冲上前一把拽住连映蔚的骆驼，手起刀落，后面的骆驼终于停了下来。

前头接连发出惨叫，一阵被激起的黄沙瞬间从陷坑里拍了起来，眼前全是黄土，什么都看不清了。

驼队前面全是许家人，中间夹着研究院的人，连清晖眼睁睁看着江见月惊恐地睁大眼睛，连骆驼带人被拖拽了下去！

连清晖连忙不管不顾猛扑过去，一把拽住了江见月的一条腿，被砍断的绳索就跟条被抽了筋的蛇一般疯狂甩动，狠狠地抽在了连清晖的脸上。连清晖闷哼一声，竟是一言不发，咬紧牙关将江见月倒提着拽了回来！

江见月整张脸全是土，只有一双眼睛错愕地看着连清晖，一张嘴，雪白的牙和鲜红的舌头看起来有些好笑。

可此刻，连清晖没了一丁点多余的心思。

檀岩大喊："往后退！陷坑还在坍塌！"

连清晖立即弹跳起来，拽住江见月急速后撤，就见地面如被撕裂一般迅速裂开一道口子，惊魂未定的骆驼们又接二连三地掉了下去！

连映蔚大骂一声就要去拽骆驼，被连清晖一把推了回去："别胡闹！"

猎宝队和江见月爬上两侧岩壁凸起处，眼看着方才还好好的峡谷轰然坍塌，成了一道深不可见的沟壑，冒着妖邪的黄沙，什么都看不真切。

这时狼群却一个个都悄然退去了，仿若完成了某种任务一般。

檀岩往下跳了一截，连清晖忙喊："别急，看清楚情况再说！"

过了足有半个小时，黄土才渐渐落定，猎宝队众人两手空空挂在半崖上，一个个面面相觑。

"幸亏我随身背装备！"连映蔚小心地从他不知道是肥肉还是装备的后腰抽出来一团攀岩绳。

杨柳错愕："没想到这次最靠谱的是你！"

连映蔚呵呵一笑，把绳子狠劲儿一甩，准确地扔到连清晖手里，

“这里没有打桩的地方，我吊着你！”

连清晖等连映蔚把绳子往自己腰上拴了一圈，确认没问题后就徒手往下爬去。江见月等人就趴在地面上，大气都不敢出地看着他一点点靠近自己。

江见月倒是没想到，下去的人会是连清晖，按道理檀岩作为猎宝队“打手”之类的角色，冲在前面的应该是她。

义无反顾的连清晖并不知道江见月怎么想，裂缝越到下面越窄，倒是没有多深，只是纵向朝下。

绳子长度有限，连清晖干脆丢开往前走，连映蔚急忙大喊：“你别逞能！这里不是甲米岛！”

檀岩无奈：“这也没甲米岛危险。”

仿佛就是为了专门打脸，檀岩刚刚说完，不远处又传来窸窸窣窣的声音，站在最前面的杨柳大喊：“连清晖！快上来！地面又在闭合！”

然而闭合速度远比方才裂开的速度要快，连清晖只来得及抓住绳子，两侧的山壁已经轰然合拢！

连清晖大叫一声用四肢撑住身体快速往上攀爬，上头的连映蔚也拼了老命直接往上拽人，忽然，连清晖听到一声似有若无的喊叫，近得仿佛就在耳边！

就在两侧的山体里！怎么可能？

“等会儿！”连清晖整个人只能侧身半吊着被连映蔚拽住，他却将整个身体贴在了岩壁上，“不要拉我，他们在里面！”

“什么里面？”连映蔚没有听清楚，他哥却死了心不上来，急得连映蔚破口大骂。

江见月见状，连忙将耳朵贴在了地面上，竟也听到了王邵阳那破锣嗓子，隐隐约约从下面传来。

“等会儿，下面真的有人！”

话音刚落，檀岩竟已经像一支箭一样猛地蹿了出去，柔若无骨般滑到了连清晖身边，将耳朵贴在了山壁上！

“不是山里面，是在下面！先上去！”

后面的山体愈发挤紧，两人就往前头开阔处快速挪动，上面的几人见状，只能一路选能站人的岩石凸起一路跳着快速跟上！果然，在裂谷最宽阔处，连清晖一伸手，竟摸到了一块寒若冰铁的石头！连清晖稍一摸索，就发现上面有人为雕刻的痕迹，立即往下钻去。

猎宝队众人见连清晖这样，当即明白下面必然有东西。连映蔚哈哈大笑：“还真有东西？有意思！”

说着，他勒紧裤腰带猛地一跃，像个巨大的弹力肉球一般，直接飞扑到了连清晖方才站过的地方，抱住了那块青黑的石头。

“乖乖，这看着像个石柱子啊！下头难不成有宫殿？”

一听“宫殿”两个字，杨柳和星子禾野也两眼放光，难为星子禾野穿个萝莉裙，也像只小壁虎似的跟着爬了下去。

越是往下，砂石逐渐变成了黄土，再往下黄土也带上了潮气。连清晖打头阵，一只脚终于踩到了实处，只是黑乎乎的什么都看不清楚，他用匕首一敲，“当”一声！

“是青石！”

后面跟上来的杨柳说：“西北可没青石，更何况是无人区的戈壁里。”

连映蔚一笑：“那显然这里有建筑物了，不是宫殿，再不济也得是个土地庙吧？”

忽然，连清晖脚下一顿，他俯下身去轻轻一抹，一手温热的黏腻，是血！

檀岩也嗅到了血腥味：“有毛，是骆驼的！”

“嘿！”连映蔚挤到前头来，用手机手电筒照亮了前头，“原来是你！”

星子禾野吓得轻叫一声，只见一头兀自喘息的骆驼，正倒在离他们不到三十公分的地方，身体怪异地扭曲着，四个蹄子都卡在岩壁里，身上驮着的物资散落了一地，正是连映蔚的大背包。

几人合力把骆驼从土里拽出来，江见月摸着骆驼温热的脖子，“还有救！”

似是通灵性，那骆驼双目含泪，几近断裂的脖子挣扎着抬起来，朝着身后嚎叫了一声，然后又重重摔了回去。

连映蔚越过骆驼，就看到一个深不见底的大坑，四周齿轮一般的青石在慢慢合拢，他们最开始听到窸窸窣窣的声音，便是从这里传出来的。

“真的有地宫！”猎宝队大喜过望，连映蔚当即就从骆驼身上取下了装备，“你再挺一会儿，我们先下去找找你其他兄弟！”

安置好骆驼，连映蔚打开夜照灯，整个地坑顿时亮若白昼，就见一个个木桩钉在崖壁上，就像个简易的台阶。这些木桩随着青石齿轮的旋转慢慢合拢，连清晖二话不说就跳了上去，江见月连忙喊道：“小心！”

连清晖冲他们挥挥手：“都别急，我先去探探路，檀岩看好他们！如果这地坑彻底闭合，就带他们上去！”

檀岩一顿，而后就回了个简单的“嗯”字。

已经摩拳擦掌准备跟着去的连映蔚“啊”了一声：“就你一个？”

连清晖的话不容置疑，他说完就让连映蔚把夜照灯丢给自己，纵身几个起落瞬间消失在了黑暗中。

杨柳蹙眉，看星子禾野刚想要张嘴说话，星子禾野立即摆摆手：“杨姐，我听连大的话，我不敢！”

杨柳无奈地翻个白眼，只得坐到一旁静候。檀岩则像个刺客一般，悄无声息地蹲在崖壁突出的石头上，注视着深渊。

江见月把连映蔚的物资进行了分类整理，除了一台微型计算机，竟然全是吃的。

连映蔚嘻嘻一笑："最起码不会饿死嘛！"

江见月无奈，他们所有人在方才的慌乱中都丢了对讲机，王邵阳等人先前微弱的声音在这里也彻底消失，她没有连清晖和檀岩那样的身手，只能枯等在这里。

杨柳看着她，忽然没头没脑地问了一句："那舆图，你们真的看不懂？"

江见月一愣，随即明白杨柳言下之意。杨柳对研究院和许家都存有戒备之心，这也应当是整个猎宝队都会有的想法。

"你们猎宝队都无法揭开的秘密，我们自然也无从下手。"

杨柳忽然站了起来，缓缓走向江见月，那双逆天的长腿气势逼人地立在江见月面前，仿若在睥睨审视着这个新认识的"朋友"。

"那可真是稀奇，我们只是几个小伙伴组团来玩儿，你怎么知道我们叫猎宝队？"

连映蔚没心没肺地替江见月回答："肯定是我哥说的呗！"

杨柳红唇轻勾："怎么可能？连大在出发前，可是反复强调过，不许暴露我们的身份。"

"我们什么身份？"连映蔚摆摆手，"你没看过盗墓电影吗？这种时刻最忌讳内讧，小心坑里冒出来个怪物吃掉你！"

杨柳恨不能把他一脚踹下深坑，就听江见月说："连清晖确实没有告诉过我你们就是猎宝队，只是你们在国际上大名鼎鼎，我稍作查证，便能猜出个七八分了。"

连映蔚一骨碌爬起来，一身肥肉抖了三抖："兄弟我已如此有名？"

杨柳无语，几人还在吵闹，檀岩却突然站了起来，朝他们抬手，示意噤声。

"嘘！齿轮不转了！"

几人连忙爬到深坑前，就见那些插在墙上的木桩整齐地排成一排，成了竖直的“一”字形，那些窸窸窣窣的声音也随之消失，取而代之的，是一声微弱的，似孤兽呻吟般的哀鸣。几人后背顿时起了白毛汗，下一秒就见一道光束自下而上突然破空而来！

“都下来！”

是连清晖！

等到了地下，猎宝队众人才看清，这下面竟大得离谱！直通地底的垂直廊桥雕刻精美，嵌在崖壁里的亭台楼阁鳞次栉比，到了中间竟有水榭，一道细流蜿蜒而下，汇到一泉寒潭之中，里头隐约还有活物。

“这……”

众人瞠目结舌地看着眼前一切，先前下来的王邵阳瘸着腿，激动地对江见月说：“江主任，这里有铭文！”

一个古墓或是古迹，最珍贵的不是金银宝藏，而是文字。江见月闻言连忙跟上王邵阳，路过一座汉白玉小桥，一座极具异域风情的亭子挡住了去路。

“这是武康王立的碑！”王邵阳指着石碑上密密麻麻的字，“上头写武康王为谢山神赐药，特修此庙世代供奉。”

“什么？”连映蔚挤过来，“那壁画里说的竟是真的？”

先前掉下来的许家人和骆驼都没有大碍，他们已经在前面探过路，个个喜气洋洋，许儒风说：“没错！这里应当就是‘鬼城’，怪不得无人机探查不到，竟是在地底！”

江见月问：“里头还有什么？”

“还有一个……”许儒风同王邵阳对视一眼，两人脸上都是难以置信的表情，而后不太确定地说，“门！”

“门？”连清晖站了起来，看向远处藏在轻纱中一般的黑暗，“有什么特别之处？”

“你们看看就知道了！”许儒风带路，众人穿过一座假山，随着许儒风指的方向，所有手电筒光乱七八糟地汇聚到了一个地方。

先是星子禾野倒抽了一口冷气，而后连映蔚不由自主地吐了句，“这……确实是一道‘门’啊……”

只见一株盘根错节的大树，宛若地底游龙，又似巨蟒弓着腰，围拢成一个巨大的圆形，挡住了一扇半开的石门！

那树应当是半截身子在外头，下头的枝丫竟还生着绿叶。连映蔚走到树前，愈发觉得可怖：“这世上……竟有这么大的树？比得上雪曼将军树了吧？”

“这是槐树。”杨柳摩挲着树皮，掌下粗粝的触感，连带着奇异的纹路，叫她震撼不已。

这株槐树目测合围足有六七米，高更是难以估量，而那些延伸出的枝蔓，在这逼仄的地下，看起来鬼魅异常。

“可是……”星子禾野探头看向石门，“门为什么是开着的？你们已经进去过了吗？”

王邵阳一脸无奈，摇摇头：“门后是砖墙，已经塌了，我们还没来得及进去。”

这不是个好消息，门是开的，内室坍塌，里面很大可能已经被人盗掘。好在他们这次带来的人手充足，且许家人各有本事，很快便将石门后的杂物都清理了出来，一条只能一人通过的甬道终于露了出来。

甬道的两壁上还绘有图文，下面有不少铭文，有人问：“奇怪，这是什么字？看着像维吾尔文，但细看又不是。”

连清晖摸索着墙壁：“这是古安息帝国语，它受波斯语影响，而现在的维吾尔语有一些来自波斯语的借词，但总归不是同一个语系。”

“对。”江见月仔细地读上面的文字，发现大多是“诅咒”“镇压”之类，心头便浮上一丝不好的预感。

连清晖边走边说：“传说这武康王曾经是伊朗人，也就是曾经的安息国人，后来被宦官骆奉先收养，所以这里出现安息语并不奇怪。”

这条甬道很长，到了尽头，连映蔚皱皱鼻子：“我怎么闻到一股水产市场的味道？”

连清晖的手电射向远处：“不是水产店，是水产的家。”

走在前头的几个许家人，脚下一空又险些掉下去，一股阴寒刺骨的风猛地迎面袭来，众人才看清脚下居然突然出现了一个巨大的、半个足球场一般宽的深水潭！一些被水泡烂的动物尸骨胡乱地漂浮在潭边，腥臭大多从这里传来。

连映蔚捂着鼻子，用登山镐拨了拨尸体：“怎么都是牛羊骆驼？从哪儿进来的？”

连清晖心中一凛：“如果我没猜错，这地下宫殿就像个捕兽笼，那些转动的齿轮应当有机关控制，如果峡谷中有生物经过，齿轮就会自动打开，吞掉上面的生灵！”

“可是……”长时间没说话的许亦然蹙眉，“这些生物是怎么进来的？”

檀岩拨弄着尸体，甚至还捞起尸块近距离嗅了嗅：“这些尸体腐烂至少已经超过了两周，从尸体断裂处来看，都像被铡刀铡过一样。”

众人心头俱是一寒，连映蔚西瓜头齐刘海有些发抖：“该不会是哪个驴友，看到这儿山清水秀，扛个大铡刀下来做户外烧烤吧？”

檀岩回答得十分认真：“这应该是动物撕咬过的痕迹，而拥有这种咬痕的，最大的可能就是龟！”

连映蔚抱头鼠窜：“好了！不用再说了！气氛已经烘托得十分到位了好吗？那湖海神庙的壁画里不都说了吗？有个大仙用‘槐’门

镇压了一个千年大王八！好了，恭喜大家，咱们找到王八窝了！”

星子禾野颤着声说：“不对啊，除了大乌龟，不是还有鬼兵？”

第十一章
变形金刚

一股阴飒飒的风“哗啦”一下从甬道口传来，深潭里的水轻轻拍打着岸边，不知谁突然惨叫了一声，所有人简直登时魂飞魄散！连映蔚更是“嗷”一声直接挂在了连清晖的身上！

连清晖当即喝道：“都冷静点！”

他抽出了自己的匕首，将弟弟和江见月等人护在了身后。

许家几个练家子也急忙抽出了家伙，但黑黝黝的水面上，一点动静都没有，射入水中的手电光，更似落入了无边地狱。

“刚才是谁嚎了一嗓子？”连映蔚扒拉着他哥的肩膀，反咬一口。

杨柳捅了连映蔚后腰一记：“不是你？！”

连映蔚嘟囔着不搭理她，许亦然却沉声说：“是许儒风……”

许儒风的手电就丢在岸边，岸上还有一道水迹，显然他就是被水里的东西拖进去的。许家人当即脱了外套要下水，檀岩看向连清晖，却见连清晖轻轻摇了摇头。

檀岩稍稍退后，看着三个水性好的许家人一个猛子扎进了水里。水面几个荡漾后，再次悄无声息。下面的人连个气泡都没吐出来，就跟冰块下了沸水一般，瞬间消弭。

有人颤抖着打破了弥漫在空气中的恐惧：“怎……怎么回事？”

“下面应该有什么东西。”连清晖说着，也脱了自己的外套，连映蔚一把拉住他，“你干吗？”

“还记得去年去过的伯利兹蓝洞吗？那样的海洋蓝洞有百米深，我们潜水也会有气泡，这个寒潭顶多五十米，即便下面有大型生物，也不至于没有一点动静。”

连清晖说着，已经一跃跳了进去，溅起的水花确实挺有“动静”，可惜和前面的人一样，他也是慢慢沉寂在了水镜之中。

星子禾野一下子“汪”一声哭了出来：“完了！领队都没了，咱们还是回去吧！”

江见月眉头紧蹙，脸色惨白：“不要着急，给他们一点时间，兴许下面真有什么变化。”

连映蔚一屁股坐到了地上，哭丧着脸，一面担心他哥，一面观察岸上的几人。许亦然依旧一副往日温文尔雅的模样，只轻轻地站在一边，垂眼望着水面。

连映蔚问：“许少爷，你们家刚才下去的几个，水性怎么样？”

“相比我这个旱鸭子，自然是最好的。”

连映蔚点点头，一看时间，已经过了五分钟，这已经是普通人的极限，就算是连清晖，也没法再坚持下去了。

连映蔚豁然起身，甩了外套也要往下跳，被檀岩给揪了回来，“别闹，你看！”

星子禾野惊叫一声，远处寒潭的中心，慢慢浮上来一个人，看那背包，显然是许家人的！那人面朝下，一动也不动，似乎没了气息。檀岩甩出登山绳，用挂钩把人拽回来，众人合力将人扯上岸，翻过来一看，竟是最开始掉下去的许儒风！他被泡得发白，刚躺下居然“嘎唧”一声喷出来一口水。众人连忙把他扶起来，连映蔚冲着他的后背就是一通“后心垫”，打得许儒风不仅吐光了肚子里的水，连中午饭都险些吐出来。

“好了好了！我谢谢您……”许儒风气若游丝地冲连映蔚摆手，“我没事了……”

许儒风掉下去已经超过十分钟了，现下居然安然无恙，众人连忙问他怎么回事。

“我也不知道，刚才在岸边，不知道被谁拽了一把，掉了进去，那东西一路拖着我，好似又拖上了岸。我不会水，淹了个半死，那东西又把我丢进了水里，后来是连先生救了我……”

江见月连忙问：“那连清晖人呢？”

许儒风摇头：“他把我推了上来……”

檀岩站起身：“应该是去救其他人了。”

她说着，紧了紧袖筒，猎宝队知道那是在整理弩箭。众人都以为她也要跳下去，却见她只是站在连映蔚身后，再无动作，但看她神色，显然已经放心了下来。

江见月皱眉：“这么看来，这潭水下应当别有洞天。”

“有没有可能……”杨柳说，“潭水下有吃人的乌龟，也有通往其他地方的甬道？”

“有可能，这也许是个‘8’字形的地穴。”

星子禾野担忧道：“那下面万一真的有吃人的乌龟，他们岂不是……”

“我去吧！”一直没有说话的许亦然终于站了出来。

“少爷！”几个许家人连忙要拦下许亦然，许亦然只摆摆手，不容置喙地直接跳了下去。

连映蔚吐槽：“这么着急干吗？想想办法再说嘛！一个个赶着去祭天啊……”

水下果然又是一模一样的反应，只是檀岩忽然往水里又甩出去了登山绳，那绳子在水上打了个大水花，然后缓缓落了下去。

突然！绳子猛地被拽直，一股巨大的力量险些将檀岩也拖下水去！众人赶紧帮忙把绳子拽住，然而七八个人竟被扯得东倒西歪。

“水下有东西！”许儒风喊了一声，“是咬住我背包的那个！”

猛地，一个巨大的、像石头一般的东西被众人扯了出来！可那东西力气极大，竟又扑进了水里。檀岩目光很毒，一眼就看出来那是一只十分巨大的龟！众人又合力疯狂往上拉，却被那巨龟的力量甩得左摇右摆，好在有连映蔚“压尾”，众人定了心神，一鼓作气，一个回合下来，藏在水里的巨龟终于被拉了上来！

众人忍不住一阵惊呼，那庞大的龟壳竟有两米多宽。那乌龟发出了急促的喘鸣声，挣扎着想要逃脱，却被连映蔚一屁股给死死地坐住，再也动弹不得！

杨柳看着那通体乌黑的乌龟，诧异地问：“乌龟也会叫？”

“乌龟当然不会叫，”檀岩说，“乌龟没有声带，只有发情和生病的时候会发出声音，这龟近日食腐，应该是病了。”

果然，乌龟的喉部已经溃烂，还长着脓包。

连映蔚说：“可是就这么大点的龟，怎么可能下去那么多人，全被它给‘糟蹋’了？”

“那就说明……”檀岩看向水中，“这水里不是只有这一只……”

仿佛就是为了印证这句话，水面上忽然又翻上来一只龟，仰面朝上，脖子处鲜血横流，显然被人斩了首。顷刻间，四面八方突然漂上来无数大小不一的龟，疯了一般撕咬着那只被斩首的大龟，这也许是这么多天以来，他们看到的第一个“生鲜”！

那场面实在可怖，众人从未见过乌龟也能有那么敏捷的身手，一个个恨不能将那只大龟一口吞掉，撕咬中有小一些的乌龟也被误伤，登时整个寒潭成了“龟间炼狱”。

“啧啧啧，”连映蔚感叹，“这能起一大锅甲鱼汤了……”

等这场饕餮盛宴彻底结束，岸边又多了一些漂浮的龟类尸体。空气里弥漫着浓烈的血腥味，连清晖和许亦然却忽然从水里冒出了头。

连清晖冲他们大喊："下面有个洞窟!"

驼队兵分两路，不会游泳的留下照看骆驼和行李，剩下的跟着连清晖潜入水中，躲过水里大大小小的食人龟，果然在水底看到了一个明显人为修筑的甬道。通过甬道，一个燃着长明灯的地下宫殿赫然出现，众人错愕地看着这个比外面更加富丽堂皇的地下宫殿，差点被脚下无数金银宝珠绊倒!

这里到处都胡乱散放着各类珍宝，显然先前已经有人把这里大肆翻找了一遍，也不知道拿走了多少。可即便这样，这里遗留的宝藏还是叫人目瞪口呆。

杨柳惊喜地捧起一把珍珠："好家伙……竟然保存得这么完好!"

连映蔚咳嗽一声："注意一点哈！不要忘了咱们的最终目的，不要被眼前的蝇头小利迷惑!"

杨柳翻个白眼，甩了手里的珠子："我不为财，跑这里玩探险游戏？按道理，这座地下宫殿修建于唐朝，可这些东西，都是清朝年间的。"

"什么?"连映蔚咋咋呼呼，"难不成有人鸠占鹊巢？为啥这么做?"

杨柳自然没法回答，只问连映蔚："你哥呢?"

连映蔚冲前面的"供桌"抬抬下巴："在那儿开首脑会议呢!"

巨大的石供桌前，许亦然、江见月和连清晖三人，将走过的路详细地描在舆图上。

江见月说："奇怪，按照湖海神庙的标志，我们从鸿柳峡一路往东，这个节点应该会有标注。"

"要么这里还不是重要节点，要么……"许亦然蹙眉，"舆图的比例尺自成一派。"

三人看着富丽堂皇的地下宫殿，显然后面这个说法并不成立，就连湖海神庙那样的“一室一厅”都有资格进舆图，这样大的遗迹，怎么可能没有标注?

“嘿!”连映蔚的大脑袋不知道什么时候凑了过来，“有可能画图的人不知道这儿呢?”

“也是，”江见月说，“我们此行，就是为了印证舆图的真实作用，既然这里在舆图上没有，那么……”

许亦然抬手打断江见月：“江主任有没有想过，既然寒潭与此处连接，有没有可能，这里还不是终点，还有其他比这里更重要的地方?”

这话说得有理，众人又连忙招呼着，寻找其他出口。之前在湖海神庙看到的巨大壁画，在这里也有呈现，不过更多的讲述的是武康王与公主如何相敬如宾，其中还有一幅画，看起来十分居家，有《簪花仕女图》的味道。

星子禾野看着，奇怪道：“不应该啊，在你们中国，家主必须坐在主位吧?”

众人凑上去看，果然画中殿内，武康王坐于偏位，而公主坐在主位，受人供奉朝拜。连映蔚嘻嘻笑道：“指不定人家是个妻奴呢!”

“不对，”江见月说，“从前真正的武康王庙确实公主在主位。武康王庙修在陇右崇信城，那是武康王当年镇守的地方。那座庙在清朝时就被修复过，人们在原殿的前面又修了一座主庙，康王被放在了主位上。”

而这座河西走廊的地下宫殿中，壁画上康王的位置，也被较真的人后来专门矫正过一次。

“这样看来……”许儒风拿着一捧书卷，“这里先前确实是武康王修建的宫殿，只是后来有人把这里当成了仓库，屯集宝物，你们看，这里的文物历朝历代的都有。”

江见月说：“这样就能证明，在绘制舆图的人看来，这里价值并不大。连先生，按照舆图路线，下一步应该是哪边？”

所有人希冀的眼神全部望向连清晖，却见连清晖轻轻摇了摇头，“我……不会看……”

“什么？！”连映蔚怪叫一声，从他哥手里一把夺过复印版舆图，果真湖海神庙后，除了浩瀚的沙海，什么都没有，也不知寓意如何。

连映蔚大叫：“你们都猜错了吧！这根本就不是地图吧！”

杨柳无奈：“不是地图，怎么会标注湖海神庙？只是我们不会读这张图罢了。”

连清晖无奈道：“我们此次出来，就是为了破解舆图，这才刚开始而已……”

“对，”许亦然说，“青玉和舆图上的龟纹，其实已经印证了舆图的真实性，我们不要自乱阵脚。”

“所以……”檀岩指了指身后，不知道什么时候爬了一地的大小乌龟，“咱们是原路返回，还是另寻出路？”

连映蔚大喊一声：“这群乌龟要成精了啊！”

这些乌龟爬得飞快，一个个长着饥渴的喙，疯狂地朝众人扑来！驼队没有热兵器，只能顺手抡起称手的东西左右横挡，很快就有人被乌龟咬中，大声惨叫。血腥味愈发地刺激了这些饥渴难耐、被镇压在此千百年的乌龟，它们恨不能当场进化出爪牙，将这些闯入者拆吞入腹！

有人慌不择路，竟又冲向了甬道，江见月连忙上前去追，一只不知从哪儿蹿出来的乌龟，一下子咬住了她的手！

“小心！”连清晖一刀砍下乌龟脑袋，那乌龟的喙竟还死死地嵌住江见月。连清晖拖着人连滚带爬一路后退，后背却撞上了冰冷的石壁。

连映蔚等人也被逼到了死角，他惨叫着大骂：“没想到有朝一日，我会命丧龟孙！”

星子禾野也跟着哭了起来，忽然她尖叫一声，脚下猛地一空，整个人就“咻”一下消失在了众人面前！许亦然连忙上前，就见又是一个只足一人通过的甬道。

“不管了，走！”许亦然带头，所有人都挤进了甬道，剩下连清晖和连映蔚。连映蔚苦兮兮地看着他哥，“要不然……我现在就减肥？”

连清晖无奈地把人一脚踹了下去，这洞口居然挺大，连映蔚刚好丝滑地冲出了甬道。一堆人全部撞在了一起，前头的人大叫着堪堪稳住身形。众人看到一个小小的佛龛，岌岌可危地停靠在绝壁上，借此他们才没有直接滑出去，而他们的脚下，就是万丈悬崖！

“我去！”连映蔚小心地往里挪了挪，“这是哪儿？”

檀岩说：“还是鸿柳峡，只是我们已经在地底往前走了近一公里。”

“怎么就能看得出来……”连映蔚嘟囔着，忽然看到一只孤独的骆驼，一瘸一拐地走在峡谷中，背上还有一个粉红色背包，不是他的，还能是谁的？

“嘿，有缘呐兄弟！”

有“职业病”的江见月已经把这里看了个遍，她发现佛龛的一侧，有个不足一平米的小间，里头堆放着杂物，还有一个小小的盒子。江见月将盒子小心地取出，好在有这“小屋子”的遮蔽，木盒子虽然已经腐朽，一碰就碎，可里面的套盒依旧完好。众人屏住呼吸，盒子缓缓打开，就见一块十分粗糙的布，包裹着一块小小的青玉。

众人立即朝许亦然看去，却见他面无表情，过了许久，才骤然自嘲一笑，从江见月的手里接过了盒子。青玉的一旁，还放着一张蝇头小楷，上面的字迹模糊不清，但大概意思能猜出个八九不离十。

许亦然喃喃念道：“愿康王佑吾儿三生安康。”后面落款的两个字——百缘。

连映蔚问："还真有百缘和尚啊？"

纸张的背后，又有人题书："愿爱徒承师衣钵，守护万里敦煌。"

许亦然一时难以接受，脸色一片煞白，许儒风连忙扶着他坐下来，"我们替祖爷爷寻回来青玉，已经算是有个交代。"

许亦然心神俱震，笑着问许儒风："你忘了？所有人都说，祖爷爷为了找这玉，几乎翻遍了敦煌，他王圆箓怎么会不知道？他为什么要把东西藏在这里?！还说什么……'承师衣钵'？可笑……"

许亦然的眼眶通红，从前一丝不苟的头发现在亦有些凌乱，没人能回答他的问题，唯有空谷里呜咽的风，作着空茫的回应。

这时，连清晖拍了拍许亦然的肩膀："或许事情并不简单，王圆箓将青玉藏在这里必然有他的目的。"

许亦然还是无法释怀，连清晖只得取下自己脖子上的青玉，将两块青玉都放到许亦然的手中："既然质疑，就去探寻真相，不论王圆箓当年为什么这么做，总该给你的祖上有个交代。"

这青玉是用来认祖归宗的，连清晖给他的青玉入手一片温热。而另外一块，躺在这无人的荒漠中，不知道等了多少年，静候着一个真相，等得日升月落，等得朝代更迭，等得通体冰寒。

许家人联系上了还留在地宫里的其他人，等驼队彻底走出鸿柳峡，竟然已经过了整整四天。

晚上，驼队架起了篝火，经过一场离奇的"人龟大战"，驼队不再分三堆，而是聚在了一起。

连映蔚两手各抓一把烤串，吃得满嘴是油，看王邵阳在画地宫的路线图，便指手画脚道："记得取文物的时候，把那些可爱的小龟龟也救上来！叫它们见识见识伟大的现代化！"

江见月的手伤得很重，乌龟的喙咬合力很强，她的手掌几乎前后对穿。王邵阳笨手笨脚，檀岩只得接手替她包扎，江见月见檀岩的胳膊也有血渍，仔细看才发现她的速干衣也有裂口。

“你……”

“没事，小伤。”檀岩冲江见月微微一笑，“你记得吃消炎药。”

檀岩利索地站了起来，转身去接替了连清晖烤羊肉串的工作。

连清晖茫然地被挤到一边，檀岩冷酷地说：“替我盯着她吃药！”

连清晖心想：“大姐，你这样牵线搭桥真的很生硬好吗?!”

连清晖拐了个弯儿，走向了许亦然。许亦然还在拿着那个装了青玉的盒子把玩，看到连清晖便把连清晖的那块玉丢了过来。

“戴好了，”许亦然垂眸，面上看不出悲喜，“以后别随便给人。”

连清晖唇角撇了撇，一丝微不可见的笑意，让他的整张脸都柔和起来：“找到青玉了，要跟着研究院的人一起回去吗?”

许亦然点头：“只是没弄明白事情缘由，多少有些不甘。”

连清晖坐下来，见许亦然还在搞简易茶艺，便不客气地给自己也斟了一杯：“或许是注定的机缘，要不然跟我们继续走吧?”

许亦然笑着摇头，看了眼连清晖身后的猎宝队：“他们愿意?”

那当然是不可能，猎宝队来到中国本来是很隐秘的，现下搞得这样阵势浩大，甚至同官方研究院合作，谁还敢大张旗鼓地跑去“猎宝”?

这一点大家心知肚明，只是谁都没有捅破窗户纸，许亦然则是中途插进来的，说好听点他是民间顾问，难听点就是个懂行的地头蛇。寻宝电影里不都这样演?有势力的一方枭雄，假借“寻回至亲遗物”之类冠冕堂皇的借口，以达到自己不可告人的秘密……

连清晖想着，便学着中国人的样子，用自己的茶盏碰了碰许亦然的：“那就只能祝你早日破解谜题!”

好了，话题终于被两个人聊死了。许亦然苦笑一声，端起茶盏抿了一口，顺手将木盒放到一旁。

“咔嗒!”

两人面面相觑，许亦然只得又将木盒拿起，两人一低头，就见那原本方方正正的木头盒子，竟然一下子展了开来，露出了里头涂着蜡泛着青光的一面！

“这是……”许亦然一下子站了起来，引得江见月看了过来，许亦然连忙又坐下去，和连清晖做贼一般凑到跟前去看。

只见那板面上也刻着蝇头小楷，字迹清晰，通俗易懂。

“平生浪荡愧乾坤，清明未敢拜祖宗。苍天怜见遇佳徒，赎我罪孽圆夙愿。我有奇珍藏秘处，东行一百六十里。有地名曰百缘洞，洞中仰坐有悬龛。”

连清晖不太确定地问：“这是……王圆箓写的？”

“看字迹，应该是……”

两人都有些一言难尽，先不论文笔好不好，表达的意思也真够曲折。翻译过来，意思就是我这一生愧对天地祖宗，只能靠我亲爱的小徒弟替我赎罪了。悄悄告诉亲，我可藏了一个天大的秘密！它就被我藏在百缘洞。请从这里出发，一路往东一百六十里外，有一个悬龛，里面藏有宝贝和秘密！

好了，不用看也知道许亦然此时的脸色，必然铁青一片。不仅骗了人家老祖宗的传家宝，还拿传家宝当传信的信物，更可恶的居然叫人家老祖宗替自己还债……

连清晖说：“这个‘悬龛’，你觉得应该是什么？百缘洞中还有洞天？”

许亦然摇头：“三危山历经千年，传说秘宝无数，可从没有人真正熟知这里，就连世代在这里的许家，也从未听说过，这里竟然还有武康王庙。”

两人说这话时，张潮带着一众研究院工作人员终于到了，看见江见月受了伤，眉毛当即竖了起来。

“怎么回事？”

江见月顾左右而言他："张叔叔，我们在这里发现了武康王庙。"

"胡说八道！"张潮推推眼镜，"证实了吗？武康王庙在平凉，况且他一生征战从未到过河西！"

张潮出身平凉，自然不愿意自家"神仙"被胡乱搬挪，江见月只得说："您看了就知道……"

江见月不卑不亢，唇上一点血色都没有，张潮见她这副模样也生不起气来，只得又把她按回去："是不是真的我自己论证，休息一晚，明天你们全部给我回去！"

江见月还要争辩，张潮根本就是一副"不听不听我不听"的模样，"你这个样子，叫我怎么跟你爸爸交代？"

江见月闭上了嘴，张潮看她一眼就知道对方心里又在打什么算盘："你别想着连夜跑路！换人跟他们去，你必须跟我回去！"

"张叔叔，"许亦然站了起来，将手里变形金刚似的木盒递了出去，"恐怕刻不容缓，我们也缺不了江主任。"

几人围坐火边，许亦然便将眼下情势作了具体分析："如果王圆箓所指的百缘洞，同江主任之前发现的佛龛是同一个，那么这里很有可能已经遭到了威德等人的劫掠。虽然江主任他们之前已经搬运出了一部分文物，但我们还需要赶紧前去进一步确认，只是……"

许亦然说着，看向连清晖，连清晖只得拿出舆图："我们刚才在舆图上，按照王圆箓诗中所指，下一站唯一能对应的地点，只有这里！"

大家都聚拢上来，看到连清晖的指尖轻轻点在一个小小的点上，那点还长着腿和长毛，看起来就像个臭虫……

连映蔚惨叫一声："不是吧……乌龟大战刚结束，又要人虫大战？口味有点重了吧！"

江见月蹙眉："按照这个方向的话，离我在沙山里挖掘出的佛龛距离上也有差异……"

这个意外发现，就跟一个小羽毛一样，轻轻地搔弄着所有人的好奇心，究竟哪里才是百缘洞?!

“有没有一种可能……”星子禾野突然举手，眨巴着大眼睛，“就像武康王庙一样，它上面是个很小的佛龛，但下面连绵数十里?”

连映蔚缓缓转过他的西瓜头，在星子禾野忐忑的目光中，一下子跳了起来：“你是什么天降小聪明啊！既然有奇珍异宝，小小佛龛肯定放不下嘛！就算没有康王庙这么大，但佛龛下面肯定有东西！”

所有人都躁动起来，连清晖拍了连映蔚肥屁股一把：“不要想当然，距离沙山一百多里路，我们的驼队要么直接北上去高速，要么和上次一样穿越戈壁，你觉得哪样比较合理?”

连映蔚揉揉屁股，嘟嘟囔囔的没说话。没有商量出来一个结果，三队人马只得吃饱喝足，各找各家。

第十二章 连氏烤肉

躺在逼仄的帐篷里，连清晖仰面躺着，拿起贴身跟着他好几十年的青玉出神。

连映蔚捅捅他：“哥，我看许亦然的意思，是别耽误工夫直接去百缘洞，可江主任那伤，也不能耽搁吧?”

“是不能耽搁，可许亦然显然明天一定会准备好一大堆说辞，叫江主任跟我们一起走的。”

“嘿！”连映蔚翻了个身，“就算许公子不要求，以江主任那种脾气，也不可能中途退出的。我就不明白了，你怎么老喜欢这种调调的女人，就不能……”

话没说完，连映蔚“嗷”地叫了一声，被连清晖送了一记窝心脚。连映蔚抱着被子换了个方向，和连清晖并排躺下：“你说这许亦然究竟什么来头？”

他哥只给了个屁股，很没有礼貌地下线了。连映蔚撇撇嘴，缩到了被窝里。

戈壁滩上的夜风呼号犹如厉鬼索命，白昼时这里如何热闹，静谧的黑夜就有多么恐怖。连映蔚往他哥的被窝里缩了缩，只露出个西瓜头，屃屃地睡了。

第二天江见月的伤势有所好转，但钻心的疼叫她没法装作若无其事，苍白的脸色昭示着她的粉饰太平。张潮一再要求她尽快回去，许亦然原本还想再劝，不知为何却选择了以退为进，提议干脆驼队一起回去，另作打算。

这显然不够合理，先不论他们这么多人折腾这一趟，就说那头虎视眈眈的威德也等不了他们。

张潮压低声音斥责江见月：“又不是非得叫你去！王邵阳也认识路，怎么就不能跟着去了？”

一脸苦相的王邵阳瘸着腿，捂着肋骨，一脸的问号。

王邵阳：“那我走？”

张潮尴尬地咳了咳：“你们都回去吧，我接你们的班！”

江见月无奈苦笑：“真的不是什么大伤，以前断了腿，不也在雪山里坚持了一周多？”

江见月也不再听张潮啰唆，扬声去招呼所有人开拔。连清晖拉住她：“上骆驼去，其他事别管！”

几人看着接替江见月工作的连清晖，连映蔚由衷吐槽：“真男人……”

驼队决定按照原计划，穿越一百四十里戈壁，一路破解舆图奥秘。按照舆图所示，湖海神庙往东，中间隔了一道屏障，那屏障山青水绿，不似西北所有，甚至在舆图上有所放大，占了不少画面。

许儒风说："按照真实地理环境，这里往东应当是一百四十里戈壁中的青山，这里同沙山地质相同，无论如何也不会出现这种花果山一样的景象。"

他一边走，一边警惕地提防着四周，生怕又出现个什么妖魔鬼怪把自己拖走。连清晖用对讲机问混在猎宝队里的江见月："江主任以前去过青山吗？"

"去过，只是里面地质恶劣，我们连休养基地都没有修筑。"

连清晖走在最前头，望着逐渐高升的朝阳，刺目的光晕中整个戈壁都铺上了一层耀眼的金，将一切广袤无垠都包裹在一片神秘之中，几乎叫人眩晕。

从一百四十里戈壁直行，前往青山，驼队走了整整两天。等远远地看到似笼罩在一层薄暮之中、横卧在天际的山峦，所有人都已经瘫软在地。

黄昏，驼队驻扎起营地整装，张潮逼着王邵阳负责运送武康王庙的东西回市区，他自己则亲自跟了上来。算起来他才五十多岁，做派却十分"老年人"，捧着个保温杯在各个帐篷前溜达一圈，然后坐到了连清晖的旁边。

"听说小友小小年纪，已经走过了全球很多地方了？"

连清晖不卑不亢，脸上也无甚表情："大多是旅游景点，没什么。"

"哎呀……"张潮吸溜一口热茶，"那也挺好，不像我，这辈子最远也就去过北京天安门，很多东西书上读来终觉少。"

连清晖学不会他弟那么多鬼机灵的说辞和尬聊，听到这句也没有再接，气氛顿时陷入一片尴尬的沉默。

张潮看连清晖，见这年轻人只是安静地做着烧烤，翻转烤肉撒调料，神情十分专注，就像手里拿的不是烤串，而是法国餐厅的顶级美食。当然，食物不分高低贵贱，只是这人的气质和气场，即便坐在这荒芜的沙滩荒漠之中，也显得是那么的从容自得。苍穹星海都成了连清晖的点缀，白净的脸上虽然依旧带着只属于少年人的灵动，可更多的是不属于他这个年纪的沉稳和深邃。张潮仿佛觉得眼前这个人，已然经历了无数风霜，跨过岁月长河站在了他的面前，自己的年龄和阅历都成了拿不出手的东西。

连清晖知道张潮在审视他，但他依旧神态自若地做着烧烤，等香味弥漫开来，立马将烤串和烤饼放到了盘子里。

张潮见状立即站了起来，手还未伸出去，就见连清晖利索地走向了江见月，也不叫她吃，只轻轻地放到江见月的手边。

江见月正和人聊天，等看到食物，不用想都知道是哪儿来的，也直接塞到了嘴巴里。

张潮讪讪地吸溜了一口自己的老茶，聊以熨帖自己空空的胃。

“听说小友家里是跨国集团?”张潮见连清晖又开始烤下一拨，心道这下总该有我的份了吧，便高高兴兴地继续没话找话。

连清晖点点头，也不张嘴，只认真地烤着串。张潮只得又问：“听说你们家去年上福布斯五十强了?”

连清晖还是点点头，在张潮要说出第三个“听说”时，他终于给面子地反问了一句：“您是听谁说的呢?”

张潮一愣，尬笑着说：“小友别见怪，只是在网上稍微查了一查。”

连清晖歪着脑袋：“是江主任告诉你的吗?”

张潮只顾得上想怎么给自己解围，并没有看到这小破孩眼里的狡黠，就听连清晖轻轻地笑了一声，很短促，就像从未发生过一样。

张潮诧异地看向连清晖，就听他说：“不要见怪，我只是随口一问。”

“啊……”张潮怔怔地看着连清晖，“没事……”

第二拨烤肉终于出炉，张潮闻着那几乎把人魂儿都勾走的味道，也不知道这小英国佬放了什么东西，居然这么香。就见连清晖起身，把肉又端给了已经吃得满嘴是油的连映蔚。

连映蔚皱眉嚷嚷：“哎呀哥，你就不能多烤点腰子？”

张潮无语，难为一个英国人能做饭好吃，这也不难理解为什么是双胞胎，弟弟却横向发展了。

张潮见连清晖又开始烤第三拨，终于忍不住问：“小友啊，你这……撒的是什么调料？”

“王守义，十三香。”

张潮不解地凑近去看：“那不是还有孜然和花椒粉？”

“应该是吧，”连清晖随意地每一样拿了一点，撒到了鸡翅上面，“物资是他们准备的，我也不清楚。”

好的，知道了，这世上有种东西叫做天赋……

这两天张潮常听人提起，连清晖身手了得，比起许家这些常年“打拼”的，连清晖就像个横空出世的绝世高人，身手看不出专业训练的痕迹，却叫人不得不佩服。

“听说小友之前在武康王庙里救了不少人，身手不错。”

“您叫我清晖就好，或者Randolph。”连清晖头也不抬地说着，“家人希望我学点防身用的东西，跟着檀岩学的。”

张潮来了兴趣：“檀岩不是你们雇佣的？”

“我十几岁的时候，爷爷就找檀姐来保护我了，后来檀姐家里出了变故，就干脆跟着我。”

说了这句，连清晖就再也不说其他的了，仿若这是个无足轻重的话题，只是为了打发张潮一般。

张潮却莫名好奇起了连清晖的爷爷，按照江见月之前查到的资料，连家人似乎对这位“发家”之人讳莫如深，只知道一百年以前，他横空出现在伦敦拍卖市场，为以后的连氏帝国打下了最坚实的基础。可究竟是怎样一个传奇人物，能在百年前机缘巧合跑到了英国？是贵族后裔，还是有钱人家留学的公子？张潮还想再问，连清晖却端着第三盘烤肉又去找许亦然了。

张潮怅然若失地远离烧烤摊，跑到江见月跟前总算是顺了一嘴，却听猎宝队里的两个小姑娘叽叽喳喳地说：“要我说！连清晖还是太善良，不然干吗这一趟非得带上这么多人？就算刚开始是因为解不开舆图，眼下走一路破解一路，还用得着许家那么多人？”

这话是那位叫做杨柳的姑娘说的，她从美国来，说话同她张扬的打扮一样，犀利而直白。

江见月抿唇笑着不语，又听杨柳用英语叽里呱啦说了一大堆，结果连映蔚十分鄙视地说：“除了汉堡，你还能吃出啥香来？”

星子禾野笑眯眯地说：“汉堡里面加点生鱼片也很不错啊。”

好嘛，话题转得可真快，还真是些孩子。

不想江见月也忙说：“其实汉堡里面加凉皮也好吃，你们可以试试！”

檀岩冷漠地说：“你们试试加螺蛳粉就知道了，那才是人间极品！”

话题从正经事一路翻飞，成了张潮无法插入的世界，他只得又起身，找到了许亦然和许儒风。

许儒风他以前见过，常和研究院打交道。许儒风常年游走西北，收来不少好东西，为人也很正直，把一些无归属的文物主动上交给研究院，也帮着研究院发掘过不少地方。当然，这都是家主或是许少爷授意，只是张潮很喜欢许儒风的做派，也听他提起过不少许家内部乱七八糟的“宅斗”。

张潮自来熟地问：“这次你们俩一起出来，小公主没闹腾？”

小公主是许儒风给他堂妹起的外号，他撇嘴嗤笑：“闹腾什么？我们去哪儿还用得着向她汇报？她纵使刘伯这些人胡作非为的时候，怎么不问问我们？”

张潮叹一口气：“他们近几年的作为确实有些欠妥，听说上个月又低价回收了一对翡翠扳指，卖东西的还是家里的俩傻孩子，未成年……卖主闹得死去活来。”

“刘伯他们一贯喜欢用这种下三烂的手段，仗着人家找不到他们，就坑蒙拐骗，东西虽然是从孩子手里收的，但合同是和大人签的，其中过程也很保密，谁也不知道如何操作的，就算打官司，困难也很大！”

在一旁听着的连清晖眉头微蹙，张潮继续说：“前段时间还有两个小孩跑到研究院来，说他们看到了一堆外国人进沙山，我们还不相信，等亦然他们在沙山发来信号，才知道威德早就进了沙山，甚至和刘伯他们联了手。”

“两个小孩？”连清晖突然问，“什么模样？”

张潮一愣，没想到连清晖竟主动和他说话，多少有些惊喜：“我有照片！他们家也被刘伯骗走过‘传家宝’！”

连清晖看着张潮的手机，两个穿得破破烂烂的小孩，一个不起眼的记忆迅速从识海里被捡了出来。

那是猎宝队刚踏入敦煌，在一场注定一脚踏入迷局的“大餐”中的两个孩子。现在回想当初他们就跟一头冲入狼群的羊崽一样，所有人都虎视眈眈地盯着他们。无端闯入包间的六哥，借着宴请而留下信息的神秘人，还有给他们打过哑谜的两个孩子……时至今日，此时此地，难不成就没有依旧窥探着他们的人？连清晖想到这里不由得笑出了声，在张潮几人诧异的目光中，他环顾四周，目光最后却落在了一个长相平平的许家人身上。

“清晖，”张潮问，“怎么了？”

连清晖摇摇头，并未声张，只是突然发现，猎宝队刚到敦煌，在旅游鸣沙山时，那个替他们牵过骆驼的领队，竟也出现在了驼队里。这是巧合，还是此人身兼多职？他派属许亦然，还是刘伯背后的“堂妹”？这看似平和的驼队中，除了他们三队人马，竟还暗藏一道看不穿的门。究竟是许亦然有所布置，还是他们所有人都在“堂妹”的监视之下？

连清晖伸了个懒腰，冲几人道了声晚安，不疾不徐地走向了猎宝队。

那头的江见月已经休息了，只剩下檀岩在收拾东西，连清晖把连映蔚从帐篷里踹了起来：“聊聊天！”

“哎呀你好烦啊！”连映蔚不情不愿地起来穿外套，“就你一天天的话多！”

兄弟俩坐在远处的石头上，能隐约看到一头野驴在踢着蹄子，缓缓地走动着。

连映蔚打着哈欠问：“什么事要背着人说？”

“还记得那俩小孩吗？”

连映蔚一脸错愕：“你未婚生子了？那你还有脸泡人家江主任？”

连清晖平静地说：“刚到敦煌的时候，在对面楼上，他们用镜子反光吸引咱们注意。当时他们说了句话，咱们都没有搞清楚，现在想来应该是在警示。”

连清晖把方才同张潮等人的聊天又告诉给连映蔚，连映蔚摩挲着胖下巴，沉吟一声：“所以……俩小孩说的，就是‘小心’两个字？”

“权当他们说的是‘小心’，他们为什么无缘无故向我们示警？”

连映蔚说：“要么他们跟踪咱们一段时间了，要么就是有人指使！”

连映蔚站起来，没好气地说：“我发现这地方，一个个的都不简单啊！干啥都拐弯抹角！那俩小孩是不是看到六哥进咱包厢了?”

“捋一捋，”连清晖说，“从我们那天进入包厢开始，先是六哥，而后是俩小孩，最后是许亦然师父的鸿门宴邀请函，你说，这三方人马，怎么都和他许家脱不开干系呢?”

“没错!”连映蔚说，“六哥是‘堂妹’的人，小孩是被‘堂妹’的人骗的，师父是‘堂妹’的敌人，怎么说来说去，就他许亦然是一朵绝世白莲呢?”

想到他哥上次在沙山，被狼啃得稀烂的伤口，连映蔚就气得牙痒:“这次也是一样，干啥事都让许儒风出头，关键时刻跳出来嚷嚷两句，逼着江主任必须到百缘洞去，他究竟要做什么?”

连清晖看着连映蔚，忽然“扑哧”一声笑了出来。

连映蔚茫然:“你笑啥?”

“嗯，刚才这段演绎，确实有村头妇女扯是非的那股味了，很不错!”

连映蔚翻了个大白眼:“要我看，明天就从那个景点领队下刀!”

“不急，许家人渗透各行各业，他的出现也不一定有问题，况且驼队是王邵阳找来的，突破点还得是在许亦然身上。”

“这家伙就跟个笑面虎似的，”连映蔚嘟囔，“看起来人五人六的，谁知道肚子里多少花花肠子，也就杨柳和星子喜欢这一类的!没内涵!”

连清晖无语地回了帐篷，他弟又拱了进来:“所以呢?啥策略?”

“没策略!且看他究竟要做什么，我们的目的只有一个，找到另一半经书，解开舆图，找到宝藏!”

连映蔚嚷嚷道:“那我们自己找不好吗?干吗牵扯这么多人?”

“这里不比其他地方，与其东躲西藏多方防备，还不如保持表面的和平……”连清晖说着，看到远处江见月的帐篷里熄了灯，轻声说道，“君子爱财取之有道，我们只拿属于我们的……”

连映蔚嘟囔："哪有属于咱们的？不都是偷……"

连清晖轻笑一声："历来如此，不是吗？"

连映蔚觉得他哥话中有话，却一时没法分辩更多，还要再聊，就见他哥已经闭上了眼睛，只得也去睡了。

第二天驼队整装待发，直奔青山。

说是青山，其实这也是绵延百里的戈壁沙漠中，一道如同三危山一般的群山。这里没有像样的公路，别说农户人家，就连野生动物也少得可怜。

驼队慢慢悠悠走到山坳口，已经快要夕阳西下。许儒风在前头喊道："大家注意，山里头温度会骤降，注意保暖！"

他们原本一行人有三十多个，分出去一些去运送武康王庙里的东西，还有些受伤的，所以只剩下十余人，许儒风依旧走在最前面，他扭头对身后的连清晖说："舆图里有没有这段路？"

连清晖冷着脸，一句话也没有，许儒风便讪讪地又转了回去。过了一会，他又不死心地回头问："你这经书，是哪儿来的？"

连清晖垂下眼，看着许儒风那张酷似许亦然的脸："别人给的！"

许儒风无奈地又转回去，最终实在受不了，回头对连清晖说："连先生，不瞒您说，以前我也见过这样一份经书，只是不知道，和您这份一样不一样。"

"哦？"连清晖终于给了许儒风好脸色，"在哪儿见过？"

许儒风小心地看了看后面的人，这才压低声音说："不知道是真是假，听说老爷子以前有位故交，他有一份从敦煌带出来的残卷，借着残卷，在瓜州这一片找到了不少好宝贝！"

听到这句，连清晖又恢复了"高冷"模样，不甚有兴趣地说："那我们此行恐怕要扑个空了。"

"怎么会！"许儒风说，"六哥他们在民间骗买的好些个传承物件，可都是当地百姓世代从山里头捡回来的，这里毕竟是敦煌道，不比长安遗物少！”

“那青玉也该是武康王的东西吧？”连清晖似笑非笑地说，“当年也是被你们祖上捡去的？”

许儒风呵呵笑道：“传承，都是传承！”

话题终结，连清晖跃下骆驼，反身走到江见月跟前：“该换药了！”

张潮探出脑袋，心道你小子比我还上心，就见连清晖从自己的背包里掏出来口服药，一个个数好放到了江见月的手心里：“今天再吃一次，明天就可以停药了。”

江见月脸上有些发烫，要不是暮色笼罩，驼队上下都无心顾及他人，否则她肯定要把这人撵回去。什么毛病，她长这么大，全国各地哪里没去过，这点小伤竟然要这么……小心地呵护着……

连清晖给了药又走了回去，江见月看着他清瘦的背影，想到之前在鸿柳峡的裂缝中，连清晖就似一只鸿雁一般一跃，义无反顾地跳了下去。江见月自然也看得清楚猎宝队和许家人的不对付，可许家人出了事，连清晖还是就那么跳进了水里。他忘了自己身家亿万？是什么东西，能驱使他这样一个富豪之子，不远万里跑到戈壁中让自己身陷险境？

江见月看得出神，张潮拍拍她的肩膀：“怎么了？药太甜了，咽不下去？”

无语的江见月一口吞了药片，怎么现在连中老年人都不放过吃瓜了？

进了青山，这里愈发地广人稀，熟悉地貌和路的许家人又一次派上了用场。许儒风说：“往前走十里路，那里有胡杨林，还有回纥人留下的工事，只是年代太久，都被风沙侵蚀了。”

连清晖说：“以前听说过回纥人，他们逐水草而居。回纥汗国瓦解以后，漠北回纥部落大部分南下华北，剩下的分三支西迁，其中一支和天山以北一带原有的回纥结合，他们是现今维吾尔族的先祖。”

第十三章

梅开二度

两人说着，一股不知从何而来的大风，卷着沙子拍了众人一个大嘴巴子，许儒风连忙暗骂：“这山里头的鬼天气，一小时一个样！”

青山没有像样的路，骆驼走了不到三四公里就被放在了原地，众人背上物资，攀着随时都会把人掉下去的狭窄崖壁，缓慢地往山里行走。正午的太阳过于毒辣，炙烤着每个人。可他们必须穿得很严实，否则在这样强烈而直接的紫外线照射下，至少得脱一层皮。

越往里头走，山势越是陡峭，先前零星的，可以落脚的巨石已经没有了，只剩下一眼望不到尽头的沙砾小陡坡。众人无路可选，只能像扎着马步一样，抖着腿一路往里头走。

忽然连映蔚怪叫一声：“嘿，前头有一棵树！”

众人都有些恍惚，听他这么一嗓子，杨柳狠狠地说：“那你可真棒哦，拥有一双善于发现的眼睛，要不要姐姐奖你一朵小红花？”

“不是！”连映蔚激动得手舞足蹈，险些从半坡上滑下去，“树！你们看不到吗?！大树！”

连清晖直起身，看到远处果真有个绿意盎然的树枝丫，俏生生地躲在岩石后头，好似窥视着他们，又似引诱一般。

“是槐树！”江见月上前，“这是树冠！”

他们此刻和那树冠平行，显然前面是个断崖！

“大家小心些。”许儒风说着，恨不能把自己镶进岩壁里。

然而，天不遂人愿，许儒风只觉脚下“窸窸窣窣”有些松软，低头刚要去看，忽觉脚底板下面的沙砾逐渐流失……连映蔚拖着星子禾野和杨柳一路狂退，眼看着前面的人就跟大米似的从前面的“漏斗口”滑了下去！

“江主任，小心！”杨柳一把拽住想抓住前面队员的江见月，把人拽回到自己身边，揽着江见月的肩膀才没让江见月也跟着滑下去。

沙石堪堪停在两人脚边，所有人一动都不敢动，眼睁睁地看着前头人瞬间消失。只是比起上次在武康王庙的地下巨沟，这次掉下去的人给予了他们积极的回应，以许儒风为首，此起彼伏的惨叫和咒骂不绝于耳。

“哥，没事吧？”连映蔚在上头喊。很快，连清晖的声音从下面传来：“没事！你们小心点，先别下来！”

众人都是松了一口气，然而崖下的情况却不容乐观。

许儒风自是不用说，倒霉体质，半截身子都被埋进了土里。许亦然也没好到哪里去，他的装备还挂在树上，满头满脸的血，躺在一边。许家人大多身手好，因而受伤并不严重，没想到让自家少爷“躺进了土里”，他们恨不能直接把山给移平了。

“别动！”连清晖喝止他们，“下面是松动的，一动就塌，想他活命就不要动！”

许家人急得满头大汗，不动就这么耗着？

连清晖在下落的时候，恰好被一根不知从哪里来的树枝钩住了背包，这会干脆挂在了半空中，却也摇摇欲坠。他看到脚下突如其来的深渊，宛若一张从地狱张开的巨口，冒着贪婪的死气等待着他们坠落！而更加诡异的是，竟然有一棵歪歪扭扭的大槐树，从黑暗的地底蜿蜒而出，犹如从地狱深处攀爬而上的巨蟒，吐着红芯，等待着他们。很显然，这棵树同武康王庙下那棵巨树，长得几乎一样！四周的沙砾还在窸窸窣窣地往下滑落，连清晖忽然看到一块青石，隐匿在沙石之中。

“往左跳！”连清晖对一个许家人说，“往左两米左右，你的脚下有个石板！”

“沙漠里哪来的石板！”那人大喊一声，脚下的沙砾登时像雪崩一样再次大面积地滑落。

其他同伴连忙轻声斥道：“什么时候了，管他三七二十一，跳啊！”

那人咽了口唾沫，小心翼翼地放下自己庞大的背包，深吸一口气，终于闭着眼睛心一横，跳了下去。只听“啪嗒”一声，那人就跟个小豆子一样，轻轻地落在了石板上，那石板十分乖巧听话，竟没有一丁点反应。

“太好了！”跳下来的许家人连忙拨开石板上的沙石，发现这东西竟然出奇大，也不知埋在地下多少，但站七八人绝对没问题！所有人陆续跳上石板，等连清晖也安全着地，许家人已经拴好绳子，将许亦然和许儒风拉出了半截。

就在这时，许儒风突然脸色一僵，许家人看他这模样登时哀嚎：“不是吧……你又来？”

话音刚落，许儒风就似被什么东西拽住了双腿一般，猛地朝下滑去。

许儒风惨叫：“就不能换一个人？！”

几个拉着登山绳的人险些也被许儒风带下去，他们拼了命地想把他们的二当家拉回来，可下面那东西力气实在太大，有人喊道：“不行，再拉下去儒风的腿会被撕裂的！”

许儒风已经连惨叫都发不出了，他抖着手想解开绑在腰上的绳子，可巨大的拉扯之力，已经勒得他脸色通红。

“放开绳子！”许亦然大喊了一声，许家人立即松了手，许儒风瞬间就像个风筝一样，消失在了黑色的深渊之中，等了半晌，也没有落地的声音。

“这……”所有人面面相觑，看到许亦然面色阴沉，也不敢多说一句，只等他下令。

许亦然却看向了连清晖：“你怎么看？”

连清晖垂眼看着黑乎乎的洞口，蹲下身摸摸脚下的石板：“这里的石板材质，和武康王庙上头的齿轮几乎一样。”

“你是说……”许亦然诧异，“这里还是武康王庙？”

连清晖摇头：“不可能，再大的地宫，也不可能在地下绵延百里。但可以肯定的是，这下面必然藏了什么东西。”

许亦然站了起来，望着深渊凝思，许家人心急如焚，却也不敢在许亦然面前造次，半晌后，终于听到许亦然说：“准备东西，我们下去！”

众人连忙原地整装，连清晖叫上面的人不要轻举妄动，自己则亲自跟着许亦然和一个许家人一起下去。

三道光束射入黑暗，从凸起的岩石上缓缓向下，连清晖看到和武康王庙并不相同的花纹。

许亦然说：“那是什么？”

方才他们落脚的岩石下，似有一道暗门，只是石门已经坍塌，只露出来一块石头，上面还有文字。石门在凹陷处，他们无法凑近，只能继续往下。这深坑下全是黄土，并没有多少人工凿刻的痕迹，显然是天然形成的坑洞。而上面露出的石板，看起来是那么突兀和奇怪，就好似专门等在那里一般。

“有动静！”连清晖抬手，侧头细听。许亦然也迅速稳住身形，就听一道细碎的声音果然从脚下传来，也不知道是先前掉下去的许儒风，还是另有他物。

连清晖掰开一个荧光灯丢下去，绿油油的灯管“扑簌”一声，落在了一处，他们这才看清，下面居然还是一棵树！三人迅速向下，双脚踩在了巨大树干上，依旧觉得十分神奇，这些槐树就跟成了精一样，怎么全都盘踞在地下？荧光棒落在一旁，映照着一只惨白的手，许亦然连忙爬过去，一把捞起许儒风。

“儒风！”

许儒风奄奄一息，原本在上头就“掉”过一次，不承想梅开二度，又来一遍。他颤颤巍巍地指了指自己的肚子，许亦然一看他的衣服已经被划破了，露出了白花花的肚皮，还有一道血印。

“没事，只是破了层皮！”

“怎么会？”许儒风气若游丝，“我感觉都快死了，我肠子肯定都倒出来了……”

从那么高的地方摔下来，即使没外伤，内脏也够呛，三人合力把许儒风绑好，招呼上头的把人拽上去。

“少爷，那是什么！”跟着下来的许家人忽然喊，顺着他指的方向，三人的手电光瞬间汇聚一点，“是不是一道门？”

和上面那个已经坍塌的石门一样，下面这里真的有个一模一样的。许亦然同连清晖对视一眼，都从彼此的眼里看出了同类人的好奇和渴望。许亦然交代自家人原地待命，而后果断地解开了身上的攀岩绳，跟着连清晖一个纵身，跃到了看不清的黑暗深处。

这石门很奇怪，竟是雕花锁套着水滴锁，且放在门外。要知道，一般地宫可都是内锁，工匠们会从其他通道逃生。

石门上还绘着连清晖看不懂的文字，许亦然说：“这是回纥文，看门厅构造，是回纥遗迹。”

连映蔚没在这儿，否则他肯定要吐槽回纥人修个地宫都要“我家大门常打开”，门锁放到外面是要欢迎大家来参观吗？

看连清晖在研究门锁，许亦然说：“可能这里不是地宫，”他指着石阶下蹲着的两只异兽，“而是什么重要的公开场所。”

门锁用铜铸造，两人心照不宣地没搭理这茬，轻轻地推开了石门。一股阴邪的风骤然吹出，带着不知年月的老旧尘埃，还有一阵宛若叹息的幽鸣。

这是风的声音，两个胆大心细的人并不畏惧，手电光束剑一般劈入黑暗，就见一个神似武康王庙的地宫甬道，出现在了眼前！

“奇怪，”许亦然喃喃自语，“武康王唐贞元九年就已经仙逝，回纥八四〇年才西迁到沙洲敦煌，怎么可能出现相似的东西？”

连清晖说：“回纥七四四年就建立了汗国，当时和大唐关系不错，在这里修点什么也不足为奇，这里是某个回纥贵族修的也说得过去。”

这条甬道很长，就像要直接插入地底一般，仿若这静谧而漆黑的地道，此刻正通往地狱。

“连清晖，”走在后面的许亦然忽然问道，“找到另一半经书，你要拿来做什么？”

连清晖的背影，被手电光拉扯着映照在洞壁上，随着步子左右晃动，看起来宛若巨人。

听到这句，他轻轻回头，眼里是许亦然从未见过的狡黠：“许公子要做什么，我就要做什么。”

许亦然一愣，随即忍不住笑出了声，仿佛那些藏在阳光底下的道貌岸然，在此时此地，在这暗无天日的隐秘地道中，找到了只可意会的宣泄出口。然而这样的试探很快就浅尝辄止，连清晖忽然停下了脚步！

“小心，有动静！”

一阵极其细微的、几乎无法辨别的声响，从远处传来，紧接着地面也随之微微颤抖。

“上面又塌方了。”连清晖说着，手电光射入甬道尽头，又是一道石门，而门锁已然被破坏。

许亦然不由得有些恼火：“怎么总是慢人一步！”

两人在地上看到了杂乱的现代的胶鞋鞋底印，显然先来的人已经将这里摸了个遍。

许亦然说：“应该是从石板下的门洞进来的，青山我以前来过，这里从没有过这样的大坑。”

“你堂妹的人手段倒是非常，”连清晖跨过石门，一股阴寒之气瞬间迎面扑来，带着只有地下才会有的霉腐气味，他戏谑的声音在空洞的地下传来，“只是咱们的队伍，许家人靠的是‘运气’。”

许亦然知道这“运气”是许儒风，也为这个堂弟觉得尴尬，他将手电筒的亮度调高，就见脚下不知什么时候，赫然出现了一道深不见底的鸿沟！倘若他们再往前走半步，绝对死无葬身之地！

许亦然惊魂未定地连退数步，连清晖也够呛，两人壮着胆子往崖下看，竟瞧见一众庙宇般的建筑，远远地悬挂在对面的山崖下，黑沉沉的看不真切。许亦然恨不能将眼珠子瞪出来，这才瞧见那些悬空的建筑并不是庙宇，而是一个个似佛龛一般的棺材。

“这里竟是悬棺墓葬群！”

许亦然不解：“悬棺大多出现在中国南方，北方也仅是山西有过，怎么河西大漠里也会有悬棺？”

他不知道，连清晖便更加不明所以了。

两人不敢贸然下去，想到这地道上头有七八个专家，连清晖干脆站起来说：“请江主任下来看看吧。”

许亦然同意，往回走着，突然又问连清晖：“你们一块的两个女孩，看起来也不简单。”

连清晖知道，许亦然和江见月一样，必然早把猎宝队的底摸了个透，便直言不讳道：“其实杨柳比我们在座所有人都厉害，她做货人快十年，世界各地珍玩古董见过无数。星子禾野对中国的历史，甚至比大多数中国人还要熟稔。”

许亦然挑眉，明白连清晖的队伍必然每个人都有自己的过人之处，只是一路走来这两个小姑娘不显山露水，倒叫他十分好奇。

洞外果然再次塌方，等在洞口的几个许家人刚被救上去，下面便再次出现空洞，距离连清晖他们发现的地下鸿沟不过百米远，一众人全都陷了下去。连清晖看着“种萝卜”似的一众小脑袋，脸上忍不住有了一丝笑意。

连映蔚大声嚷嚷：“连清晖你敢笑，明年的零花钱别想要了！”

连清晖用一根登山绳把一连串的“小蚂蚱”挨个拽了上来。

听到地下有悬崖暗沟，檀岩立即断定：“不能再往前走了，这里以前应该是条暗河，暗河干涸后，经过千百年的风沙，深沟被填平。这片戈壁的表面形成看似平整的地面，实际上沙土下面全是虚空，别说人马骆驼踩上去，眼下稍微有点动静，都会塌陷！”

“没错，”星子禾野说，“听说你们中国的罗布泊，曾经也有一个很大的咸水湖，所以才有楼兰城，后来没了水，成了千古之谜。”

连映蔚嘻嘻笑道：“你个小老外，知道的还不少，既然地上不能走，那就只能下去？”

连清晖和许亦然上来，就是请大家下去的，一群人费了不少力气垂降三十多米，穿过阴森的甬道，等终于站到巨大的深沟前时，所有人都不由得深吸了一口气。

这些悬棺都被搁置在精心修建的“亭子”内，石刻的雕花笼龛，就像古时少女闺中香卧，透着一股邪魅诡异而香艳的气息。不同于武康王庙，这里没有一丝水汽，甚至空气中还是戈壁特有的干燥气息，显然这里干枯已久，将这些悬挂在曾经的“水崖”之上的悬棺，丢弃在了时光的尘埃里。

许家人有他们特制的绳索和工具，抡开了膀子，铁线钩被丢到了对岸，挂在了山石上，形成了一个简易的索道。所有人都捆好登山安全带，依次悬在索道上，用滑轮顺利地通向了对岸。最先到的江见月等人已经趴在崖边，将这些悬棺观察了个七七八八。

江见月说：“甘肃河西曾经有过齐家文化，他们的墓葬也有过独木舟式棺材，而崖壁悬棺，主要讲究的就是‘水行山处’。檀姐说的没错，这里以前应该有条河。”

许儒风一拍脑袋：“还记得以前家里老人说过，这一带以前是回纥王庭，往东一百里的回纥遗迹规模小得很奇怪，都还以为只是被风沙侵袭，现在看来，说不定这一带都是回纥遗物。”

许儒风年龄不大，性子跳脱了些，此刻显然已经忘记了自己的特殊体质，撑着身子就往下探。

许亦然连忙把人一把拽了回来：“就算是回纥遗迹，这下头也只是墓葬群，小心掉下去！”

许儒风不以为意地退回来，刚转过身，忽然感觉面上一凉。他还以为是底下的阴寒之气，并没有多在意，却听猎宝队的小胖子喃喃自语：“这下边该不会有什么怪物吧？”

话音刚落，一股几乎刻进许儒风生命里的不祥预感登时袭上心头，他还未来得及反应，就被猎宝队的檀岩整个人扑倒在地！

“小心！”檀岩大喊一声，众人只来得及看到一个黑影从眼前闪过，而后便是叫人头皮发麻的万籁俱寂！

连映蔚吓得紧紧抱着连清晖，却闻到一股好闻的清香，他低头一看，自己的怀里除了连清晖，居然还有个江见月！

连映蔚顾不得其他，搂着两个人就要尖叫，被连清晖一把捂住了嘴：“别出声！”

然而，还是有人发出了声音！一个许家人忽然一声惨叫，连滚带爬地往后退去，手电筒的光在空中胡乱翻飞。猛地，灯光扫过的一瞬，众人看到一个黑影就蹲在他们身边！可灯光又瞬间甩向了别处，紧接着，那许家人的惨叫便戛然而止了……

连映蔚声如蚊蚋："哥！你看清那玩意的脸了没？"

所有人都噤若寒蝉，冷汗森森，檀岩的声音从暗处轻轻传来："都不要动……它看不清静止的东西……"

所有人都关了手电筒，极度的黑暗让所有人都有一瞬间的失明，听觉和嗅觉便愈发敏感起来。他们听到一个粗重的喘息，向他们缓缓靠近，一抹冰凉的寒意，轻轻地扑在了杨柳的脸上……

杨柳浑身顿时起鸡皮疙瘩，她忍住几乎要破口而出的尖叫，死命地抱住瑟瑟发抖的星子禾野，等双眼终于适应黑暗，便看到一双泛着绿光的，森然的眼睛，幽幽地与她四目相对！杨柳腿一软险些一屁股坐到地上，忽觉后背一热，不知道是谁靠了上来，稳住了她的身形。那怪物终于缓缓地转过了脸，朝着连清晖的方向摸去。

杨柳屏住的呼吸艰难地缓缓吐出，想起方才那张在她有限的生命中从未出现过的脸，铺天盖地的恐惧后知后觉泛了上来！

"别怕。"身后的人微不可闻的声音从耳边传来，杨柳此刻却没有一丁点心思想其他，只下意识拉住星子禾野，跟着男人悄悄往后退。

另一边的连清晖三人，也看到那庞然大物逐渐在朝他们靠近。檀岩的袖箭小弩骤然上膛，千钧一发之际，那怪物却低下了头，用鼻尖轻轻地碰了碰江见月包扎起来的手。江见月抬起手，那怪物便立即跟了上去，像只大狗。

连映蔚龇牙咧嘴地用唇语对连清晖说："这是个啥玩意?!"

这会可没人敢科普，檀岩的小弩随时等候着，倘若眼前这怪物稍有动作，她便就地要了这鬼东西的命！

就在这时，身后的岩石上，骤然亮起一道如白昼一般的光，将整个地底照得宛如天宫。

是许亦然！他手握着便携强光灯，居高临下地看着他们。

那怪物被吓得不轻，惨叫一声慌不择路朝着连清晖猛地扑了上去！

檀岩的袖箭瞬间离弦，擦着连清晖的鼻尖就飞了出去，刺入了怪物的后脖颈！

那怪物只发出一声惨叫，猛地回过头来，冲着众人张开了一个血盆大口，发出了几乎把人耳膜撕裂的怒吼。

连映蔚吓得一屁股坐到了地上，此时此刻，他才看清这玩意的真实面目。这竟是一条，浑身长着鲜红长毛的，巨大的……

狗?!

第十四章

深谷迷城

与其说是狗，倒不如说是个浑身长满了毛的海狮。只因那双像眼睛一般的东西，发胀发肿，顶在脑门上，连条缝隙都没有。它吃了痛，便发了疯一样四处攀咬，众人连忙退开，这才发现这东西竟真的看不到。

连清晖拉起连映蔚，招呼几个人蹑手蹑脚地向许亦然靠近，等爬上高处，才听星子禾野说：“这应该是一种变异的狗，《山海经·大荒西经》卷十六中有提过这种犬类，名叫天犬，全身赤红，出现时必会发生战乱。”

许儒风擦着额头虚汗：“这鬼地方哪来的狗?”

杨柳说：“忘了武康王庙下面的乌龟了？但凡某物被禁锢千百年，必然会形成自己的进化系统，这只天犬不可能独自出现。”

众人头皮都是一麻，这天犬长得实在太惨不忍睹，那张血盆大口没有多少嘴唇，发黄的獠牙挡不住淅淅沥沥的涎水，足有脸盆大的脑袋上却没有眼睛。它歪着脑袋，终于冷静了下来，仔细地辨别着闯入者的声音。

连映蔚压低声说："那它们藏在这地下，吃什么喝什么？总不能点外卖比萨吧？"

很快，连映蔚的疑惑就被解开了。

星子禾野只觉得脚下什么东西稀稀软软。她低头一看，就见一张已然看不清面目的人脸，以一副极其凄惨的模样，横在自己双腿之间。纵使她再怎么胆子大，再怎么乖巧懂事，知道此刻不能乱嚷乱叫，看到这样一幅画面，也不由得放声尖叫！

"啊！"

星子禾野这一声，叫得所有人心肝乱颤，叫得那只天犬都夹起了尾巴，叫得整个地下深谷都为之一颤！杨柳一把把人揽进怀里，许亦然的强光灯照过来，将一个已然不能称之为"尸体"的东西，曝光在众人眼前！星子禾野实在忍不住，推开杨柳跑到一旁吐了起来，可能这辈子，她都忘不了脚下传来的那种触感了。

这是一具已经被撕碎的尸体……从衣物和发型看，这应该是个男人。男人尸体的附近，还有四处散乱的白骨，以及动物尸骸，檀岩稍一分辨就能看出，全是被猎杀的天犬和戈壁上的野物。

连清晖说："恐怕这里之前经历过一场恶战，其他的天犬都被杀掉了，只剩下了这一只。"

许儒风忽然嗫嚅着问许亦然："哥……你看，这是不是刘伯家的小二子？"

许亦然闭了闭眼，答案不言而喻。众人心中皆是一松。

一直盘旋在下面，同众人对峙的天犬，终于缓过了脖颈上的疼，龇牙咧嘴地要爬上来！檀岩的小弩再次上膛。迎着狂扑而来的天犬，檀岩丝毫不退，稳稳地瞄准着，静候最佳的攻击机会！

“往上爬！”江见月喊道，众人连忙攀着岩壁继续往上，在中台附近，众人忽然看到一个熟悉的石板，远远地镶嵌在岩石里。

“又是那个齿轮！”连映蔚兴高采烈地甩着肥肉飞奔过去，刚跳上石板，就听“咔嚓”一声巨响，连映蔚一脸菜色地回头，“我不会触动机关了吧……”

显然，这块大石板就是一个巨大的锁簧。只听“轰隆”一声，整个地壳都开始抖动，头顶上并不怎么牢靠的沙石“天花板”也开始松动。很快，就有细小的石粒滚落下来！

连映蔚喊道：“都过来！这里快塌了！这里有道门！”

众人连忙一路狂奔跟了上去，跑在最后的许儒风险些被天犬啃掉了屁股。

这道石门也是被打开了的，显然刘伯他们也摸到了这里。门后还是一个甬道，贯通着不知名的去处。众人顾不得其他，一拥而上全都挤了进去，那天犬跟到了门口却低声嘶吼着不再上前，只忌惮地盘旋在洞口，冲着众人吠叫。

所有人都心有余悸地看着天犬嶙峋的牙齿，星子禾野颤着声问：“怎么办？这里头应该有更可怕的东西吧？”

“眼下只能往里走了，”许亦然说，“前有狼后有虎，往前或许能找到出去的路。”

在强光手电的照射下，整个甬道亮如白昼。显然，这个甬道经过了精心的修葺，两面的石壁都有镂空的小龛，里面供着不知名的神佛，还摆放着一些祭品和长明灯。

众人详细地观摩这些雕像，连映蔚咂巴着嘴忽然说：“我怎么感觉……咱们好像少了个人呢？”

众人连忙互相一看，江见月失声叫道：“张教授呢？”

大家都是一愣，自打从上面下来，张潮腿脚不怎么麻利，一直缀在众人的身后，这会居然没了踪影！

“应该还在外头！”江见月说着，就要往外跑，被连清晖一把拽了回来。

“别乱来！”连清晖叫上檀岩，从靴子里抽出自己的短刀，横在胸前，蹑手蹑脚地摸了出去。

外面一片漆黑，许亦然便将灯光从甬道打出去，然后使劲敲打，希冀用声音吸引外面的天犬。另一边的连清晖和檀岩悄无声息地，贴着岩壁摸了出去。这个断崖其实很窄，只容得下三个人并排站着，再往上就是嶙峋怪石，不管藏在哪里都一目了然，包括那只瞎了眼的天犬。

天犬此刻趴在甬道口，情绪激动地朝着里面的人吠叫。

那么张潮能去哪里？

檀岩忽然轻轻搡了一记连清晖：“清晖，你看那是什么？”

甬道内的灯光一闪而过，深沟对面有个反光也动了一下，连清晖定睛一看，蜷缩在索道前的，不是张潮还能有谁！这老头怎么还在那儿？！

张潮夜盲，还有恐高，此刻就跟被丢到了空茫的宇宙中一样，瑟瑟发着抖。连清晖只得又滑回去，把吓得已经有些失智的张潮搀扶起来。

张潮颤着声说：“刚才找你们的时候差点掉下去。你猜我碰着啥了？”

这话说得，跟逛王府井去了一样。

张潮从袖筒里抽出一本带血的书，可因为太黑，连清晖根本看不清是什么。

张潮说：“你们刚才动静太大，后面已经全部坍塌了，咱们回不去了！”

连清晖点头：“就算回去，也无路可走，现在只能继续往前走了。”

连清晖把根本不敢穿上索道绳的张潮捆到自己身上，檀岩担心道：“这样超重了！”

“只能拼一把了！”连清晖说着，深吸一口气，抓紧安全带就跳了出去！

张潮怕引来天犬，死命地捂住嘴巴，原本以为一闭眼也就过去了，却不想到正中间的时候，两人却缓缓停了下来。

“太重了！”连清晖暗骂一声，不得不取出安全绳，空中作业硬逼着张潮穿上。

张潮吓得魂飞魄散，只觉得脚下漆黑的深沟里会冒出什么东西来，还来不及拒绝，就见远处悬棺的下面，似乎有个什么白色的东西，静静地隐匿在黑暗中。

“哎！小连，你看那是什么？”

连清晖也看到了，他干脆打开一个荧光灯，飞快地丢了出去，就见一座近三十米高的大佛，静静地卧在谷底，微阖眼睑，宁静安然。

张潮推推眼镜，激动地说：“看，旁边还有铁索和石阶！”

连清晖给张潮绑好安全带，两人一分开，连清晖就使劲推了张潮一把！张潮迅速滑向了对岸。

到了崖壁，张潮便忍不住直接跳到了深沟的岩石上，抖着腿脚往那条不仔细看，根本发现不了的石阶摸了过去！檀岩气得想给这老头一箭，人家队伍里都是年轻人爱捣乱，他们倒好，来了个无组织无纪律的小老头！

张潮好容易爬上石阶，回头便兴奋地朝连清晖挥手，却被脚下不知道什么东西一绊，整个人就扑了下去！这条石阶很陡峭，堪比华山的登天梯，张潮就跟坐搓衣板似的一路滑行，直接一步到位。

连清晖忙不迭飞身下去，把人扶起来，张潮连连摆手：“不妨事不妨事！你瞧瞧这是什么！”

只见巨大佛像的脚下，有个异形的雕像，似是夜叉又像异兽，朝天嘶吼着，爪下放着一块巨石，巨石上还题了字。

张潮凑近去看，仔细辨认后说：“这是回纥文，意思是王都之门。”

连清晖不解：“王都之门？那就是说，这里是王城的大门？那上头的暗道又是怎么回事？”

檀岩也跟了上来，和连清晖两人合力，将堵在巨石前的杂物乱石和枯枝清理干净，才发现异兽的身后，果真是座巨大的城楼！怪不得他们发现不了，在这样幽深的环境里，这样巍峨的巨大建筑，若是远观还能看到全貌，他们站在城楼下，简直犹如蚍蜉。

此刻的震撼之感几乎难以言表，张潮已经激动得湿了眼眶：“这是回纥王庭遗址……这才是真正的遗址……”

他们穿过城楼门洞，脚下历经千年的石板已然看不出从前的样貌，从斑驳坍塌的城墙却依稀能够感觉出这里曾经的辉煌！

城楼内全是灰烬，连清晖捻了捻地上的土，又嗅了嗅：“这里被大面积焚烧过。”

他们继续往里走，曾经纵横阡陌的街道，如今七零八落全成了残垣断壁。

“恐怕这里曾经发生过战乱，”张潮说，“一方势力攻入了这里，进行了屠城。”

不消张潮解释，连清晖和檀岩也看得出来，废墟中还横七竖八掺杂着没被收殓的尸骨，因为常年封存在地下，因而没有受到外物的侵扰，皑皑白骨散乱在沙土中。

“得尽快联系上江主任他们，”连清晖说，“上面的甬道或许不是正确的路！”

檀岩说：“我这里还有信号弹！”

“这样势必会吸引那只天犬。”连清晖看着偌大的城郭废墟，心里衡量着。

檀岩试探着问：“就不能……把那只天犬给……处理了？”

连清晖无奈：“珍稀动物，还可能是从没有收录过的物种，我可不想让我妈跑到中国来捞我！”

檀岩只得悻悻地收回小弩，这是她在中国最后的倔强。三个人别无他法，只得返回深坑，从石阶上爬上去，那只天犬已经缩在角落跟猫似的舔起了爪子，闻到人味，豁然站了起来。连清晖怕檀岩真把这玩意给就地处理了，便拉着张潮一路狂奔，一头扎进了甬道内，却发现里面空空如也。

“人呢？”檀岩用手电筒照向深处，“按理说江主任不会放下张教授不管的……”

“你们看！”张潮凑到石壁跟前，“上头有血迹！”

“还是湿的！”

显然这里经历过一场恶斗，连清晖三人顾不得其他，连忙往里摸去，越往里走，越是觉得压抑。

“奇怪……”张潮说，“如果这里曾是回纥王庭，最起码有一千多年，怎么可能出现这种玩意！”

张潮的手边依旧是个神龛，只是里面供奉的，是几个雕琢粗糙的动物，约莫十来个。

张潮说：“清末时民间传说有西山十戾，分别是獾、熊、鹗、猪、驴、狼、狐、蟒、猴和癞蛤蟆，对应的是洪承畴、多尔衮、吴三桂、年羹尧、海兰察、和珅、慈禧太后、曾国藩、张之洞和袁世凯这些个权贵，当时民间传得很盛，因而很多地方都有供奉。”

连清晖这才想起来，这些个奇异的动物，他们在老君山的老道士屋脊上也见过。这些和许家难不成也有牵连？

只是既然很多地方都有供奉，也不能就这样简单地盖棺定论。

但至少能说明一点，这条诡异的甬道，绝不属于千年前的回纥王庭！这条甬道很长，一直蜿蜒向下不知通往何处，除了最开始的那道血迹，再没有其他的线索留给他们。连清晖三人只能一路往里，直到闻到一股子奇怪的味道，他们才停下脚步。

檀岩皱皱眉头："这味儿……怎么闻着还挺熟悉？"

张潮皱皱眉，憋了半天，挤出来几个字："好像是锅煳了……"

连清晖黑着脸绕过一个弯儿，就见一个庞大的肉山背对着他们，蹲在一口大鼎前，哼着小曲，翻搅着一鼎肉。

"嘿，哥，怎么才来？"

连映蔚顶着西瓜头，兴高采烈地说："好巧不巧，我们在里面发现了一只狗！粮草全放在外面了，我给大家开荤！"

连清晖看着一旁被扒下来的灰白色皮毛，没忍心揭穿某人，问道："其他人呢？"

"这狗凶得很，咬伤了许亦然，他们在前面休息了。"

连清晖绕过那口不知从哪里找出来的大鼎，果然听到里面有说话的声音。

"那天犬忌惮的应该就是里面的狼群，它们能进来，说明离出口不远了。"

说话的是许亦然，他果然受了伤，整个左臂满是被狼撕咬出来的血迹，皮肉都翻了起来，看起来十分可怖。见到连清晖三人回来，大家都高兴地站了起来，江见月连忙上前问张潮去了哪儿。

张潮没好意思说，便掏出揣了一路的书，转移了众人的注意力，"终于有亮光了，看看我捡了本什么绝世秘籍！"

众人围拢上来，等看清后，都是面色各异。

杨柳惊异道："怎么会有一本《西域考古图记》？还是原文本！"

"不用说，肯定是威德他们掉的，"张潮说着，将几乎被血浸透的书打开，却发现这和市面上的不一样，"等等……这不仅是原文版本，这是手稿！”

“什么?!”纵使星子禾野纵览群书，也不敢相信这竟是手稿，见连映蔚一脸茫然，便解释说，“《西域考古图记》是上世纪初，英国人斯坦因在中国新疆和甘肃考古后的成果报告。其中除了米兰佛寺遗址、吐蕃城堡遗址和楼兰古城遗址外，最重要的便是敦煌千佛洞和藏经洞的记录。这份报告被世界各地出版，传闻手稿已经流失或被什么富商收藏，没想到竟出现在了这里！”

果然，这个用牛皮包裹起来的简易书本，里面还夹杂着一些照片和稿纸，显然笔者一边进行发掘，一边在进行补充。

几人围坐在火堆前，详细翻看，很快张潮便发现了疑点：“怪不得已经出版的《西域考古图记》中没有回纥王庭的记载，他们的队伍在这里遭遇了不明生物的袭击，因而只能无奈撤离，手稿也只收录了发现地点。”

“所以……”许亦然大胆猜测，“这份手稿应该是威德所有，他和刘伯合作，让刘伯带他们按照手稿指示，发现了这个地方。”

连映蔚抬头看向许亦然：“可这里为什么会有狼群?”

许亦然摇了摇头。

现下已经过了凌晨，在地下时间也会模糊，众人这才后知后觉有些困了，只得抽了几个值夜的轮换休息，其他人全部就地补觉。

连清晖和许亦然坐在篝火前，看江见月还在认真地翻看手稿，谁也没出声打扰她，静谧的甬道里只剩下柴火的噼啪声，还有书页微不可闻的动静。橙黄的火光把江见月的小半张脸映得通红，她的眼光随着翻起的书页，轻轻动着，显得那双眸子愈发灵动。

说来很怪，连清晖从小到大生活在富人的圈子里，世界各地的美人阅览无数，不论是高挑开放的美洲姑娘，还是优雅端方的欧洲小姐，抑或是温婉儒雅的东方女孩，都没让连清晖像此刻这样心动过。在这暗无天日的地下，连清晖竟生出一丝安静祥和的心绪。

身后男人们的如雷鼾声，就像催眠曲一样，许亦然都有些撑不住，起身去一旁抽根烟透透气。

连清晖便找出身上时常备着的巧克力，递给江见月一块："补充点体力，狼群不好对付。"

江见月微笑接了，又问连清晖回纥王庭的遗迹里情况怎么样。

连清晖摇头："太仓促了，除了废墟和尸骸，没看到其他的。"

江见月也不失落，发现文明的遗迹已经足够让她欣喜，况且此刻手里还捧着世间绝版的手稿，江见月恨不能现在就回研究院去。

"这份手稿……"连清晖坐近了一些，"除了回纥王庭，还有没有其他特殊的？"

江见月狡黠地冲连清晖眨眨眼："就知道你要问这个，看，这是什么！"

江见月把手稿小心地挪到连清晖手中，入目便是一卷经书照片。照片里东西纷乱复杂，显然是一个刚刚发掘的洞窟，只有案几上横摆着一个铺开的东西，看不清内容。忽然，连清晖心里一跳，猛地站了起来！那是爷爷给他的经书，甚至是完整的！连清晖不可思议地看向江见月，江见月把他又拉回去坐下。

"别激动，当时的摄影技术受限，看不清经书上的内容，但能肯定的是，这个洞窟，就是我先前去过的沙山百缘洞！"

连清晖觉得有些无奈又有些可笑，他为证明经书出处，费了这么大的力气走到青山，却不想威德早就掌握了信息，一心想挖出经书后舆图的秘密。这样乱七八糟地搅和在一起，竟还找到了回纥王庭遗址，真是……

连清晖苦笑摇头："早知道这样，直接上高速去沙山就好了。"

"这样的话，咱们哪有机会合作？"江见月这话说得隐晦，连清晖却听出了些许不一样的味道，没想到东方女孩也能这样"直白"，心中的阴霾登时烟消云散。

“也对！从青山出去，咱们继续沿着路线走去沙山！指不定还能发掘个其他什么的王庭呢!”

江见月被逗得哈哈大笑，在她的认知里，连清晖从来都是个睿智而冷静的人，没想到会说出这么孩子气的话，不由得眉眼里全是装不下的笑意。

连清晖忽然把江见月一把拉了起来：“走，带你去看样东西!”

江见月被吓一跳，踉踉跄跄地跟着连清晖往回走。

第十五章
未寄信笺

在来的路上，笔直的甬道里除了神龛什么都没有，也不知道连清晖要带她看什么。江见月怕他们走得太远，大部队遇到危险他们来不及预警。

连清晖便指了指许亦然：“放心吧，有人值班呢!”

江见月拗不过他，只得跟着一路小跑，到了神龛最密集处，连清晖停在了“西山十戾”的神龛前。

江见月瞅着那些穿着绫罗绸缎、人立的动物：“怎么了？你要我看什么?”

连清晖抿唇一笑：“不觉得这些小东西长得挺可爱?”

江见月露出尴尬而不失礼貌的微笑：“所以呢?”

连清晖笑意更甚：“瞧见了没？那只小熊的手里，有个树枝丫!”

江见月凑近去看，果真发现熊仙的怀里还抱着个树枝，最奇特的是树枝上竟还有细嫩的叶子！

“这不是塑像本身的！”江见月惊异地看向连清晖，“这是从后头长出来的！”

连清晖点头，叫江见月让开些许，伸手在神龛的边缘一通摸索，果然在一处隐秘的地方，竟摸到了一个凸起！

“是暗扣！”连清晖说着，轻轻地按下了扣子，只听到“咔嗒”一声，那暗扣如锁簧跳出一般弹了起来，神龛竟缓缓打开了！

这后头竟是一道暗门！江见月惊疑不定，连清晖解释说他刚才进来时就发现了不对，只是没有细想，此刻只是前来印证。

两人看着黑魆魆的门内，江见月迟疑道：“要不然……把他们都叫起来？”

“不用，”连清晖说，“这神龛既然是后人所建，必然有特殊用途，我们只在外面看看，不进去。”

这话怎听着怪怪的，江见月来不及细想，连清晖已经侧着身子挤了进去。

“不是说不进去吗？”

连清晖清瘦的身影已经没入了黑暗，江见月只得赶紧跟上。门内依旧是一条甬道，只是极窄极矮，只容得下一个人侧身经过。江见月用手电打着光仔细研究，才发现这个甬道曾经也没这么小，只是被盘根错节的枝蔓塞满了。

江见月不解：“这还是槐树？究竟是谁种了这么多的槐树？”

“你看这是什么？”

连清晖忽然转过身来，江见月这才看到，前面竟然通到了一间雅室！说是雅室，其实不然，这里满是沙土。木质桌椅书架等已经腐朽坍塌，窗棂也没了踪迹，只有窗前的石榻，还保持了原先的样貌。从床边看去，下面竟然就是连清晖和张潮先前看到的回纥王庭古城，江见月震撼得无以言表：“这……竟然是真的……”

“你看，”连清晖找到了被坍塌的房梁压住的门，从这里看去，江见月终于看到了一棵遮天蔽日的巨大槐树！门外半山腰上有个小小院落，院子已经被这棵参天大树占据了一半，大树的东边，竟然有座规制完好的屋子！

“奇怪，”江见月走出房门，“这里坍塌损毁成这样，怎么还有座新房子？”

“你看门锁，至少是民国后期的物件儿了。”连清晖说着，直接就上脚踹开了房门，一股尘烟登时迎面扑来！

“你小心点！”江见月被呛得一顿咳嗽，等看清眼前的东西，顿时被惊得瞠目结舌！

“这……”这熟悉的摆放方式，江见月和连清晖对视一眼，“和武康王庙一样，有人专门将这些宝物堆放在了这里……”

在他们的眼前，是一整个屋子满满当当的文物宝器，大到青铜鼎，小到一支毛笔，从古至今不一而足。这么多的东西，放到市面上至少能上百亿！

“是谁把这些文物藏在这儿的？”江见月简直不能相信自己的眼睛，“同样的古槐，同样的暗道……”

连清晖也不明所以：“但是可以说明一点，有人在这片地区鲜为人知的古迹中做了某件惊天动地的大事，我们权当他是为了屯集宝物，有没有可能，古槐就是这个人用来做‘地标’用的？”

看着根本看不到头的巨大槐树，江见月沉浸在巨大的震撼里久久不能自拔：“这也太离谱了，这槐树少说也活了一千年……”

“那我换个说法，”连清晖说，“或许有人用这个自古以来就有的槐树，作为自己的地标呢？”

“这还需要印证。”江见月说，她望着山下沉寂在茫茫黄沙中的古城，还有身后错落的屋舍。

不难想象这里曾经的繁荣和热闹，究竟是谁在这里种下了这棵槐树，沉默地守护了这座城市所有的过往和秘密千年之久？

两人又回到屋内，稍微清理了一番地上的杂物后，发现石榻下竟然有个匣子，用铜锁锁着。锁子已经歪歪扭扭地耷拉在了一旁，连清晖小心地取下锁子，将匣子轻轻抽了出来，里面竟有一沓还未腐朽的纸！

江见月说："小心点，这是陇南特产的西和麻纸，人称千年寿纸，这里干燥无虫，我们应该能看到全貌！"

连清晖额头都沁出了汗，他缓缓将所有纸一点点取出，跟做解剖似的将纸张翻开，发现竟然都是书信。

"这字迹……"连清晖连忙从包里掏出经书照片，只简单核对，就发现上面字迹竟是一模一样！

"这是百缘和尚真迹！"江见月也激动不已，她凑上前去，仔细分辨书信上的字——

"吾妻安，沧州一别五载，三日前巡至沙洲，慕此地淳朴之风，悔往日不惜。汝曾劝勤勉上学，他日若遇明主，可立功立事，然世事无常，因机变化已是天人永隔。吾一心向佛，赏沙洲风烟天色，乘木舟任意东西，亦乃幸事。然天下纷乱已起，沙洲都护拥旄万里，吾日夜可闻鸣镝，恐相遇之日不久矣。"

江见月将信轻轻放下，"这是百缘写给妻子的信。"

"我听不大懂，他妻子在哪儿？"

"已经去世了，"江见月看向连清晖，眼里藏着连清晖看不懂的惋惜，"在百缘来西北之前，他的妻儿老小都死在了沧州，这信是没法寄出去的。"

连清晖一愣，忽然觉得这些藏了千年的信，竟是那么的沉重，或许就像百缘说的，他们已经在另一个世界相见。可这些自始至终都没有寄出去的信笺，却随着主人的孤寂永远地留在了这里。两人又将匣中的书信一一翻出，很多字连清晖都看不懂，江见月便逐字逐句给他解释，足足五六十封信，竟藏着一出谁都不知的血腥往事。

江见月轻声读道：“欲做经卷参悟，又憾无屈原放逐而赋《离骚》之笔力，感念吾妻耳提面命，已无悔改之地。每逢暮春便栽一株槐，感念吾妻院中缝补景象，夜半惊醒，涕泪涟涟，生不用封万户侯，但愿再见吾妻……”

江见月干脆坐下来，将所有信笺一一读完，再抬头，脸上尽是惋惜。

“怎么了？”连清晖没敢轻举妄动，只小心地站在一旁，江见月长长舒了一口气，胸中的郁结这才稍减一些。

“这里曾是百缘和尚的旧居，他原名叫兰从善，”江见月向连清晖解释道，“开平三年，燕王刘守光围攻沧州，他的妻儿老小全部惨死。”

“他一个人逃出来了？”

江见月点头，“自此后他心灰意冷出了家，一路西行，到河西四处游走，每到一处，就栽下一棵槐树，感念从前妻子在家中院子的槐树下面，经常做针线活。”

“还真是一千多年前的树……”

连清晖直起身，望着这个看起来朴素的院子，许是自己的心境发生了变化，因而跟着觉得孤寂起来。他低头看江见月，没想到她竟为千年前的古人而叹息，心里忽而一片柔软，忍不住抬手摸了摸江见月的头顶。

江见月被他吓了一跳：“怎么了？”

“脑门上有个虫子！”

江见月不大相信地转过头去，将这些信小心地收好：“回去吧，咱们出来太久了。”

两人又回到了甬道，见着许亦然，将西山十戾的神龛后的所见所闻说了。

许亦然不解："怎么会有人专门把宝物藏在这种地方？"

"我猜还有其他地方藏了东西。"连清晖坐到火堆前，见许亦然胳膊的伤口十分狰狞可怖，便丢给他一些消炎药，"纱布绷带都留在上头了，小心发烧！"

江见月不忍心，接过药水替他上药："这些狼群和上次在沙山中的是同一伙吗？"

许亦然点头："其实……我以前在戈壁行走时，也见过这队狼群，它们好像有专人饲养，听家里老人说，这里有王侯古墓，这些狼群是守墓人世代饲养的。"

"这倒是稀奇。"连清晖没想到许亦然会主动提起这件事，先前他和连映蔚都认为这些狼群同那老道士有关，进而怀疑许亦然，听他这话的意思，倒是想摆脱嫌疑。

江见月不知道他们之间的机锋，只看了看表，此时已经过了凌晨三点，她的精神也几乎熬到了头。连清晖便一脚踹醒连映蔚："起来，换班了！"

连映蔚咂巴着嘴迷迷瞪瞪地起来，见江见月钻进了睡袋，他哥依旧坚挺在火堆前，气得牙痒。

等所有人都休息好，杨柳等人心痒难耐，大家干脆都从西山十戾的神龛后面直接下到了古迹中。可惜，叫所有人都失望的是，这里除了那一间堆满宝物的房间，全城各处没有一个地方值得观摩。

连清晖说："这里从前一定是被大肆劫掠过，甚至劫掠的人不止一拨。"

江见月点头："回纥西迁在公元八四〇年间，想必当时这里已经战乱纷繁。城中人大量迁徙，七十年后百缘和尚再来到此处，即便还有人烟，应该也已衰落。"

很多墙面还有烧焦的痕迹，众人几乎能够想象，在一千多年以前，这里曾被无数人烧杀劫掠，城中人无人幸免，全都随着沙土，被逐渐掩埋在了时光之中。

“咦?”连映蔚看到一个毛茸茸的东西，就像个皮草帽子。他伸手就要去抓，檀岩立即喝道:“不要碰!”

然而已经迟了，等连映蔚薅着狼头脑门上的一撮毛，和一双绿森森的眼睛对上，狼爪子已经冲着他的脸面招呼了过来!

“这群狼什么时候跟来的?”许儒风惨叫一声，抡着路上捡来的木棍就是一通乱打。

不知从哪里蹿出来的二十多头狼，全都从废墟里显出了身形，龇牙咧嘴地围拢了上来!所有人赶紧聚在了一起，和这些狼紧张地对峙着。连清晖想到在沙山戈壁中那个诡谲的、戴着兽皮面具的人，连忙四下寻找。果然，在远处的城楼上，一只长得极其像狼的狗，无声地蹲着，脖子上的项圈泛着隐隐的绿光!

“小心!有人在操纵狼群!”连清晖大喊的瞬间，那群狼扑了上来，领头的那只更是直接冲向连清晖的面门!连清晖原地打了个滚，顺带拖着江见月往后狂退!

那狼一击不中气得嘶吼一声，又一次扑了上来!却被半路杀出的连映蔚直接撞飞了出去。

连映蔚大吼一声:“哥，我先去城楼收拾那只狗儿子!”

“小心点!”

连映蔚跟个胖陀螺一样一阵风杀将了出去，竟是没有一匹狼敢上前阻拦，眼睁睁地看着那坨肥肉旋风一样爬上了城楼。

许亦然受了伤，许儒风便拼了命地把他护在身后，许亦然喊道:“不要和这群狼纠缠!”

杨柳早有准备，她拿出防狼喷雾，尖叫着朝冲向她的狼闭眼喷了出去，那头狼没防住对方竟然还有这手，辣得瞬间倒地呜咽!檀岩拉着几人往暗道急退，扭头就看到一个穿着怪异的人，蹲在屋脊上，脸上戴着个黑红相间的兽皮面具，歪着脑袋，手托着下巴看着他们。

不知怎么的，檀岩就是笃定这人在笑。檀岩不动声色地将杨柳和星子禾野扯到身后，袖筒里的小弩随时准备一战，那人却忽然站了起来，嘴里发出了诡异的、常人根本不可能发出的“当啷”声！

檀岩一惊，连忙甩出一记小箭，那人稍稍一个侧身，竟然轻松地躲了过去。紧接着，那人嘴里的“当啷”声愈发密集，狼群霎时躁动起来，朝着连清晖等人疯狂地扑了上去！

城墙上的那只大狗，听到面具人的指示，突然冲着狼群一声吠叫，狼群竟井然有序地换了位置。这狗竟和主人分居两处，一起指挥这群狼！

连清晖惊愕大喊：“小心！他们有战术！在盯人！”

果然，与连清晖对峙的狼已经增加到了三头，而武力较弱的，则换上了比较小的一匹狼。紧接着，几头看似莽撞的狼突然从狼群中冲出，一头撞向江见月，江见月连忙闪开，等脚下站定，才发现其他人也和自己一样，他们竟被狼群“割裂”开来！

狼群根本不给他们反应的机会，两三匹狼同时对战一人，瞬间有人被扑倒在地，惨叫连连。怪不得，就连甬道外的天犬都不敢轻易接近这里，连清晖被咬住后脖颈，登时疼得眼冒金星。而另一边的江见月，已然被狼群淹没，彻底没了踪迹。

连清晖大叫一声，一拳砸在了狼头上。那狼被打得一个踉跄，还要往前扑竟忽然两腿一软，口鼻喷血直接跪倒在了地上。连清晖不给它机会，又是两拳狠狠地砸在了狼的脑袋上，另外三匹围攻的狼见状吠叫着围了上来，却听城楼上传来一声惨叫。那只大狗居然被连映蔚掐着脖子，从城墙上直接甩了下来！

许儒风惊道：“好家伙，这兄弟是个肉盾坦克吧！这么凶？”

连清晖心道：“你看到的都是不饿肚子的小胖子，现在的小胖子，已经饿红眼了。”

那头的连映蔚大猩猩似的捶着自己的胸脯，嘶吼着大喊：“可爱狗狗，快到哥哥怀里来！”

狼群看到它们的头领落败，登时都夹起了尾巴。那戴着面具的男人见到自己的爱犬落败，竟不怒反笑，朝着檀岩跳了过去，凌空甩出去一条长腿，狠狠地蹬向檀岩的面门！

檀岩不退反进，双手格挡护住面门，蛇一样欺身而上，缠着面具男的腿一个转身，一只不知从哪儿又伸出来的手，猛地从面具男裆下蹿出，一把掐住了面具男的下巴！兽皮面具瞬间剥落，一张俊俏的脸露了出来。

出乎连清晖的意料，这竟是个年轻男人，并非他和连映蔚猜想的老君山的老道士。男人往后一倒，就地打了个滚，邪笑着环视众人一圈，最后将目光落在了许亦然的脸上。

“你就是许家家主?”

“还不是，”许亦然站起身，毫不畏惧地望向男人，“你究竟是谁?”

男人穿着也很奇怪，披着一身不知什么动物的皮，腰间还挂着个很小的、似是装饰品的马灯。

他邪魅一笑，冲许亦然说：“不要越界，这里的宝藏传承千年，不是你们能够染指的！带上你的人，赶紧滚出戈壁！”

男人说完话，捡起自己的面具就走，竟是像狼一样，直接从岩壁上攀爬了上去！

“出口在那儿！”许儒风喊了一声，就要跟上去，被许亦然拉了回来，“别急！你当人家是动物园要关门了，喊你出园呢？方才他的狼可是下了死手的！”

连映蔚拖着大狗兴高采烈地跑了回来：“你们要清蒸还是红烧啊?”

驼队从青山出来，已经是三日后。

他们的物资已经消耗得所剩无几，能够运输的骆驼更是被丢在了青山里头，所有人都快力竭。

连清晖在经书的舆图上找到了一只画得歪歪扭扭的狗头，不知怎么的，狗的毛发是朝下垂落的，看起来着实不怎么形象，而这狗头竟真的就隐匿在一片山清水秀之中。

许儒风喘着气说："不用说了，这里以前肯定是一大片绿洲，所以回纥人才在这里建立王庭，这经书描绘的还是一千年前的事儿，怪不得咱们找不着！"

江见月也说："确实戈壁沙漠地形变化巨大，甚至七八年都会发生变动，幸亏许家人带我们出来，否则就算我们发求救信号，等搜救队找到咱们，咱们都已经成人干了。"

许儒风嘻嘻一笑冲江见月抱拳："江主任客气了，下次开什么业内大会，喊上我就成！再不济封我个什么副会长当当，要个威风也是蛮不错的！"

江见月摇头轻笑，却见许亦然脸色通红，整个人看起来都有些恍惚。

"他伤口发炎了，"连清晖说，"不能再拖下去了，得赶紧联系市里！"

"从这儿出发，开车也得一天一夜，"江见月眉头紧蹙，"消炎药还有最后一剂，不能死等，咱们先送他走一段路！"

许亦然烧得昏昏沉沉，听到这话挣扎着坐起来："不能走……威德已经先我们一步，眼下百缘洞已经被发现，如果舆图是真的，那么这千里河西，又要遭遇一场浩劫了……"

他似还有话要说，又重重地跌了回去，嘴里喃喃地说着胡话，连清晖凑近去听，却只听清"我保证……爷爷我向你保证……"两句。

杨柳上前捏捏连清晖的肩膀："眼下这种情况，不能见死不救……咱们还是兵分两路吧。"

"啊？还要继续走啊？"连映蔚不情不愿地摸摸自己饿扁的肚皮，

那顿狗肉大餐总归还是没吃到嘴里。

连清晖笑道："怎么，猪八戒分行李啊？"

杨柳无奈地瞪了连清晖一眼："咱们签证时间有限，只能请研究院先送许少爷回去，咱们以后有缘再见吧。"

这话倒是合情合理，猎宝队与他们合作，不过是因为许家人熟悉地形，研究院对这里了解更甚。可猎宝队全世界游走，从未因为危险或未知而停下过脚步，确实该是时候分别了。

江见月没说话，连清晖看着她被微风撩起的发梢，便从脖子上取下了那块小青玉。

"我回来再取！"

江见月错愕地看向连清晖，猎宝队众人却已经起身开始收拾装备。夕阳把众人的影子扯得极长，像是要将这场短暂的相遇生生撕裂一般。

张潮拍拍江见月的肩膀："你说……眼下这情形，像不像一百多年以前，帝国主义在咱国土上杀得激情四射，国人却水深火热？"

江见月的眉头倏然皱起，把许亦然干脆地放到了张潮的怀里："我已经联系了搜救队，辛苦张教授和儒风你们几个，先背着许少爷出戈壁吧！"

"等会儿！"张潮想去拉住江见月，怀里的许亦然却死沉死沉的，他只能冲着江见月潇洒的背影大喊，"你给我回来！"

第十六章
来生供奉

乡道上农运车的轰鸣堪比坦克，猎宝队五人外加一个江见月，坐在“征用”的交通工具上一路杀向了沙山。

走过熟悉的山坳，咕哝的山风似乎警告着这些“不知悔改”的年轻人，等他们终于爬到上次避险的白塔，已经是两天后。

“物资有限了，”檀岩一边整理一边说，“加上白塔存储的干粮还有咱们自制的肉干，撑死能吃三天。”

连清晖波澜不惊地说：“降低耗能吧，像在南极那次一样。”

“什么？！”连映蔚怪叫，“又降！你兄弟我已经降到最低了好吧！”

杨柳撕咬着一块比石头还硬的肉干笑道：“再降该辟谷了，咱们能耗得住，星子可不行。”

星子禾野是第一次跟他们出来，不像其他几个人世界各地到处乱闯。先前她都只是作为猎宝队的历史顾问线上合作，此刻已经面如土色，一脸呆滞。

“我都不清楚自己的定位和人设了，”星子禾野喃喃道，“说好的宝物鉴定呢？说好的遗迹追溯呢？说好的博大精深呢……”

被开水冲开的炒面散发出奇异的香味，连映蔚恨不能把脑袋都塞到碗里去，他头也不抬地咕哝道：“不怕！杨姐也是，每次都是关键时刻发挥作用，如果没有你们俩，我们就算找到宝藏，都不识货!”

一直没有说话的江见月，听到这句抬起了头，连映蔚被他哥踹了一脚屁股，委委屈屈地闭上了嘴。

“江主任，”连清晖说，“百缘洞此刻恐怕已经被洗劫一空，另外半卷经书即便在里面，也应该已经落到威德手中了。”

江见月摇头：“看《西域考古图记》里面的照片，这卷经书应该在当时就已经被撕裂了，所以留在百缘洞的概率不大。而威德早在我们第一次来沙山前就已经进入过百缘洞，眼下许家却没有一点消息传出来，显然他们在百缘洞并没有多大的收获，况且……”

江见月说着，掏出手机，调出照片给许亦然看：“百缘洞的大多数文物前几天已经被我们运了出来。”

看着照片里熟悉的木箱，连清晖想起他们初见时那惊鸿一瞥，蓦然悄无声息地红了耳朵。

连映蔚从两人身后幽灵般现身：“那咱们还去百缘洞不?”

“去！怎么不去?”杨柳扬声道，“我们是为了印证舆图地标，除非那里什么都没有，我们就只能通过江主任发掘的文物来找找线索了!”

江见月轻笑一声：“其实，你们完全可以把经书拿出来大家共享。”

看着江见月温婉的笑脸，白塔内顿时陷入了沉默。

江见月见连清晖低头抿了一口热水，并没有说话。连映蔚似笑非笑地撇了撇嘴又去吃自己的饭了，也就只有檀岩依旧忙活着手里的事情。

杨柳嗤笑一声，挑着好看的细眉，打量着江见月，用英语说：“江主任，你是不是脑子有点不清醒?”

“杨姐!”连清晖叫了一声。

江见月便双手环胸靠回了椅背，脸上的笑意不动声色地渐渐落下去，唇角又很快勾了起来，几乎无法分辨的疏离和漠然浮了上来，只有坐在她旁边的连清晖看了出来。这个话题就这样无疾而终，像个禁忌疮疤一般，横在了江见月与猎宝队的中间，碰也碰不得。

江见月忽然有些后悔一时冲动，跟着这些人一起来了。好像她是个没有眼力见的闯入者，叫自己尴尬，叫别人难受。

一行人在白塔休整了一夜，第二天继续开着农运车往山坳里走。

江见月说："这个山谷很宽阔，之前我们运输文物都开车进来。百缘洞就在前面的断崖上面，如果不爬上去，在山下根本看不到！"

连映蔚在风里扯着嗓子问："那百缘和尚究竟是谁啊？"

"我们只掌握到，他出身开平年间的沧州，其他一无所知。"

连映蔚无奈："不过一个小和尚，搞得这么麻烦……"

江见月忽然直起身子，指着远处挂着彩幡的崖壁："到了！"

杨柳问："这些彩幡哪来的？外头还摆了炉鼎，谁在供奉？"

"大家小心点，"连清晖说，"威德最喜欢这种道貌岸然的调调，应该是他在礼佛。"

为防止百缘洞里还有人，他们把农运车放在了远处，悄无声息地贴着岩壁靠近了百缘洞。此时洞外的崖壁上已经修筑了"工事"，一道简易的梯子蜿蜒而上，外面挂满了彩幡。

"这些都是'命过幡'，"星子禾野说，"挂命过幡礼佛祈福可得往生净土。幡在梵语里叫做波哆迦，也叫做计都，和幢、盖等一样都是用来供养佛菩萨的道具。刘伯出身道家，不可能挂这些，这些应当都是威德的手笔。"

连映蔚咋舌："这小老头这辈子都没活明白呢，已经想着下辈子的事儿了？"

江见月蹙眉："可是……百缘洞里没有佛菩萨雕像，仅有的佛教文物都搬回了研究院，他在拜什么？"

连映蔚"哎呀"一声，"百缘洞那是一般地方吗？就算没佛像，拜拜洞也是蛮有感觉的嘛!”

星子禾野认真地说:“不对哥哥,你忘了青山和鸿柳沟了吗?这里的人就爱在地下藏东西呢!”

在听到“哥哥”两个字的时候,连映蔚一下子被通了电,脑子里一片嗡鸣,后面其他人说了什么全成了天外之音。只觉“我欲因之梦吴越,一夜飞度镜湖月”,仿若自己穿上了水裙风带,飘飘欲仙……

被连清晖狠踹了一记屁股,连映蔚才一个哆嗦惊醒了过来!

“干吗呢!中邪了?”连清晖已经抽出小刀,把身上的行李丢到了连映蔚的怀里,“等我信号,别拖几个女孩的后腿!”

连清晖身姿轻盈地几个起跃,就已经攀上了耸立的楼梯,小心翼翼地摸了进去。连映蔚看着星子禾野水灵灵的大眼,全身的肥肉顿时一级警报,全都恪尽职守地警觉起来,把几个女孩护在了身后!

“干吗?”檀岩一脸莫名,“挡着我做什么!”

连映蔚看到檀岩时刻准备着的小弩,讪讪地退后了一步。另一边的连清晖,看着洞内静静燃烧的烛火,一尊极小的绿度母被摆放在案前供奉,看起来滑稽而诡谲。

为什么偏偏只供绿度母?

这绿度母倒是个“老熟人”,先前见六哥偷过,在研究院江见月也给他看过图片。原是供奉在这里。

连清晖心中讥讪:没有带回家,原地供奉,还挺讲究!

这洞很小,只容得下五六个人转身,除了中间一个长供桌外,就剩下左手边一个凿出来的土坯床。长桌后头有个木门,门敞开着,也是逼仄的半米地方,应当是从前堆放物品的。

连清晖几乎可以想象,百缘和尚曾经就是在这里,一个人参悟着佛法天道。在雄宏的苍穹星辉之下,感知着世间最苍茫的寂寞,逐渐感知着自己的衰败,最终无声地陨落。是什么样的机遇和决心,能让他用最静谧又最残忍的方式结束自己的一生？

连清晖的目光落在木门后的一尊佛像上，为什么只剩下这么一尊？连清晖将小刀横在胸前，矮下身子，像个隐匿在丛林中的猎豹，悄无声息地滑入洞内，五感六识警惕地感知着身边一切可能发生的变故。他摸进小门，环顾四周，发现这里实在狭小得可怜，除非有人在石壁里凿个洞，然后穿隐形衣藏到里面，否则根本不可能有人。但外面正淌着泪的蜡烛告诉他，这里必然还有人！唯一突兀的，就是眼前这尊似乎直接从山体内凿出来的佛像。

连清晖轻轻摩挲佛像边缘，果然这看似浑然一体的雕像下，在莲座和佛像连接的地方，有个几乎看不到的凸起，竟是个筷子头大小的、木质的手柄。连清晖稍微一推，那佛像陡然一颤，而后“咔嗒”一声，缓缓移动开来。

只见佛像的身后，一个深不见底的长梯赫然出现，不知通向何处。又是密道！

连清晖小心地迈了进去，里面黑得不像话，他却连灯都不打，只凭超人的感识，悄无声息地一路向下。

忽然，一声清脆的“咔嗒”声再次响起！

连清晖立时停下脚步，然后就见不远处一道火光“扑哧”一声冒了出来！那是防风打火机，有人蹲在那里。连清晖一动不动，就似暗夜里盯着猎物的恶鬼。那人毫无知觉地点上烟，咂巴着嘴享受着尼古丁带来的快感。

很快更里头有人喊道：“六哥，门打开了，走吧！”

六哥应了一声，连忙起身往里头走去，连清晖跟上后，终于听到了嘈杂的人声！

“老六，你躲哪儿去了？”

“刚从局子里出来，你说躲哪儿去了！”六哥一摇一晃地走进人群，一个巨大的、宛若天外之地的空洞出现在了连清晖的眼前！

里面人头攒动，无数奇珍异宝被搬运出来，放在中间聚拢在了一起。领头的是个年过半百的老头，他指着前面一个破开大洞的石门说：“要不是小姐未雨绸缪，这次咱们又是白跑一趟！”

六哥啐了一口痰说：“可别吹小姐了，上次她非说青山有宝贝，结果折了咱们那么多兄弟，屁也没捞着，还被狼咬了屁股！”

“少抱怨！”老头说道，“有了这些东西，和那德国佬做生意也有本钱！”

不难猜，这老头应当就是刘伯了。

没想到这百缘洞下竟真的别有洞天，这群人从这里挖出这些宝藏，显然是要拿去同威德做交易，这是明目张胆地走私了！

其实在世界文物交易市场上，中国始终是货人的灰色地带。这里拥有世界上最丰富的文物存量，却因为各种原因，偏偏是文物交易最小的地方。就跟毒品一样，文物交易在中国人的认识中是刻入灵魂的罪恶。即便是欲望熏天的人，在面对文物走私时，都会面临内心的责问。而刘伯，乃至刘伯背后的“许家堂妹”，竟能毫无芥蒂地和外国人进行交易。作为一个生在英国的华裔，连清晖都觉得不能理解。

然而，事实就摆在他的面前。这个世上，往往最难用正常三观衡量的东西，最容易发生在身边。

连清晖又悄悄退了出去，回到队伍后当即问江见月：“你们当时勘察百缘洞，没发现那尊佛像后面还有暗道？”

江见月错愕不已，连映蔚一拍大腿：“又有人藏了宝藏？”

连清晖点头：“可惜的是，前面两处宝藏，因为内有机关和凶兽，他们没有发现。但百缘洞的宝藏被彻底翻了出来，他们这会正打算搬走。”

江见月一下子站了起来，连清晖赶忙把人拉了回来：“别冲动！”

“怎么办？”连映蔚西瓜头蹭过来，“要不然等他们运走一批，人少一点了，咱们再进去捡个漏？”

连清晖皮笑肉不笑地看向他：“那你猜，为什么路过两处藏宝地，咱们什么都没拿呢？”

连映蔚脑袋转向江见月，露出了森森白牙：“把这妞儿处理了，咱们就能大展身手了！”

连映蔚的脑袋又被杨柳打了一记：“别说废话！我们要印证的是舆图，这些文物加起来都没有舆图的价值高！”

“我就开个玩笑嘛……”连映蔚嘟嘟囔囔，“咱们出道这么多年，哪次不是只图开心？”

洞内最起码有十几个人，他们几个就算武力值再高，也不能保证全身而退。眼下最重要的，就是联系上研究院的张潮和警方。

可惜这里是无人区，除了天上盘旋而过的不知名的枭鸟，没有任何东西再与外界联系。

星子禾野突然说：“奇怪，青山和鸿柳沟里的宝藏，都有槐树和异兽，为什么百缘洞没有？”

“或许这两个并不是宝藏的标志，”江见月说，“目前我们能证明的，就是槐树可能是百缘和尚游历过处栽种的，但异兽还无从证明。百缘洞先前就有传说，只是一直没人能找到，眼下被挖掘出来，只能从洞内探索了。”

檀岩看向连清晖：“进去吗？”

“太冒险了，”连清晖说，“你必须留在这儿照看他们几个。”

杨柳嗤笑一声：“那真是谢谢了，我们不需要人照看，就算没有武力值，我也有办法自保！”

她说着，拍了拍腰间。众人看到杨柳被上衣遮住的裤腰上有个凸起，但看不清究竟是什么。

星子禾野一下子睁大了眼睛：“杨姐……你怎么过的安检啊？”

杨柳说：“别浪费时间，等他们把东西都运出去了，咱们也差不多只剩下各回各家了!”

连清晖带着檀岩、连映蔚，三人从不同方向钻入了洞中。

江见月等人远远地看着檀岩就像个蜘蛛一样，竟从崖壁倒着爬了进去，星子禾野瞠目结舌：“檀姐这是把牛顿打了一顿吧?”

洞内依旧忙活得热火朝天，檀岩的袖箭就跟毒刺一般，无声中猛地射出，不偏不倚地刺入了刘伯的后脖颈！刘伯连说话的机会都没有，整个人猛地一僵，然后抽搐着想去拉六哥，却始终没法往前挪动半寸，只能眼睁睁地看着六哥逐渐走远。

刘伯砰然倒地后，他旁边的人才霍然惊动，连忙喊叫其他人。可檀岩的袖箭很细，留在刘伯后脖颈的，只剩下不到半指长的一丁点。一群人围着抽搐的刘伯手足无措，六哥顿时惊觉，招呼打手警惕四周。

连映蔚怕怕地问他哥：“檀姐这下手也太狠了，该不会直接要了这小老头命吧?”

“放心，箭头上淬了毒，”连清晖无声地抽出自己的匕首，“檀姐手底下有分寸!”

一群人吵吵嚷嚷地要把刘伯抬出来，六哥却按下不许动：“你们想叫救护车还是叫救援队?!”

所有人面面相觑，怎么个意思？就把人放在这儿让自然凉?

六哥脸色阴沉，眉眼里全是戾气：“再等半小时，咱运货的卡车就会进来!”

这里除了刘伯，就属六哥最大了。众人无奈，只得把刘伯又放回去。刘伯已经口吐白沫，脸色发青，整个人抖如筛糠。忽然！不知哪里传来“当啷”一声响!

六哥下意识身子一缩，原本宽阔的后背当即缩成了一团。这声音简直刻进了他的灵魂，哪怕只是想起来，都能叫他矮上三分!

之前跟着六哥在沙山里遭遇过狼群的小弟当即颤着声说：“那群

狼又来了！”

众人悚然，连忙抄起了自己的家什儿。

然而，那“当啷”声却又从身后的石门传来，六哥颤抖着看向石门：“奇怪，里面咱们都腾空了，怎么会有狼？”

那小弟拖着哭腔：“没空啊老大，你忘了下面还有口棺？”

众人皆是头皮一麻！刘伯说今日风水不好，不宜起棺，那口石棺才留着没动的，可这会怎么会又传来训狼的声音？

六哥又觉裆下湿热，可他已然顾不上许多，忽然二话不说朝着洞口跑去。众人都茫然，等六哥爬上梯子，他们才后知后觉反应过来，他们老大竟是要丢下他们这一大伙人还有这一室的宝藏，直接逃命！

“跑啊，还愣着干甚！”

不知是谁喊了一嗓子，所有人的脑子都“嗡”的一声，想也不想一窝蜂全都涌向了洞口。那洞口不过半平米宽，十几个人全都恨不能把自己揉碎了塞进去。除了第一个跑出去的六哥，几乎所有人都被死死地夹在了不过半米长的洞口处。大家只觉自己五脏六腑都被堆在了一处，死命想挤出去，却发现自己已经双脚离地，整个人都被其他人架了起来！

“救……”有人在惨叫，有人在怒骂，然而谁都听不到别人的声音。

大家望着六哥越跑越远的背影。可六哥却拐了个弯，瞬间消失在了甬道外。

后面的人还在奋力往外挤，堆在洞口的人却根本出不去。背后的“当啷”声愈来愈近，还能动弹的人惊恐地回过头去，就见三个年轻人，安静地看着他们……最胖的那个用手指头比了个枪，嘴里朝着他们“嘭”了一下，手里攥着个手机，那“当啷”声竟是从手机里传来的！

原来是被耍了！

所有人都怒不可遏，还没挤出去的几个打手就要冲上来，却听外头有人撕心裂肺地喊道："别动，别动，他们有枪！"

所有人都是一惊，连映蔚便大大咧咧地坐在集装箱上，抬着下巴，叫这些许家打手自己乖乖地退回来，抱头蹲成一排。有还不死心的，嘶吼着冲上来，却不料从哪儿蹿出来一条细长笔直的腿，狠狠地砸在了他的门面上！那人惨叫一声，直接飞了出去，落在地上击起一片尘土！

檀岩缓缓收回那条叫人脊背发凉的长腿，冷漠地看着众人。等连清晖把洞口塞住的人一个个都"拔"出来，众人才看到外面站着杨柳和江见月、星子禾野三个。杨柳手里拿着把通体青黑的枪，逼着这些许家打手全都绑住了手脚，这才慈悲地收起手枪，长腿一迈进了洞窟。

连映蔚悄悄地捅了一记连清晖："哥，杨姐真有枪？"

连清晖说："我看到她进小卖部了，里面应该是糖。"

连映蔚一时无言。

看着一脸王霸之气的杨柳，连映蔚也是比较服气。

刘伯后脖颈的袖箭被拔了出来，整个人却还是昏昏沉沉的。看到连映蔚那张大脸，刘伯吓得险些再次背过气去。

"嘿，老头，别急着抽搐！"连映蔚跨坐在刘伯身上，压得刘伯险些直接驾鹤西去，他拍拍刘伯的脸，"老实交代，威德去哪儿了？"

刘伯气得胡子发颤，被连映蔚压着一口气捯换不上来，只能发出几乎要气绝的气音儿。

连清晖把连映蔚一把扯下来，提着刘伯端坐好，一双灰色的眼鬼魅一般盯着刘伯，用只有他们两人能听到的声音说："给你一个机会，要么告诉我威德究竟要做什么，要么直接送你和百缘合葬。这里是无人区，你应当听过猎宝队，和我们打过交道的货人，消失的不在少数!”

刘伯抖如筛糠，他艰难地转过头看向连清晖那张清俊的脸蛋，半晌后憋出来三个字——

“不知道……”

第十七章
家传秘法

连清晖突然笑了一下，那笑短暂而诡谲，像是嘲弄又像是真的听到了一句蛮好笑的话。

他直起身，俯视着刘伯，眼里没有一丝温度，像个审度凡人生死的谪仙，半晌后，轻描淡写地对檀岩说：“处理了吧。”

其他人都在忙活，这句话说得极轻，刘伯原本根本不相信，当今社会还有人敢做出杀人灭口这样的事情。

可檀岩却没有一丝犹豫，仿若这样的事情，早已经做过千八百遍了一样。她起身把刘伯一把提了起来，就跟拉着条死狗一般，毫无商量余地地拖向了洞口。

杨柳和连映蔚都静下来，沉默地看着终于反应过来的刘伯，如同看一个死物。刘伯从杨柳的眼里看出了不忍，他这才后知后觉地反应过来，这群半大的孩子，真的敢在这无人之境，随意杀人。

对了！他们还有枪！比起威德，这群不愁吃喝的富二代才是真正的肆无忌惮。他们所求根本不是什么宝藏文物，他们只是为了寻个开心。

刘伯连忙抓住被檀岩拖着的后襟，歇斯底里地大喊：“救我……救救我……”

已经被五花大绑的六哥以及其他许家打手，没人能帮得了他，猎宝队的几个恶童更不会帮他。刘伯的目光落在江见月身上，恨不能直接脱开桎梏，冲上去抱住江见月的大腿。

“江主任，你救救我！他们要杀我，江主任！”

江见月也被吓了一跳，连忙上前想要劝说连清晖，却见连清晖把玩着手里的小刀，似笑非笑地看着刘伯，眼里是她从未见过的顽劣和兴趣盎然。

江见月猛地一震，再去看连映蔚和杨柳，两人俱是一脸兴奋，仿佛这种事情从前不时发生。她霎时明白，自己从前见过的连清晖，端方有礼，清秀俊雅，都是他释放在外的假面。这个混迹世界各处险境古迹的大男孩，骨子里根本就是个性本恶的顽劣之人！

刘伯的惨叫渐行渐远，所有许家打手都被吓得噤若寒蝉。

连清晖抬抬下巴，叫他弟弟再拉出来一个人问问：“你们中国有句老话，叫事不过三。如果三个人都答不上来，我想把这里做个群葬坑也不错。”

连映蔚嘻嘻笑着把六哥又拖了出来，六哥彻底被吓破了胆子，脸色煞白地耷拉着脑袋，任由连映蔚拍打他黝黑的脸蛋。

“嘿，好家伙，又尿了啊！”连映蔚捏着鼻子，扇扇手，没好气地说，“这家伙已经失智了吧？”

六哥柔弱地抬起头，期期艾艾地说：“我不是……我没有……”

“行！”连映蔚笑着问，“那你说说，威德去哪儿了？”

“我们在这个洞里，找到了经书的出处和另一半经书的线索……他要去追我们许大少爷……”

听到这句，连映蔚当即肃然看向他哥。连清晖对江见月说：“江主任，能联系到研究院吗？他们现在到哪儿了？”

江见月苍白着脸摇摇头："从青山北上直接上高速，不出意外这会应该已经回市区了。"

怕的就是这意外，连清晖迅速钻出石洞，江见月连忙跟上，就见刘伯被五花大绑在供桌前，跟个供品烤乳猪似的。

檀岩见他们出来，说道："全交代了，说威德去追许亦然了。"

内外两人的口供，对上了！

江见月张张嘴，就见连映蔚从身后蹿了出来，朝她眨眨眼说："老手段，屡试不爽！"

江见月也不知道该如何反应，只机械地跟着众人从石洞出来，一股带着土腥的风迎面扑来，才把她从方才的思绪中拉扯出来！原来是计！

他们和张潮、许亦然等人彻底失去了联系，眼下分开已经两天，即便快马加鞭赶回去，肯定也赶不上了。连清晖只得又从刘伯等人身上下手，果不其然，从他们身上搜到了对讲机。

刘伯颤着声说："半小时后有接运货物的卡车……你们可以跟着出去……"

第二天，一辆不起眼的卡车停在了敦煌历史文化研究院的门口，门卫大爷伸出脑袋，看到开车的连清晖，"嘿"了一声。

"这不是给咱江主任擦皮鞋的小老外嘛！"

一车的猎宝队小伙伴瞠目结舌。

江见月顶着一张大红脸钻进办公室，猎宝队众人卸下满身尘灰的衣服，终于喘了口气。

许亦然在市中心医院，前后都有本家人护着，威德还没来得及寻得机会。

听说威德要找他，许亦然一脸茫然地问："找我做什么？"

猎宝队饥肠辘辘，他们没工夫再考虑这些，扯着张潮狠撮了他一顿，酒足饭饱后连清晖提出，想要看看他们从百缘洞运出来的文物。

“按理说这不应该，”张潮吸一口烟，镜片下的双眼晦涩不明，“但鉴于这些东西都是你们舍命保护回来的，只要保护得当，是没问题的。”

连映蔚剔着牙：“终于该咱们杨姐出手了！张教授，您在这行当里浸淫这么多年，应该听过咱杨姐名号吧？”

“当然知道，”张潮笑道，“几年前，巴黎有件拍品被一个十五岁的小姑娘花了一百美元拍下，转手卖出六千美元，只因为她慧眼识珠，发现那件藏品是古巴比伦石刻印章。”

杨柳勾着红唇没有说话，张潮便继续说：“如果杨小姐能帮助我们揭开百缘洞藏宝谜团，这也将是您人生中浓墨重彩的一笔。”

杨柳耸耸肩：“我们美国人从来都是向钱看，我只需要提取跟经书舆图有关的信息。”

这话说得一点都不客气，张潮却不以为忤，笑着点了点头。

百缘洞后续运回来的文物体量十分大，比起先前江见月他们找到的，这些东西大多属于后期藏品。同回纥王庭遗址、武康王庙中的一样，这些东西明显都是后人专门放置进去的，只是百缘洞中物品少一些，且堆放杂乱，看起来当时将他们藏起来的人，有些行色匆匆。

杨柳从里面翻找出一个小白瓷胭脂盒：“这是一千一百多年前的东西，看时间，应该是开平年间物件。”

张潮惊异道：“你怎么就能准确地看出时间的？是花纹，还是器物质地？”

他见杨柳也没经过什么仪器检测，便继续问道：“目前国内文物鉴定陶器瓷器，主要用的还是热释光方法，通过放射性元素分析，来判别年代。这个胭脂盒我们之前鉴定过，确实出自开平元年，你是怎么‘看’出来的？”

“不是看出来的，”连清晖在一旁解释道，“她是闻出来的！”

“什么?!”张潮的眼镜半挂在鼻梁上，还要追问，就听连清晖说：“这是他们家世代传下来的秘技，看家的本事，这秘法比这胭脂盒年代久远，她不可能告诉你原因的。”

张潮把眼镜推了回去，碎碎念道：“是是是，我从前也听过，有些专门做文物行当的家族，有千奇百怪的本事，但这靠‘闻’的，我还是第一次听说。”

杨柳放下胭脂盒，轻笑一声说：“每样东西都有自己特殊的味道，就跟品香水一样，我们家的孩子，从小都训练‘闻土’，只要是沾了土味，我们就能闻出来这土出自哪儿，出自什么时候。”

张潮啧啧称奇，心里暗道这可比搜毒犬厉害多了，然后连忙错开身，叫杨柳好好闻一闻。

很快，杨柳就从一堆文物中找出了几样东西，她拿起一幅《苍鹭图》，仔细端详：“沧州节度判官，这人是谁?”

张潮说：“此人原是开平年前沧州父母官。这画有什么奇特?”

“这画……我怎么闻出来两种味道？看题字，是公元九一〇年所画，画纸却是清末年间的味道。”

张潮接过画卷，仔细端详，却看不出个所以然来。连清晖说：“杨姐，你还记得英国玫瑰之战中，兰开斯特家族秘密传信的方法吗?”

杨柳惊叹：“对！他们在密信的上面，轻轻地糊一层普通信笺！”

张潮连忙将手里的画铺平，果然发现这纸的厚度有些奇怪：“我找修复科的同事看看！”

“不用！”杨柳戴上手套，“去帮我找些固体聚丙烯和盐水，我亲自来！”

张潮忙不迭地去了，很快许多修复科的都赶来看热闹，隔着玻璃墙，众人惊讶地看着杨柳就跟做手术一样，将那幅画轻轻地分成了两层！

连映蔚竖起个大拇指，冲张潮嘻嘻笑道：“咱们杨姐，在文物鉴定和修复这块，全世界那都是这个！”

张潮推推眼镜：“领教了……”

末了，他突然没头没脑地又接了一句：“咱们就需要这样的人才呐……”

“什么？”连映蔚没听清，就被旁边人的惊叹打断了。

说是惊叹，倒不如说是惊吓。就连拿起画的杨柳，也忍不住倒吸了一口冷气。

这《苍鹭图》的下面，竟是一幅堪比地狱的诡异之画。

这是一个荒芜凋敝的巨大城郭，从四通八达的街道和鳞次栉比的楼阁可以看出来，这里曾经也是个通都大邑。然而，城中却空如鬼城。城外驻扎着围攻的敌军，城内只有城墙上的寥寥几个士兵，皆是面黄肌瘦，满面愁容。

远处的城郭内，一个宽阔的院落是整个画面最为明亮通透的地方。甚至一旁的大槐树，也是那样的枝繁叶茂，欣欣向荣。可树下，却架着一鼎大锅，锅内沸水腾腾，只见一只人手，从那沸水中挣扎着伸了出来，好似朝着天际苦苦哀求。另外一旁，一群男男女女被扒了个精光，有的被捆绑起来，倒吊着用开水“烫皮”，有的哭天喊地死命挣扎。更多的人麻木地跪在一旁，仿若已经失去了生机，而围着他们的，是穿着守军军服的士兵……

“这……”连映蔚强忍着要翻涌而出的恶心，瞪着眼问，“在吃人？”

张潮蹙眉道：“城楼上写的是沧州，画的应当是刘守光围攻沧州时的事情。当时城内断绝了粮草，沧州节度判官吕兖，曾以‘宰杀务’为名目，以城中百姓作为口粮。”

所有人都忍不住倒吸一口凉气，连映蔚问：“那这刘守光又是谁？干吗要围攻沧州？”

“这都是千年旧事了……”张潮找了个凳子坐下，娓娓道来，“那是中国古代史上最为灰暗混乱的岁月，因大唐的覆灭，世界级的帝国一夕坍塌，势必会有无数枭雄崛起。历史上，把这段时间，叫做五代时期。而刘守光，就是在这时建立了燕政权。”

张潮说：“唐天祐四年，李思安攻打幽州，刘守光的父亲刘仁恭驻军大安山，却贪图享乐，城中竟然没有丝毫戒备。这时候的刘守光果断出兵，打退了李思安后，就给自己封了个卢龙节度使的名号。尝到了手握兵权的快感，很快他就派兵进攻大安山，直接生擒并囚禁了亲爹刘仁恭，还杀了哥哥刘守文。后来……梁太祖朱全忠便将其册封为了燕王。而这幅画中所发生的事情，就是在刘守文被弟弟擒后，他的部下吕兖拥立刘守文之子刘延祚为首领时，沧州所发生的事情。这在史书上，也有记载。”

连清晖脸色阴沉：“这不是守城，只是权力的倾轧。”

“当然，”张潮说，“只是为什么要把这幅画藏在《苍鹭图》的下面？”

星子禾野从杨柳手中接过画，凑近了仔细琢磨：“如果我没猜错的话，这两幅画是同一个人所作！”

连映蔚问：“为什么这么说？”

星子禾野说：“我以前在一本日本出版的《唐史秘录》上看过，唐朝曾经有一种十分流行的特殊颜料，叫做银朱或紫粉霜，它的原料是硫化汞。其实，这就是最原始的人造朱砂，曾经远销到日本，我们现在都还在生产。但只有制作颜料的老师傅才知道，在银朱的炼化过程中，有方士加入过某种药材，所以银朱的性状发生了变化，因而比起普通银朱，用这种颜料画出来的画，可经千年不变色、不褪色、不胀气、不缩水。所以，这种颜料只向贵族和佛门特供。但因为战乱和年代久远等问题，这种颜料到了五代就很快消失，你们看，这两幅画上都用到了这种亮闪闪的粉红色……”

不用星子禾野去指，大家就已经看到了两只苍鹭粉嘟嘟的脸颊，和下面画中冒着热气“可口”的盘中人肉。这种亮闪闪的仙女色也变得恶心起来。

“这个逻辑很勉强，”一直沉默不语的江见月突然说，“即便这种颜料是特供，也不能代表出自一人之手。”

星子禾野嘟了嘟嘴，想说点什么，却又没法反驳，却听江见月继续道：“重点不是这幅画由谁来画，而是这两幅画究竟提供了什么信息。”

她指着众多文物：“这里有上千种文物，年代参差不齐，我们不能把出自开平二年的东西，都挑出来强行按在某个人的头上。”

杨柳回头不客气地说道：“所以呢？江主任有什么高见？这里也没有人非要把事情往开平二年扯！”

连映蔚连忙用自己庞大的身躯挤开两个女孩：“确实是咱先入为主了，这百缘洞里出来的东西，自然就想和百缘凑一凑，万一真有什么机缘巧合呢？”

“不是巧合，”星子禾野弱弱地说，“你们写看图作文题，都不读题目的吗？”

星子禾野粉嫩嫩的指尖点在画上，众人看到一个极小的印——百缘。

星子禾野无奈道：“我的意思不是说这个画手用银朱作画，你们没发现，这个印章的印泥，也掺了银朱吗？”

杨柳凑到跟前去看，才隐约看到这小印，显然百缘自己本身很不想留这个痕迹。又或者是印泥中银朱粉的含量并不高，再加上岁月侵蚀，印章已经不那么清晰，大多数人看不到也不奇怪。

连清晖说：“那么百缘留下下面这幅画，很有可能就是在纪实，只是因为某种原因，他又将画藏了起来。”

“应该还有其他东西能够佐证。”江见月说着，便闷头去翻查那些琳琅满目的文物了。

看着跟农贸菜市场一样的屋子，张潮留下几个帮忙的工作人员，摇摇头走了出去。

过了凌晨两点，杨柳伸了个懒腰坐直了身子，发现连映蔚居然蜷缩在地上睡得昏天黑地，星子禾野也裹着小毛毯在沙发上睡了过去。檀岩没了踪迹，只剩下连清晖和江见月一起，把角落的一堆文物整整齐齐地码放在了一边。

江见月说：“这些应当都是后期摆放进去的，可以看得出百缘自己的东西，都放在前面的‘坐化洞’里。”

连清晖点头说：“坐化洞里东西损毁严重，除了经过特殊处理的《苍鹭图》，只有这个铁匣还算完整。它在坐化台的下面藏着，所以没有被刘伯他们发现。”

这个匣子很特殊，并没有用锁扣住，而是直接封死。连清晖不敢去摇，只能把目光投向了杨柳。

杨柳挑挑眉，扬声道：“这不是焊接的，是一种特殊的榫卯。”

杨柳从连清晖手里接过铁盒，凑近仔细观察，而后很快从侧面发现了一个肉眼几乎不可见的细小纹路。杨柳顺着纹路仔细摩挲，果然在铁盒的腹部，找到了一个针尖大的小凸起，她轻轻按下凸起，就听“咔嗒”一声响，铁盒竟顺着纹路，裂开了一条小缝！

“这是古代中国民间常用的机关锁，”杨柳说，“因为关巧简单，因而大墓中宝物反而不用它来藏东西。”

连清晖问：“能彻底打开吗？”

杨柳点头：“看似贵重，实则一般。”她说着，手指不知又拨动了哪里，铁匣便咔嗒咔嗒连着几声脆响，果然一点点地打开了盖子！

入眼一叠熟悉的黄色信纸，连清晖和江见月对视一眼，等杨柳拿起信纸，却见下面装着一块小玉，雕做蝉的模样，看起来憨态可掬。

那边的连映蔚和星子也醒了过来，众人围拢起来，见连清晖手里拿着封信，问究竟怎么回事。

连清晖便说了先前在回纥王庭的事情，连映蔚“哇呀呀呀”大叫一声：“呔，两个坏人，怎么还私自脱队？老实交代！探索发现是假，暗通款曲是真吧？”

连清晖面无表情地打开了信。

“吾妻展信安，夜雪秋风，西出阳关十载。每逢中秋倍思家中老小，奈何四海无安身之处……”

这封信很长，整整十几页，连清晖读着读着眉头就打成了结，猎宝队的几个人也都一脸茫然。

连映蔚讪笑着说：“哥，这个世界上还是有你不会的东西的……”

连清晖无奈地把信交到江见月手中，江见月抿唇笑笑：“大家稍等一下，我看完以后，转换成通俗点的话向大家解释。”

猎宝队几个人伸着懒腰四散开来，各自找个地方让自己舒服舒服。

连清晖找了瓶即饮咖啡，冰凉的水汽让瓶身湿漉漉的，轻轻地贴在了江见月的脸颊上，吓了江见月一跳。连清晖却一句话都没多说，只把咖啡放在了沙发扶手上，扭头去了外面的露台。

江见月看到玻璃门外连清晖的背影，几乎要和夜色融为一体。比起上次在戈壁中惊鸿一瞥的背影，此时的连清晖没了和狼厮杀的凶狠，多了一种沉静的内敛。好似有什么东西重重地压在这个年轻人的肩上，满是不能言喻的萧瑟和孤寂。他这样的年纪，父母祖上的荫庇注定不会让他的人生有多么艰难，是什么样的事情，能让他这样呢？

江见月摇了摇头，玻璃外的连清晖又只是一个普普通通的背影了，那些斑驳的城市光点好似没了滤镜的加持，他只是一个看起来十分清瘦又帅气的大男孩。

第十八章
人间炼狱

连清晖似有所感，倏然回过头来，却见江见月低头认真地读着信笺。

连映蔚丢给他哥一罐啤酒："尝尝！没德国黑啤辣嘴巴，但味儿很纯。"

连清晖稍一仰头，不到三百毫升的啤酒已经见了底，连映蔚冲他吹了一记口哨："猛啊少年！"

"哪来这么多怪话？"连清晖无奈地看着嘚瑟的连映蔚，"有时候你的梗真的很硬很尬。"

连映蔚笑容僵在了脸上："我的……人设很失败吗？"

"不是失败，你和油腻已经浑然一体了。"

连映蔚有些失望地走了，连清晖的笑容在寂静无人的露台上悄然无人知。他捏扁啤酒罐，目光落在了远处连绵起伏的群山之上。

江见月深吸了一口气，读完所有信笺后不由得笑了出来，而后又觉得不可思议，眼眶都有些发酸，心里如同填了石头一般堵得慌，继而又觉得可悲可叹。

她不信邪地又反复看了几遍，还是忍不住嗤笑一声，眼底还未退却的泪花昭示着她读开篇时的感动是多么的搞笑。

连清晖走近她，诧异地问："怎么了？又哭又笑的？"

江见月摇摇头："我只是觉得……有些梦幻……"

猎宝队众人都围拢了过来。江见月深吸一口气，把信放到一边：“大家还记得，那个六哥偷走的绿度母吗？”

“记得啊，”连映蔚说，“怎么了？难不成这玩意是啥地下宝库的钥匙？”

杨柳翻个白眼：“那威德不得好好保存着？怎么可能放在那么显眼的地方供着！”

江见月说：“那原本是百缘和尚出家前，妻子重金买来的，相传出自唐皇宫，足有十二尊。后来百缘一家惨死，只有他从沧州逃了出来，几尊小绿度母便陪着他入了佛门，一路西行最终坐化。威德想必也是查到了这绿度母的出处，所以觉得它很灵。”

连映蔚骂骂咧咧：“老东西，身在曹营心在汉呐！吃着欧洲人民的粮食，惦记的是东边的神仙，能保佑你才怪！”

连清晖忽然碰了碰江见月的头顶，江见月诧异抬头，看见连清晖微微低着头，一双灰色的眼睛逆着光看不真切，嘴巴嚅动着，不知道说了句什么话。

江见月怔愣着，看着连清晖，突然发现眼前这张脸也太过好看了，继而很快尾椎骨猛地生出一股电流，噼里啪啦横冲直撞，一下子顶到了她的脑子里。

江见月“啊”了一声，一时反应不及，连清晖便又说了一遍：“信上写了什么？”

“啊？”江见月呆呆地下意识看向手里的信，半晌后猛地惊醒过来，连忙说道，“讲了很多！”

连映蔚尬笑着。连清晖也忍不住轻轻一笑：“半个小时，总结这么一句，确实精辟。”

星子禾野和杨柳都笑了起来，江见月后知后觉地回了魂，清了清嗓子，把信放到了一边。

“这是个不怎么精彩的故事……”

李柷被囚在曹州，当了济阴王的事，终于传到了沧州。

不小的七进大宅子内，厅上坐着个东倒西歪的老爷，四下站着几个六神无主的妻妾。

老爷磕了磕烟斗，没好气地瞪了眼服侍在一旁的小厮。

“多大的事情，也值得你这般闹闹哄哄地说给我听?”

那小厮缩了缩脑袋，讨好地冲老爷谄媚道：“老爷自然是觉得没什么，可那城外头的匪兵可是闹得急……”

看老爷没多大反应，小厮才敢接着说：“前些日子不是那吕兖和孙鹤，拥着刘仁恭的孙子刘延祚，到咱沧州做土皇帝嘛！如今外面被刘守光围了，曹州那头的生意也没个回响……这怕是……”

老爷抬了抬眼皮，没精打采地说：“曹州如今供着真皇帝，和咱们沧州隔了十万八千里，就算没了曹州的生意，关内、淮南、河东哪里不是做生意的地方？即便现在天下都乱了套，这么大个河北，供不了你这狗东西的吃喝了?”

小厮吓得脖子一缩，连连告饶退了下去，半晌后又火急火燎地把小少爷送了回来：“不得了了，学堂也不让上了!”

老爷这才疲软地直起身子，瞧着自己半大的儿子，想了半晌，也没想出个什么正经的教训话来，只得挥挥手，叫所有人都别来烦他。

女主人忍不住，上前伏到老爷膝前，切切说道：“老爷，还是花点银子，赶紧走罢！眼看就要打起来了，孩子们都还小……”

“放屁!”老爷猛地一抬腿，把夫人踢了开去，“这沧州城来来回回，换了多少个头儿！谁敢拿老爷怎么样？还不是一个个跑来讨要银钱!”

夫人摔了脑袋，抽抽咽咽地哭了起来。

老爷烦得狠了，便挥手叫所有人都出去，嘴里念念叨叨地骂：

“在银子面前，多大的能耐，都只能做条狗儿!”

几个姨娘们不敢多说，下人仆役们就更不敢多言了，只是私下里少不了议论。

管家无奈道：“别再想着跑了！前些年，老爷的马车撞死了个窑姐儿，仅花了三两银子就摆平了事！如今刘守光要攻城，打下来，少不了又要到府上来打秋风！你们且放宽心吧。”

因此，众人又都在等刘守光攻进城的那天。

花厅里的海棠败了，老爷咂巴着嘴问夫人：“你且天天坐到树底下缝缝补补，不晓得操心操心我这花儿?”

夫人低着头做针线，没应他的话。老爷讨了个没趣，只得溜溜达达又去西厢找其他几个姨娘。

临出门前，夫人忽然叫了他一声：“从善!”

老爷回过头来，好些年没听妻子叫这个名儿了：“怎的了?”

夫人站了起来，巨大的槐树荫将她整个笼罩了起来：“儿子还是得念书，听说先生三日前被吕兖捉了去，现今都没回来……”

从善摆了摆手：“晓得了，明天再找一个便是!”

又过了三日，别说先生，街上连个活人都没有。

从善匆匆挤进门内，管家见他满头满脸都是汗，忙问怎么了。

从善只是摇头，着急忙慌地钻进了正房，一见到夫人两条腿就软了。

“天煞星来了……”

夫人连忙扶住他，问他怎么了。

从善灌了一大口水，这才惶惶道：“我路过府曹，见着官兵抓了十几口人进去，里头惨叫连连。”

夫人脸色一白：“莫不是要逼粮?”

“应当是了。”从善四下看看自己的这间屋子，哪一处不是祖上传下的好宝贝，哪一样不是他的心头爱?

倘若撇下这些跑了，岂不是剜了他的心头肉？

夫人扶着从善坐下，叹了口气说：“现如今，能交粮求安倒是好事，听说张家昨夜想走，刚出城门，就被刘守光挂在了城外，一家三十多口人……没一个活的……”

从善猛地站了起来，气急败坏地吼：“那要如何？咱们在这城里头关了三四个月，仓里头的粮也只够咱们吃半月不到了，我给那些个兵痞供粮，我吃什么！”

夫人连忙去拉他：“留得青山在，不怕没……”

从善一把挥开夫人，面目狰狞地瞪着满屋子的宝器典藏：“我不走！我才不会走的！”

他踉跄着进了里屋，也不管身后一众人等急得满头大汗，只环顾了一堆仆役，而后喃喃地说：“大不了……大不了……清减清减……”

下人仆役们不明所以，夫人却簌簌发起抖来。

没挺过五日，终于有人前来砸门。

朱红的大门没能阻挡得了气势汹汹的兵痞们，吕兖亲自带人闯了进来，一看到从善家那青玉的屏风，两只牛眼就已经瞪得溜圆。

“好家伙，藏得够深呐！”吕兖拍着圆滚滚的肚皮，审度着鹌鹑一般围在从善左右的这家人，笑呵呵地说，“从前就听说过，沧州一界，有个兰家富可敌国，还以为是以讹传讹，今日一看，竟是真的！”

从善的手一片冰凉，屏住呼吸一句都不敢多言。贴着他站的小儿子，感觉到父亲震颤的双腿，茫然地抬头去看，却只能看到黑压压的一片下颌，个个紧绷着，没一个说话的。

“这样吧！”吕兖在厅内踱着步，“某受节镇刘公所托，要抵御城外那杀父鬼徒。眼下同住沧州，当以社稷为重！还请兰兄弟，心疼心疼咱们？”

这吕兖长得五大三粗，偏要说女儿家的怪话，一帮兵痞当下笑得前仰后合。震天的笑声中，兰从善的小儿子“哇”一声被吓得哭了出来。

兰夫人着急忙慌地去捂他的嘴，却已然引起了吕兖的注意。他眼睛一转，当即大步上前，一把挥开兰从善等人，将只到大人膝盖的半大孩子，抓住衣襟一把拎了起来。

“大人，官爷饶命呐官爷！”兰夫人撕心裂肺地扑将上去，却被不知谁的一记窝心脚踢了回来，撞在花架上，登时撞得头破血流！

兰家上下哭成了一片，又有几个姨娘被捉了去，那吕兖仰头大笑几声，一根粗壮的手指点着兰从善。

“给你半日时间，若交不出粮，我就拿你儿子当开胃菜！”

吕兖说完扭头就走，兰夫人抹掉模糊了视线的鲜血，跪趴着匍匐到兰从善脚边，哭喊着叫他快去救儿子。却见兰从善自始至终都僵木着，呆愣愣地看着被破开的大门，下袍被不知名的东西，浸染成了深色。

“怎么会……”兰从善一记踉跄，险些一头扑倒在地，喃喃自语道，“这么些年，换了多少人，都只是打个秋风……”

兰夫人见他这副模样，骤然歇斯底里：“眼下还计较这些做甚！还不快去救儿子！”

兰从善一惊，急忙连滚带爬地朝粮仓跑去。见管家等人也吓傻在原地，干瘪的胸口顿时鼓胀起来，横眉竖目地喝道：“还等着做甚！”

一众人从粮仓抬出近一半的粮食，用篷布遮得严严实实，一路急行冲到了刺史府，却远远听到从里头传来哭闹声。

管家缩着脑袋，颤着声问兰从善：“老爷，这里头……”

兰从善心急如焚，生怕儿子和几个姨娘受罪，也没有了往日的排场，跌跌撞撞亲自跑到门前，喊叫了起来。

门口兵士当即哈哈大笑："兰公子果真厉害，我们前脚刚走，后脚就送粮来了？家里还留了不少吧！"

兰从善脸色灰败，急切地哀求道："这已然是全部家当了，烦请军爷通禀，笑纳了这些……"

那兵士嗤笑一声，踱步上前，忽然猛地一记长枪刺向粮袋，瞬间雪白的米簌簌掉落。兵士这才心满意足地丢了句"等着"。

而后左摇右晃地进了门。

院子里头的哭喊愈发惨烈，兰从善的大腿痉挛似的发着抖，半炷香后，府门轰然洞开，走出来几个身强力壮的兵士，却没有吕兖。

几个兵二话不说卸了粮食就要走，兰从善连忙拦住他们："我儿，我儿在何处？"

那兵头笑道："那得问咱们督军，我们就是个出苦力的，哪里认识你儿子是谁？"

"那可否辛苦军爷，帮忙通传一番？"兰从善说着，往那军头的怀里塞了一块玉扳指。

可惜，这兵痞大字不识一个，并不识货。他掏出扳指抛着玩儿，不屑道："咱督军事务繁忙，此刻正聆听节镇训示。你若有事，等着便是！"

兰从善文弱，哪里拦得住这些个五大三粗的兵痞，只得眼睁睁地看着几车粮食被抬走。

他坐在府门外等到日暮西山，却听一阵锣鼓喧天，原是刘延祚刚下的"宵禁令"，若有违者直接处斩。

兰从善一阵头晕目眩，被管家和下人抬了回去。第二天清早又等在了府外，花了无数银子，也没能把吕兖盼出来，更别说生死未卜的儿子。

夏日里，整条街鲜花弥漫，却压不住阵阵恶臭。有人说是城里断了粮，城里的人不敢出去，便活活饿死在了家里，因而发臭、发烂了。

忽然一队人马从侧门鱼贯而出，兰从善头重脚轻地跟了上去，却见这些人就跟一群马蜂一样，四散开来，无声无息地钻入陌生的门户里……

很快，里头的人被拉扯出来，然后这些兵士甩起长鞭短剑，把男男女女抓了回去。

兰从善混沌地走着，忽见一个兵士扭头看向了他。

电光石火间，兰从善的直觉告诉自己，此时若不逃，后面必有大灾！

然而已然迟了，那兵士大喊一声就冲了过来，手中长枪宛若地狱勾魂索，狞笑着飞扑而来。兰从善慌不择路往后狂退，结果两脚一绊当场摔倒！

那兵士已经追了上来，将兰从善一把拎了起来。

兰从善尖叫出声，叫管家仆从，叫府上仆役，甚至连夫人小妾都叫了，可乱哄哄的大街上，处处是四散逃跑的百姓，根本没人敢搭理他。

“军爷饶命！军爷您抓错人了，我是给吕大人送粮来的！”

街上惨叫连连，那兵士已经红了眼，根本听不清兰从善在喊叫什么，把人拖入队伍扣上铁索后，便急急忙忙催着往回走。有不从的，一记鞭子便从天而降！百姓惨叫着不敢多说一句，全被押进了深潭巨渊一般的府内。

兰从善魂飞魄散，鬓发散乱，背上挨了七八记鞭子，等入了门，忽然闻到一股奇异的香味。

竟是肉香！城中百姓无米可食，连树皮都扒了个干净。这城主府上竟还能吃得上肉？

兰从善旁边的老人忽然凄惨一叫，仰天喊道：“作孽了……作孽了啊……”

“小声些！”兰从善连忙暗骂，生怕老人又引来兵士抽他们鞭子，老人却转过头来，恓惶地看着他，“我从前也打过仗……闻过这味道……这不是肉啊……”

老头口角突然溢血，竟是当场自尽了！

兰从善被吓得跌坐在了地上，却被赶来的兵士踹了一记窝心脚。

“赶紧起来！”

一队人马又被驱赶着往前走，进了后院门，就见前头被押送回来的百姓一个个蜷缩在地上，个个状若疯魔。

兰从善的世界仿若彻底放缓了一般，路过转角，一枚血淋淋的人头赫然出现！紧接着，便是被分解开来的四肢……就那样毫无掩饰的，宛若畜生牛马一般，被挂在院子里……

同兰从善一样，新进的人全都惨叫着疯狂向外涌，却被堵在后头的兵士提起长枪，不由分说一顿狂刺！

人群又挤了回来，于是所有人都被逼迫着观看了一场比地狱炼狱还要可怖的大戏！

院中架着一口大锅，兰从善从未见过这样大的锅子。里面熬着的汤水咕咚咕咚冒着热气，有兵士不断往里头扔着烫好的鲜肉。

兰从善终于忍不住，直接仰面朝天呕了出来！

不仅兰从善，新进的无数百姓吐的吐、疯的疯，妄想再跑出去的，就被当场格杀，而后剥皮下锅！

兰从善眼冒金星，从袅袅蒸腾的水汽后头，终于看到了多日求而不见的吕究。

“吕大人！”兰从善拼了全身力气大喊一声，跌跌撞撞地挤到人前去，“吕大人，是我，我送粮来了！”

吕究看了过来，目光却再次淡然地挪开，只接过了手下端上来的一碗肉，闻了一闻，便满不在乎地说：“送去城楼将士手上吧。”

一大锅肉全都捞了出来，已然看不清原貌，只有肉香弥漫在这不大的院子里。

兰从善见吕兖要走，惊慌地再次大声呼喊，却被兵士迎头一枪柄，打得当即昏死了过去。

等兰从善再醒来，已然是深夜。

和他一样被当街抓来的百姓，都蜷缩在一起，有的昏睡，有的眼神呆滞。兰从善摸摸怀里，还有一柄前朝折扇，腰上带钩和玉佩也还在，他便悄悄摸了过去，跪匐在守卫脚边。

“军爷，军爷笑纳！”

这守卫看着倒是老实，只接过玉佩，无奈地说：“从这里进来，就别想出去了，到外头是饿死，和在这里被吃了，有什么区别？”

“我家中还有存粮！”兰从善急切地说，“我不求出去，求军爷给我家中带句话，让他们拿粮来换！先前我已贡了些许，吕大人亲口许诺的！”

守卫思忖再三，终于还是点了头。到了换防时间，他便匆匆地离开。

兰从善斜靠在墙边，看着月色一点点被黑云吞噬，眼前的一切都掉入了深不见底的巨渊之中。倘若当初早早离开，没有贪恋那无用的身外之物……

眼泪从兰从善的眼角缓缓流下，忽然想起还没找到的儿子，兰从善猛地坐起身来，匍匐到最前面，找到一个看起来面善些的妇人，向她打听。

那妇人目光呆滞，只冷漠地说：“没见过，许是已经被吃了吧……”

兰从善心底一颤，眼泪又不受控地流了出来。他咬咬牙，哽咽着问妇人哪天被抓来的。

妇人想了半天，才恍恍惚惚地说：“许是五天前，抑或是十天前？记不清了……他们嫌我年老肉柴，又不准我走……便叫我日日看这人间炼狱……”

五日?!

那是在儿子被抓来之前!

兰从善喜极而泣，又同妇人急切地说儿子样貌特征，那妇人终于缓缓转动眼珠，眼睛里有了些神采：“见过……我见过的……被那吕鬼领了去，没有下锅!”

兰从善一下子站了起来，又头晕目眩地跌倒在地。那妇人见他这副模样，无奈而沙哑的声音在静谧的院落里响起：“活着又能如何……免不了要在这世上受苦……”

天边泛起白光的时候，兰从善听到远处隐约间传来哭声，似是喑哑的鬼鸣，又似熟悉的闺中呢喃。

是他的夫人！那守卫果真信守承诺，替他带了信!

兰从善挣扎着爬到墙边，希冀将自己在这里的消息散发出去。可守卫长枪一记横来，他只得闭了嘴又坐回去。

夫人哭了大半个早晨，许是又送了粮来。兰从善没等到夫人，却等到了一口大锅!

院中人见到这锅全都哭喊起来，被抽了几鞭后又强压着恐惧静默下来，静候着兵士从他们面前走过，然后其中一人倒霉透顶，被凌空一指!

“今日由你孝敬‘宰杀务’!”

话音落下，几个强壮些的男女，瞬间被拖了出去!

兰从善闭了眼，捂了耳！却还是能听到那从指缝里钻进来的惨叫……

第十九章
物是人非

不消半个时辰，整个院子里又飘起了怪异的肉香味。饿了一天一夜的兰从善，发觉自己的嘴里竟也分泌出涎水，这荒诞的感觉搅得他险些发疯发狂。

今日吕兖来得倒早，先尝了一碗鲜肉，而后大发善心地给院中所有“宰杀务”们每人分发了一碗。

有人稀里糊涂地吃了，有人还没拿到碗就吐了个昏天黑地。轮到兰从善时，他只颤颤巍巍地接过碗，看着漂了油星的汤水，麻木地捧着。

这时有兵士来报，门外有人送来“贡米”，吕兖“哦？”了一声，“眼下谁家还能有粮？莫不是敌军细作？”

兰从善陡然一惊，想要替夫人辩驳，却两腿发软，不敢动弹。

吕兖又说：“罢了，即便是城外刘守光那无耻之辈，也没那个能耐走到此处！叫人把米抬进来便是！”

兵士领命而去，兰从善错愕非常，怎的没提换人的事？

他吃了熊心豹子胆站了起来，朝吕兖拱手求道：“大人！许是贱内……用粮换……换……”

吕兖一拍大腿，做恍然大悟状：“哎呀，真是得罪了兰公！”

兰从善被他吓得一惊一乍，听他这样说，也不敢造次，只畏畏缩缩地弓着身子，小心地盯着吕兖。

吕究招手叫手下把兰从善的孩子领过来："先前是答应了兰公，用粮换人。只是最近政务太忙……又要分心对付城外刘守光……"

吕究说着站了起来，走近兰从善。兰从善连忙跪立起来，扬起脸希冀地看向吕究，嘴里不断地念叨："劳烦大人……劳烦大人……"

兰从善的孩子被抓了进来，整个人已经瘦脱了相。看到兰从善"哇"的一声就哭了出来，连滚带爬地扑到了兰从善的怀里。兰从善急忙将儿子紧紧地塞到自己怀里，恨不能从胸口剜个肉窟窿，叫儿子变回骨血藏在里头，这样才安全。

吕究不耐地摇摇头，又对兵士说："去请夫人进来吧，好让一家团聚！"

兰从善悚然望向吕究："不……不，大人！她不过妇道人家……上不了台面的……"

吕究皱眉回身，脸上已然凶光乍现："你待如何？"

兰从善此刻已然顾不得其他，惶然道："让我儿子出去便可。大人！我愿奉上所有家财，让我儿子出去便可，大人……"

兰从善哭得肝肠寸断，吕究却来了兴趣："是了，你兰家在沧州盘踞三代，是有不少家底的……"

兰从善推开儿子，奋力扑到吕究脚边，不顾兵士们的殴打，歇斯底里地大喊："小人愿将兰宅奉上！宅中一应事物尽数送给大人！只求大人放过我儿！"

吕究仰头大笑，连说三个"好"字，便一脚踹开了兰从善，将兰从善的儿子抱了起来！

"早先节镇就嫌弃这院中味道太大，正好，换个地方吧！"

众多兵士齐声应好，兰从善被兵士一把拎起来，又串在了铁链上，同其他百姓一样，如猪狗一般被驱逐着出了府。

兰从善心惊肉跳地看着儿子，出了门看到妻子，两人隔着人海遥遥望着。兰从善心如刀绞，嗫嚅着看着夫人，却只敢朝妻子死命摇头，叫她赶紧逃命去！

妻子见他们父子这般，怎么可能走，又哭着扑了过来！

兰从善心里恨极，当即喝骂："臭婆娘，还不快滚！"

兵士们闻言哈哈大笑，当即有人跑来，直接拦腰横抱起了兰夫人！

兰夫人惨叫着被拖远，兰从善大吼一声就要挣脱铁链，后背却猛地被抽了一鞭！

接着雨点般的鞭子疯了一般落下，抽破了兰从善的皮肉。血肉飞溅中，似也抽掉了兰从善那最后一点血性，他呜咽着想缩进队伍中，却被一旁人推搡了出来！谁也不想受无妄之灾，何况此刻人人自危。

兰从善哀嚎着求饶，单薄的身子在连日的煎熬中已然油尽灯枯，如今又受鞭笞，两眼一翻就要昏死过去。

被吕宄抱在怀里的儿子看到父亲受刑，哭闹着就要跳下来，吕宄也不恼怒，只耐心地哄着他。

兰从善看到吕宄肥厚的鼻子拱着儿子稚嫩的脖颈，像极昨日端着肉碗时的表情，登时吓得魂飞魄散，硬梗着脖子让兵士再抽了几鞭，这才容得那兵士消了气。

长长的队伍送殡一般涌入了兰家宅邸，兵士们从未见过如此豪横的院子，恨不能把院中石雕都搬回家去。

吕宄挑了一处宽阔些的院落，叫人在大榕树下安置好藤椅瓜果，懒洋洋道："去把咱大锅搬来，今日军粮已然迟了。城外将士奋勇杀敌，咱可不能拖了后腿！"

兵士们热火朝天地去安排，自然少不了又要挑选几个"宰杀务"。

兰从善终于从吕宄怀里要回了儿子，便把儿子的脸死死地捂在怀里。儿子听到哭喊声，扬起脸蛋，天真地问兰从善怎么了。

兰从善凹陷的眼眶里裹着一颗干涩的眼珠，僵硬无法转动，他失神地看着儿子，只能反复地哄着他：“无妨……无妨……”

锅内又热火朝天地煮了起来，吕兖的手下果然从兰宅里搜罗出不少好东西。吕兖便在自己的旁边安置了一个圈椅，伸手请兰从善上座。

“兰公仗义，我三军上下无不感激！”

兰从善笑不出来，又怕吕兖怪罪，只得硬挂着嘴角抽搐着连声说“应该的”。吕兖兴致大好，便同兰从善说：“自打三十年前黄巢反了，咱们这天下就没个消停日子。还记得小时候在陈郡，被这小老二围了三天三夜，城里一粒米都没有，他便做出来一个碓臼，叫什么……”

吕兖歪着脑袋想了许久，忽然一拍大腿，哈哈大笑着说：“对！叫‘舂磨砦’，你猜怎么着？”

吕兖一双牛眼看着兰从善，仿若讲了个有趣的奇闻逸事，想是要让兰从善接个下文。

兰从善强忍着胃里的翻江倒海，硬是挤出个谄媚的笑：“小人见识浅薄，自然无从知晓……”

“嘿！”吕兖喟叹着说，“还是黄巢小儿脑子活，他把活人丢到臼里头，连着骨头全给磨成泥喽！”

兰从善险些从椅子上滑下来，他扯着最后一根岌岌可危的神经，死死地抱住儿子，勉强说道：“有辱斯文……有辱斯文……”

“可不是怎的？”吕兖似在自夸，“况且那肉泥只能蒸不能煮，油水都顺水流了……”

吕兖还说了什么，兰从善嗡鸣的耳朵完全没了反应。他只能麻木地看着锅中沸腾的肉汤上下翻滚，从前姹紫嫣红雕栏玉砌的院落，如今随着蒸腾的肉汤水汽，仿若扭曲斑驳了一般。

兰从善的神志几乎抽离出了躯壳，飘浮在一片光怪陆离的幻境之中。他看到天际金光普照，似有神祇前来救赎。他神往地望着，伸出双手想要跪拜朝奉，那金光却一点点暗淡远去，任由兰从善疯也一般匍匐追赶，最终彻底消散，再无痕迹。

兰从善还在幻想中跪地哭嚎，忽听耳边炸起一声大笑，他一个哆嗦清醒过来，猛地搂紧了怀里的儿子，才发现吕兖不知什么时候已经走远，站在了一群衣着鲜丽的女子前。这些女子不正是他那群姨娘妾室？

兰从善霍然起身，见吕兖回过头来，又怯怯地坐了回去。

吕兖笑着打趣兰从善："好你个兰公，竟藏着这些个好东西！"

兰从善嗫嚅着说了句"不是东西"，又惹得吕兖哈哈大笑："既然兰公将这宅子送给了我，这些个美人姬妾是否也送了？"

他从牙缝里挤出话来："送……自然都是送的……"

吕兖收了笑脸，转头便对手下说："眼下敌军在外，切忌取乐，这几个都充做'宰杀务'吧！"

一句话落，院中又是一阵鬼哭狼嚎，吕兖不耐地要转头离开，却被兰从善捉住了衣摆。

兰从善跪在吕兖面前，苦苦哀求："大人，求大人送我儿出城。我兰家产业遍布中原，都可送与大人！"

吕兖嗤笑一声："且等我收拾了城外刘守光再说罢！"

又是一日光景，兰从善从院中花园里揪来花草，哄着儿子垫了肚子，却始终没能打听到兰夫人的下落。守军只说关在院中，却不说究竟是死是活。

到了第三天，院里的"宰杀务"已然七七八八，打听之下竟是城中已然没有多少活人了。

兰从善只恨自己优柔寡断，没有及时出城，如今只能期盼吕兖能手下留情。然现实非人愿，刘守光围城将近百日，城中除了兵士，竟几乎没了一个活物。

是日，吕兖黑着脸回到兰家，脱了血染的铠甲后阴沉着脸看着兰从善，他的腹中空空荡荡。

“选吧！兰公，你和你儿子……只能留一个……”

兰从善呆滞地看着院中大锅：“我夫人呢?”

吕兖瘫软在圈椅中，身旁的大刀血渍未干：“应是早就被吃了吧……对不住了兄弟……节镇之命不得不从……”

兰从善干涩的眼眶里再也流不出眼泪，他看着儿子头顶的小发髻，还记得儿子很小的时候，他也曾小心翼翼地捧在怀里，一动也不敢动，惹得满屋子女人笑得前仰后合。

时光飞逝，草长莺飞，这座充满血腥的古城终于被时间的尘埃淹没。谁都不知道，一个叫做兰从善的男人，拖着一身没了灵魂的躯壳，是怎样浑浑噩噩地逃了出来，最后追着一道根本不存在的金光，拔除了心中七情六欲，最终皈依了佛门……

江见月合上书信，长长地舒了一口气。

几个年轻人沉默地围坐在一起，彼此相顾无言。

许久后，连映蔚才试探着问：“难不成……这兰从善选了自己?”

所有人脸色都不怎么好看，杨柳干脆直接给了连映蔚一脚：“不说话没人把你当哑巴!”

连映蔚缩缩脖子：“那还能怎么着？当时的情形，总不能有神仙从天而降，或者谁超人附体，拯救了兰从善吧!”

“沧州是自己降的……”江见月沉声说，“刘延祚被困百天后，出城投降了。”

“所以……”星子禾野眼眶红红，“兰从善也是到了最后一刻，才出的城吧……”

一切都在不言中，谁都不愿意说出那个残酷的真相。一个父亲究竟在何种境地，才会选择了自己活下来？那个他宁愿倾尽家财保护的孩子，最终终究是被生父抛弃了，还是在阴差阳错下，死在了另外的地方，只留下兰从善孑然一身，行尸走肉般活了下来？

这一切，都不得而知了。

只是从兰从善的书信中可以看出，后来他入了佛门，然而中原连年征战，和尚也没个安身之处。无奈之下他只能选择西游，希冀向西天佛祖寻求救世的真法。

可惜，西域同样处处烽火硝烟。

星子禾野说："我在日本的文献中也读到过，唐末五代时期，河西走廊出现了肃州龙家、甘州回纥、敦煌归义军和凉州蕃汉同盟等很多个政权，甚至大多数政权为互相倾轧，会联合其他民族形成联合体一致对外。"

江见月点头："没错，说来奇怪，我们研究了很多文献，发现他们发动战争，有时候并不以地盘和牲畜作为借口，而是为抢夺僧侣。"

"什么?!"连映蔚瞪大了眼睛，"抢和尚？这口味有点重了吧……"

江见月说："这是特殊的地域环境造就的，自古以来西域丝绸古路上，除了货物，交流最为频繁的就是佛法。因而沿途各族大多信奉佛教，谁争到了高僧坐镇，便是受到了佛祖的认可，是苍生的救世主。僧侣既是佛法的传道者，也是天意的传达者，所以争夺僧侣，不过是当权者的借口罢了。"

连清晖说："从回纥王庭遗迹可以看出，兰从善到了西域诸部后，可能先后被多方势力争夺过。"

江见月把书信整理好，放回匣子。

杨柳拿起匣子仔细研究，突然"咦"了一声："这下面还有个暗格!"

所有人又都围拢了过来，杨柳取下发卡，在不到一厘米的缝隙中左右拨弄着，一个极其袖珍的小屉被慢慢顶了出来。

杨柳看着小屉里的东西，失声惊叫道："不可能!"

“怎么了怎么了?”连映蔚站在外圈急得跳脚，就见杨柳两只手指轻轻地捏起一张泛黄的黑白照片，面向了大家!

杨柳使劲去嗅匣子，甚至有些自我怀疑:“不可能啊，这确实是一千年前的味道啊!”

“别急。”连清晖将照片小心地放到桌上，拍了张照片，然后叫江见月尽快找来文保科同事，把照片尽快无氧封存起来。

几个人将照片放到投影上，几张穿越时间长河的面庞缓缓映入所有人的眼帘，而坐在最中间的人，正是大家都熟知的——斯坦因。

照片里的斯坦因穿着一身棉风衣，坐在残垣断壁上，他的四周站满了人。有裹着头巾、戴着帽子的中东人和印度人，还有穿着长靴的欧洲人、美洲人，而更多的，则是蹲在斯坦因脚边的一堆清朝人。照片晦暗不清，人物脸上的表情也不甚清晰，但连清晖一眼就认出了唯一一个站着的，手里拿着象征权力的马鞭的清朝孩子。他微微颔首，似是带着面对镜头的羞赧，又似沉静地抗议。人群的脚边堆放着如山的货物，有瓷器家私，有经书皮革，甚至连半人高的铜像都被捆在骡背上，一同入镜。

连映蔚捅了捅连清晖，示意他们爷爷也在里头。

连清晖按下他，只扬声说:“这和斯坦因的《西域考古图记》手札里的照片是对应上的。他们之前就发现了百缘洞，我手里的经书，应当就是那时候被拿出来的。”

“拿出来?”江见月罕见地没有以往温暖的笑容，她面无表情地看着屏幕，“只是被搜罗出来，转卖而已。”

连清晖神色肃然，他看向江见月:“这段历史我是有所耳闻的，当时斯坦因才是那个买家，我可以向你保证，我爷爷并没有参与文物买卖!”

江见月诧异地看向连清晖:“为什么要给我保证?”

“这很重要!”连清晖目光灼灼，他的凳子甚至往前挪了一些，

“这半卷经书属于我爷爷，但他不是强盗！”

江见月直视着连清晖，不知道自己能从连清晖青灰色的眼里瞧出什么来，她好像理解连清晖为什么这么郑重，又似乎不怎么明白。

被连清晖看得久了，江见月先败下阵来，当即起身说：“不论如何，这张照片出现在百缘和尚的铁匣里，透着古怪，这可能是有人专门留下的信息。”

“我也这样认为，”杨柳说，“这种铁匣的机关一次性冶炼而成，打开后就无法再复原，除非下面这个小屉是后面又加上去的。应当是百缘做给自己的随葬。”

“你们是说……”连映蔚道，“有人时隔千年，把一张照片，专门藏在了一个很难被发现的铁匣子里，就等着哪一天，某个‘天降之子’打开它？”

杨柳承认得很艰难，但事实好像就是如此：“没错，这个天降之子就是我们可爱的队长……”

连清晖平常多无表情的脸上，终于也露出了些许无奈。

连映蔚又强行吐槽：“哇，你好棒哦哥！上次回纥王庭的匣子也是你发现的吧！真不愧是天降之子呢！”

连清晖一时无言。

已经过了凌晨四点，所有人的精力都熬到了极致，江见月说：“有什么事情明天再说吧。”

连映蔚伸着懒腰出门，结果和冲进来的王邵阳撞了个满怀。

“江主任，不好了！”王邵阳的眼镜都跑歪了，“刘伯逃了！许亦然在医院里被打了！”

连映蔚目瞪口呆：“好家伙，信息量够大的！”

刘伯之前被他们“羁押”回来，是直接交给警方的，江见月也觉得不可思议：“他们自己跑的？这么大本事能跑出拘留所？”

王邵阳急赤白脸地说：“什么呀！麻舒队长打电话说，路上就被人给劫了！好多人出来碰瓷，打了警队一个措手不及！”

江见月不可思议道：“还有没有王法了?!”

“别急，”连清晖按住江见月，又问王邵阳，“那许亦然又怎么回事?”

王邵阳说：“听说是一伙中学生，被教唆的。下午打完人就跑，晚上还去上自习了，被麻队他们抓住，说是有人给钱办事。”

连清晖问：“调查这些学生的背景了没?”

王邵阳一脸茫然：“学生能有什么背景?”

连清晖面色阴晴不定，看向猎宝队众人：“别忘了，鸿门宴时对面楼上给我们提醒信号的，就是两个孩子。”

江见月当机立断道：“我去警局和麻队长衔接，你们去看看许亦然!”

两队人马连夜出动，谁都不相信威德竟敢在中国的地界又是劫人又是雇未成年打手，搞这么大的动作！这样的人，居然还供奉菩萨，希冀在神佛面前获得保佑，真是丧心病狂!

许亦然受伤并不严重。

连清晖几个赶到医院的时候，许亦然的特护病房里已经站了许多人。

有个年龄大些的，面色难看地看着许亦然：“既然要做一家之主，就做自己该做的事情!”

许亦然坐在病床上，没有言语。那老头见他这副模样顿时火冒三丈，把床头柜拍得震天响。

“你和儒风都能玩到一处，怎么就容不得阑珊?”

许亦然抬起眼来，看向老头，猎宝队才发现此刻的他脸上又是他们从未见过的神情。那是上位者的漠然与不屑，尽管此时他坐着，他是一室中年龄最小的，可他周身的气魄，却叫所有人都自觉地闭上了嘴。

“二伯，儒风这些年跟着走南闯北，什么苦没吃过？他连高中都没念完，你们就催他到外面去住。三伯走得早，托我好好照顾儒风，以前是我年纪小，觉得你们说什么都对，可如今……”

许亦然掀开被子，除了那条被狼咬伤的胳膊，两条腿居然也缠满了绷带，显然那群雇来的孩子下手不轻。

许家二伯见他下床，忌惮地往后退了一步，“你要做什么？”

“如今阑珊也大了，今年上大二了吧？”

许二伯眼皮一跳：“怎么？”

“送她去国外念书吧。”许亦然说完，就朝一旁的几个人点了点头，示意请许家二伯出去。

猎宝队这才知道，原来这些人都是许亦然的。

许二伯顿时跳了脚，嚷嚷道：“你管她念什么书！她是你妹妹！你容不下她？”

许亦然听到这句，猛然回头看向许二伯，目光骤然锋利如刀：“别逼我！”

许二伯住了嘴，只抖着手指着许亦然，半晌后连说了三个“好”字，扭头冲出了病房。

第二十章

惊天秘密

猎宝队连忙给他让开一条道，回头再看病房里面，许亦然已经脸色苍白，被手下扶着坐到了床边。

看到猎宝队几人，许亦然还有些惊讶。他招呼连清晖几人坐下，身上方才那股煞气已然消失殆尽。

“抱歉，叫你们看笑话了。”

连映蔚戳了戳许亦然的腿：“这群小孩想当黑手党啊，下手这么狠？”

许亦然苦笑摇头：“听儒风说，刘伯跑了？”

“那可不是！威德这老小子在国外时，追杀我们连AK都用过，在中国还算收敛。”

许亦然蹙眉：“威德倒还没这么大的本事，也没那个必要，是我堂妹许阑珊在帮他。”

这点大家倒是一点都不意外，许亦然叹口气说：“我们许家……传承了百年，到了父辈，原本该二伯主持大局。可爷爷却选了我爸爸。”

连映蔚问：“你爸不是老大？”

许亦然摇头：“我爸排行老四，大伯和三伯早些年跟着脚帮走货时，出了意外。”

连映蔚拍拍许亦然的肩膀：“现在你爸把家族交给你，你二伯心有不甘？”

“二伯其实心眼不坏，只是不够聪明，”许亦然说，“他不是爷爷选定的继承人，所以很多家族的秘密也就无从得知。偏偏生了个聪明绝顶的女儿，她从小就四处打听，多多少少知道许家有‘传承’。”

连映蔚一下子坐了起来：“哦？传承？传家宝？”

许亦然轻笑：“不，是比传家宝更值钱的东西，甚至不能用金钱来衡量。”

一直没有说话的杨柳忽然说：“所以呢？我们的合作如今没有一点意义，反而是你堂妹的出现，打乱了我们的计划！”

许亦然没有立即说话，他摸了摸有些发疼的额头，半晌后才说：“舆图呢？你们研究出什么门道了没有？”

连清晖说："从鸿柳沟、回纥王庭再到百缘洞，地图上都有标注，但标尺存在问题。"

许亦然蹙眉，叫连清晖把舆图照片拿出来。这是他第一次这么近距离地观察这幅舆图，可看了半天，还是一无所获。

"我总觉得……"许亦然喃喃道，"这幅图看着十分眼熟……"

星子禾野闪烁着一双星星眼："难不成你们家收藏的宗卷里面有？"

许亦然苦笑："我不是你，就算家里宗卷都读过，也不尽然会记得住。"

星子禾野挠挠脑袋："今年五月份，你们国家不是发布了一个《中国国家图书馆藏山川名胜舆图集成》吗？"

许亦然坐直了身子，电光石火间好似想到了什么，他目光如炬："是发布了，你看出什么了？"

星子禾野说："听说这个图集，是按照中国古舆图编制的，里面有一幅《长江名胜图》，我看就和清晖哥哥的舆图挺像啊。"

星子禾野过目不忘的本事是众所周知的，杨柳听她这么说，当即掏出平板搜索《长江名胜图》。

顾名思义，这幅古舆图画的是长江沿岸情景，因而两岸青山景物就像对折了一样。

星子禾野指着里面倒立着的山水树木："你看，是不是很像？"

许亦然站了起来，所有人都围拢在了经书残卷和《长江名胜图》的图片前。

檀岩一锤定音："清晖，一直以来，你都把图拿反了吧？"

"不可能！"连清晖强行挽尊，"这上面有字，字的方向是对的！"

许亦然也说："他没有拿反。"他把经书照片翻转过来，一句话石破天惊——"这舆图，本身就是镜面的！"

经书残卷倒转过来，那些原本看起来别别扭扭的图案，终于

"正经"不少。最开始那只憨态可掬的"小乌龟"，它身下的大山形若巨堡，一个模糊的轮廓隐匿在泛黄的云雾之下。

"这是个龟形的宫殿，"杨柳用手指在经书舆图上勾勒出一个轮廓，"那条甬道是乌龟的脖子，身体是宫殿，咱们经过的水潭不过是双眼中的其中一个。"

众人又把目光挪到"青山"处，倒立的树木一下子变了模样，杨柳说："这不是树，是火焰。"

这份舆图没有颜色，所以熊熊燃烧的烈火被他们当成了绿意盎然的枝条。

"这里原本就是荒芜之地，"杨柳说，"天犬通体烈焰赤毛，这是标志。"

连映蔚说："可是，就算是这样，这舆图的标尺也不对劲啊！连方位都是错的！青山在鸿柳沟东边对吧！如果正着看还勉强算对，倒着看干脆跑到西边去了呀！"

许亦然把连清晖的平板拿了起来，然后将图片放到了最小，只有半面的舆图，便毫无保留地呈现了出来。

许亦然问连清晖："你标注出来的这里，是百缘洞吗？"

连清晖点头，许亦然便调出画笔，将三个已经"开发"出来的地方连了起来，一个十分规整、简直堪称完美的等边三角形出现在了众人面前！

"这个舆图，并不是按照现实的距离或者标尺来画的。"许亦然把平板还给连清晖，"所有的地标都是按照固定的距离来呈现的。"

连映蔚只觉得头皮一阵发麻，忍不住连骂脏话："那按照你的逻辑，下一个地点岂不是很容易就能找到？"

许亦然点头，连清晖却把平板丢回了桌上，"哐当"一声，打破了此刻有些激昂的气氛。

"从这三个点出发的几个标志物，除了这里……"连清晖指着一个光秃秃如“河童”一般的山峁，“其他的都在另外一半经书上了。”

所有人一时讶然。

星子禾野立即翻开电子地图，找了半天，才找到一个叫做“大板山”的地方，和途中的山峁勉强对上。

星子禾野一脸丧气：“要命啊，又是一个连乡道都没有的地方。”

许亦然无奈道：“这里早就被发掘过了，现在都快列入景点建设项目了。”

一直没说话的檀岩忽然道：“怪不得威德会把我们的经书还回来，另外一半应该才是重点？”

连映蔚忽然哈哈一笑，翻身坐起来，险些把许亦然挤下床去，没头没脑地说：“你堂妹也真是蠢！在武康王庙和回纥王庭折了那么多人，好容易在百缘洞找到了宝贝，结果还被抓了！我就想知道，她究竟清不清楚世界上有经书这种东西？”

被连映蔚调侃，许亦然也没生气，只是蹙眉道：“据我所知，刘伯想要出手的这批百缘洞文物，威德并不是买家，他不过也是在吃过水面。既然他们能找到威德合作，必然是知道经书存在的。”

杨柳嗤笑一声：“我看你堂妹是想把整个敦煌的文物都搬空，到时候做不做这许家家主，也没多大影响。”

许亦然看向杨柳，眼神很好地控制在温和与轻佻之间，没有影视剧里故作帅气的油腻，也不是庸庸众生的平凡，那是一种说不清道不明的自信和内敛。

“许家的家主，从来不是金钱地位的继承，而是一种使命。”

杨柳被他梗了一下，嘟囔了一句“神秘兮兮”，扭头去了窗边，星子禾野便眨巴着星星眼问许亦然有什么使命。

许亦然笑着没说话，而后突然笑容一僵，错愕地看着连清晖：“等等，我想起来了！”

许亦然一下子又站了起来：“连清晖，信！威德给你的地图还在不在?”

连清晖有一瞬的茫然，而后猛地想起之前威德要他们玩儿，给过他们一张简笔画似的低配版舆图。许亦然也是因为这封信里的地图，找到了青玉的线索，从而推断出，经书的背面可能就是一张完整的藏宝舆图。

连映蔚抠抠鼻孔：“檀姐，东西呢?”

檀岩面无表情：“上次你们要看，我就交给清晖了。”

连清晖满头大汗：“我……好像给丢了……”

许亦然自我宽慰道：“没事，丢了没事……你们记不记得，那上面是不是有个菩萨头?”

连清晖不太确定地点了点头：“好像……是有……吧?”

许亦然也变得不自信起来：“应该有吧?”

星子禾野睁着大眼睛：“不是菩萨头，是狮子头好吧!”

所有人希冀的目光又全落在了星子禾野的身上，“那地图你也看了?!”

星子禾野点点头：“怎么，你们要看吗?我可以画给你们看!”

五分钟后，一比一复原的简笔画舆图再次呈现在了众人面前。

杨柳笑着说：“星子可以在三十秒内，背诵三百个单词，能直接申请吉尼斯世界纪录。”

星子禾野有些赧然：“也没有那么厉害啦……”

许亦然拿起低配舆图，放到平板旁边：“你们看，这个狮子头，和百缘洞的标志像不像?”

要说像，也不尽然，因为经书上的百缘洞标志，只剩下了一半。不偏不倚，经书将百缘洞从中一分为二。没了另外一半，所以连清晖这么长时间才没有研究出这个标志究竟是什么。

连映蔚龇牙咧嘴：“那时候威德这臭老头就已经到百缘洞了吧?六哥说他找到了另外一半经书的线索，难不成百缘洞还有什么机缘咱们没有找到，所以才没发现这玩意竟然是个‘狮子头’！”

“少看点玄幻小说！”连清晖说，“百缘洞前前后后多少人进去过了，再大的机缘也没了，况且百缘洞和‘狮子头’又有什么关系？”

“那他要干吗？”连映蔚嘟嘟囔囔，“千里迢迢追杀咱们就为了一尊比大拇指还小的绿度母像？”

许亦然问：“绿度母？什么绿度母？”

连映蔚又将六哥从江见月他们手中偷走绿度母的事情说了一遍，而后讲到刘伯将绿度母单独供奉在百缘洞中，许亦然就陷入了沉思。

许亦然喃喃自语：“按道理……这事现今已经没人知道了……”

他甚至不够确定地再次向猎宝队确认，那尊绿度母究竟长什么样。

杨柳说：“开诚布公点吧，我们的签证只剩下半个月时间了。”

许亦然无奈：“说来话长……”

连映蔚听到这四个字就当即无语：“你敢分三个自然段，我就当场毙了你！你信不信？”

许亦然内心无语。

“相传，在三危山里面，有十二尊能令人起死回生、堪比灵丹妙药的菩萨像。”许亦然说，“这些菩萨像不知为谁供奉，却因十分灵验传遍整个西北，甚至关内有人专门前来求拜。”

连清晖问：“是那几尊绿度母？”

许亦然摇头：“我也不清楚，听家里长辈说过，菩萨像早就流失到了海外。难不成威德又查到了什么，觉得百缘洞中的绿度母，就是那菩萨像？”

檀岩说：“我曾经查到过威德的病历，他有严重的哮喘，肝癌中期。”

“这小老头脑子有病吧？”连映蔚忍不住吐槽，“不去医院看病，想靠迷信康复？他是哪个年代穿越来的文盲啊？”

连清晖说："不管他怎么想，我们暂且把他此行的目的当成是求佛拜神，所以才来抢经书。那么现在绿度母已经找到了，他为什么还要作妖呢?"

连清晖的目光落在许亦然身上，两人对视一眼，一个不好的预感已然升起，许亦然道："刚才都说了，绿度母不止一个……"

连清晖紧急联系江见月，叫研究院的工作人员，从回纥王庭以及鸿柳沟取出的文物中，寻找是否还有绿度母。

半日后，江见月果然发来了两尊模样相似的绿度母菩萨像!

江见月打来电话："刘伯抓回来了，他没有出国。"

"没有出国?"连清晖问，"难不成又进了戈壁?"

"没错，他们跨过了榆林河，要去黑山!"

檀岩立即翻出地图，众人看到这黑山果然在百缘洞往东百里的无人区。

连清晖问江见月："他们进黑山了?"

"没有，"江见月说，"黑山在开掘榆林窟时就探索过，那里什么都没有。详细情况，你们来警局和刘伯当面谈吧，我和警局这边已经谈好了。"

一伙人又风风火火地到了警局，刘伯满脸胡楂，铐着双手蹲在派出所接待办公室的暖气片前。

许亦然将他们的推测简单地告知江见月，江见月蹙眉："大槐树，不分年代的藏宝，绿度母……这些东西究竟有什么联系?"

许亦然摇头，他转身走向刘伯，看到刘伯形若枯槁的身形，忍不住叹了口气，给他拿了一把椅子。

刘伯不好意思坐，许亦然便也跟着蹲下来："刘伯，你要陪阑珊发疯到什么时候?"

刘伯嗫嚅着不知道该说什么好，见许亦然表情不善，才唯唯诺诺地说："亦然，你也是我看着长大的，许家如今生意成了这样的境况，小姐她不想点办法，咱们许家还有什么出路？”

许亦然怒极反笑：“出路？出路就是把东西卖给外国人？刘伯……你忘了许家因何起家的？”

刘伯的目光左躲右闪，却还是执拗地说：“时代变了……那些不过是死物，大少爷你把自家多少东西捐赠了出去，不也是败家？”

“那能一样吗？”许亦然霍然起身，气得脸色通红，要不是良好的教养和最后的理智牵着他，许亦然今天必然要在派出所动手。

刘伯自知理亏，便不再说话了。

许亦然顺了顺气，继续蹲下来问他：“威德找到另外半卷经书了？”

“没有……”

“那他怎么知道下一步要去黑山？”

“他有职业团队，计算出来的……”刘伯翻起眼睛小心地看看许亦然，“前面几处都算对了，可惜这里错了……黑山什么都没有。”

许亦然又问：“威德找的究竟是不是另外半卷经书？”

刘伯嘴唇动了动，不说话了。许亦然恨不能一斧头劈开这老东西的脑袋，看看里面究竟装了什么狗屎。

“你都到这儿了，还想掩饰什么？”许亦然凑近刘伯，在他的耳边狠声说，“就算许阑珊能保你出来，威德得到自己想要的，拍拍屁股走人，她许阑珊能独善其身？想想你刚出生的孙子吧！”

刘伯整个人倏然一抖，而后眼眶迅速泛红，他吊在暖气片上，跪在许亦然脚边，一张嘴就涕泗横流。

“大少爷啊，不是我不说，阑珊小姐跟着那德国人呢！他们一起进戈壁了！我要是卖了他，小姐凶多吉少啊！”

许亦然一把揪住刘伯衣领：“你怎么才说！他们现在在哪儿？”

“他们去狮虎林了……”刘伯顶着满脸鼻涕眼泪，“狮虎林有成片的槐木！”

许亦然起身就要走，被连清晖按了回去。他拍拍许亦然的肩膀：“不要着急，他们现在还是合作关系，应该不会有危险。”

许亦然叹一口气退开些许，连清晖又蹲在了刘伯面前，问道：“为什么要找槐树？”

刘伯一看到连清晖，就想到在百缘洞时，那双死神一般的双眼，当即吓得又瑟瑟发抖，颤着声说：“槐树是地标！是王圆箓借用百缘和尚当年栽种的槐树，作为藏匿宝藏的地标。”

“什么？”没想到他们的猜测竟然能这么快就得到印证，连清晖眼中如淬了毒一般，死死地盯着刘伯，想从对方的眼里抓住哪怕一丁点说谎的痕迹。“你说谁？王圆箓？”

刘伯连连点头：“你们不知道吗？”

连清晖扭过头去看许亦然，许亦然眉头紧蹙。

刘伯看看两人，再看看门外的江见月，一下子扑向了连清晖，狠声骂道：“你们什么都不知道就这么折腾我？你们疯了不成？”

连清晖退开半步，看着刘伯就像一条被拴起来的野狗，疯狂地吠叫着，冷声说：“把你知道的都告诉我们！”

从警局出来后，所有人的脸上都还残留着印证了巨大秘密的震撼和不解。几个年轻人站在路边，看着车水马龙的城市，心里五味杂陈。

连映蔚第一个憋不住，啐了一口：“谁能帮我复盘一下？这信息量也太大了，我感觉自己可能发现了世界上第九大奇迹！”

江见月无奈道：“我们之前的推理虽然很碎片化，但大方向是正确的，只是没想到威德挖掘出的信息更加庞大。”

几个人回到研究院，将刘伯提供的消息进行了归纳。

总的来说，这是一件任谁听了，都觉得是瞎扯的事情。

威德发现了一个关于王圆箓和斯坦因的惊天大秘密！当年，斯坦因和王圆箓进行文物交易后，王圆箓不知出于什么原因，竟将更多的文物私藏在了敦煌各处鲜为人知的洞窟地穴中。他以百缘和尚当年四处栽种的槐树为标，然后将藏宝图绘制在了《危峰东屹经》的背面。而能解开这个地图之谜的，也许只有王圆箓！

连映蔚不解地问："这个王圆箓是谁啊？"

江见月解释："是莫高窟曾经的管理者，他……是个道士。"

连映蔚险些从椅子上滚下来："啥？一个道士管和尚的寺庙？"

江见月无奈苦笑："他不仅管理莫高窟，还倒卖了莫高窟里的经书和画，修了一座太清宫道观。"

连映蔚简直对王圆箓佩服得五体投地："赚了和尚的钱，修着道士的庙，还真不负如来不负卿！"

连清晖说："我们对王圆箓，也都只是看了对外公布的资料，这个人……究竟是什么样的？除了藏经洞，他还发现过多少文物宝藏？就武康王庙和回纥王庭的文物收藏恐怕都有上万件了，如果真如刘伯所说，整个舆图所指的各处藏宝，加起来整个世界恐怕都会为之震惊。"

江见月起身，从书柜里取出一本书："这是张教授和我爸爸以前合著的，你们可以看看。"

这书的名字很直白，简简单单的三个字——王圆箓。连清晖翻开后，却发现里面除了文字叙述，竟还夹杂了大量的图片资料。

江见月说："王圆箓本身就是一个可笑又可悲的人物，他所做的事情，我无法评判。但我相信这些藏在四处的文物，并不像刘伯所说，是王圆箓私心所藏。"

"为什么这么说？"许亦然问，他并没有翻开书，而是看向江见月，"他倒卖文物是事实，这是历史公认的，他就是个民族的罪人！"

江见月和许亦然认识很多年了，第一次听到他说出这么激进的话，便笑着说："很多事情是双面的，你们可知道，当年王圆箓为了保住敦煌文物，一连七年四处求助，那些从他手里买经书文物的外国人，手里都拿着朝廷给的‘通牒’?”

许亦然抿着唇不再说话，他翻开书，和其他人一起，听江见月说：“事情还要从光绪二十六年说起……”

第二十一章 阿司匹林

一九〇〇年，冬至，敦煌。

一个穿着大褂的中年人，站在县衙外头，一双麻布鞋已然被雪浸透，黏在脚底板上，冰寒刺骨。

他朝着衙役拱手问好，问严县令在不在衙内。

衙役见男人穿着道袍，以为是打秋风的，便不耐烦地驱赶蚊虫一般朝他挥挥手，连一句话都懒得说。

男人已然徒步走了五十多里路，即便回去也是难事，他只得蜷缩在县衙外的石阶前，打算在这里躲躲风雪。

“哎，谁让你躺这儿了!”衙役浓眉倒立，这时候倒是愿意说话了!

男人赶忙爬起来，从怀里掏出来巴掌大点的小袋子，双手奉给衙役：“这是江南的稻米，还请笑纳!”

衙役长这么大，根本没见过稻米，更别说江南的稻米，恨不能直接生吞了!

他上下打量男人一番：“你究竟是谁?”

道士作揖：“贫道乃莫高窟法真!”

衙役大惊："竟是法真道长！失敬失敬！"

衙役稻米也不敢要了，敦煌谁家不去莫高求法烧香，他竟瞎了眼，没认识这法真道长！

法真进了门，一见到严泽，就将两卷经书放在了案上。

"此乃贫道和小徒在洞窟中寻得的真经！"

严泽垂眼看着案上的两卷带着沙土的纸张，连上手的欲望都没有："真经如何？拿来本官这里又如何？"

法真见严泽高高在上，只能小心地说："这些经书乃是千古传承，不可怠慢……还请老爷垂……"

"放屁！"法真话都未来得及说完，就被严泽喝止！

严泽一双鼠眼瞪了过来，气势非凡！

"给你个穷道士天大的胆子，竟敢到府衙打秋风！给我打！"

严泽说着就捞起案上的镇纸丢了出去，不偏不倚砸在法真的额角，顿时鲜血如注。

衙役和主簿连忙将县令拦将了下来："使不得大人！使不得！"

法真最终还是被赶了出去，他顶着寒风，饥肠辘辘地回了莫高窟，屋子里的小徒弟睡得小脸粉红。

男人叹了口气。等到积雪融化，等到烈日春来，终于把姓严的熬成了姓汪的，人也连忙马不停蹄又赶去了县衙。

可惜，同样的冷落和嘲讽一样不落地砸到男人的身上。回到莫高以后小徒弟嘬着手指，问法真："师父，前些日子，不是有人给了供奉吗？"

男人叹口气："不够的……这么多的东西，总该找个地方藏起来。"

孩子歪歪脑袋："为什么要藏起来？"

"财不外露。"

"既然是财，拿这些去换点钱回来，咱们也不用再吃糠了嘛……”孩子咕哝着，抠弄着干巴巴的锅盔大饼。

男人只当他是童言无忌，笑着摇摇头便了事。

春去秋来，师徒两人在这疮痍一般的洞窟里又死守了两年，男人终于忍不住，给最上面那位老佛爷写了一封密报信。

一封信，足足花了五十两银！

这是他们师徒俩一年的口粮。

男人坐在洞窟里，死守着，等到积雪融化，等到烈日春来，却始终等不到朝廷的一丝消息。

小徒弟已经长开了不少，顶着张肉嘟嘟的脸，老气横秋地指责他师父：“老佛爷天大的人物，怎么可能去看你的信？定是有人昧着良心吞了你的钱！”

“胡说八道！”男人虽然嘴上骂着，心里也打起了鼓。近一年的时间，他们师徒俩省吃俭用，觍着老脸四处赊账，为的不过是能受到朝廷重视，将这快要被风沙吞没的洞窟，稍微修葺一番。况且他不过道家中人，只是看不过这样传承千年的好东西没了，又有什么错？

一日，风和日丽，男人狠了心，向香客借了一头毛驴，拿了箱子经卷，二话不说冲向了肃州！他风餐露宿，单枪匹马，冒着狼吃匪抢的危险，冲出八百里才找到安肃兵备道的道台——廷栋。

廷栋先前跟道士打过交道的，此人颇有文人气派，也爱收藏文墨古迹，看到男人就笑道：“圆箓，你从哪里挖来的宝贝？”

法真原名王圆箓，个子矮小，笑起来有些憨厚。他毕恭毕敬地答道：“是徒弟玩闹时，不小心撞倒观里文书，撞坏了洞窟里的墙发现的。里头经卷藏书和画作过万，贫道不知该如何处理，特来向大人禀告。”

“唔，”廷栋放下酥油麻花，只拍了拍手，“拿来我瞧瞧！”

王圆箓连忙挑出最好的几张帖子，给廷栋奉上。

王圆箓打听过，这位道台从前由副贡中举，是个有见地的。果然，廷栋看完后啧啧称奇："确实好物，《辅行诀脏腑用药法要》，相传为陶弘景所著？"

王圆箓哪里知道这个，只能诺诺称是，却见廷栋用指节轻轻敲打着帖子："只是这《辅行诀》不知是何人所誊写啊？"

"这……"王圆箓讪讪，"贫道不知……"

廷栋将帖子丢在桌上，用绢帕仔细地擦了擦手，又将酥油麻花拿了起来："就是这字差了些！"

王圆箓一时不知该如何作答，只得不尴不尬地杵在廷栋跟前。

廷栋就着酸汤吃完了麻花，喟叹一声，给王圆箓指了条明路："要我说，这些个东西既然藏在洞里，想必不那么紧要，看这一手烂字便能知晓，还不如我的……你若非要修葺洞窟，还不如打扫几个佛窟出来，引来些个香客，给些开光的佛珠手串之类，也尽够数了！"

王圆箓浑浑噩噩地走出偌大的庭院，回身看着西北荒漠里的亭台水榭，脑子里除了嗡鸣什么都听不到。这些个经卷宝物，果真毫无用处？

他骑着毛驴回到了莫高窟，小徒弟老远就连滚带爬地跑了过来，一见着他，就冲着他大喊："师父，我捡着一个死人！"

二十一世纪，敦煌历史文化研究院，江见月办公室。

江见月讲到这里，所有人的目光，落在了连清晖和连映蔚的身上。

连映蔚捧着书，看到上面印着一张照片，上面正是两个笑容灿烂的小破孩，其中一个，拥有和他几乎一模一样的鼻子。

"嘿！这小孩长得真帅嘿！"连映蔚跳起来冲着众人嘚瑟，"不好意思，大家没有看错，这位就是在下的爷爷！"

所有人都没有笑，连清晖把连映蔚拉了回来："坐下吧，这样根本缓解不了尴尬。”

连映蔚讪讪地退了回来，耸了耸肩：“如你们所见，我爷爷当年也去过莫高窟，这是大家都知道的，我们手里的经书，也是他从莫高窟带出来的，他曾经……”

连映蔚和连清晖对视一眼，见连清晖点头，连映蔚才终于坦白：“我爷爷曾为斯坦因做事，也替斯坦因做过文物销赃。后来到了英国，便同斯坦因分道扬镳了。”

杨柳双手环胸：“这个听说过，相传连氏是靠文物拍卖起家，后来买了很多地皮，所以成就了现在的商业帝国。”

“我爷爷没有那么好的商业头脑，”连清晖说，“他最开始买卖土地，只是为了能有安身之所。他自出生就漂泊不定，老了以后又没法回到故国。他只是想入土为安，百年之后有人能带他回家。”

江见月还记得之前连清晖提起他爷爷时郑重的模样，便小心地问：“那么……方便说说你爷爷吗？这本书毕竟是张教授和父亲结合史料编纂的，我想亲历者的讲述，更有说服力。”

连清晖看向连映蔚，连映蔚连忙摆摆胖手：“别看我，你和爷爷总是穿一条裤子，都不带我玩儿的，我什么都不知道！”

连清晖摩挲着马克杯的边缘，目光沉寂，仿若那厚重的历史压在他的身上一般。

连清晖的眸子倒映在杯子里，晃动的咖啡宛若泰晤士河的碧波。小小的他坐在爷爷的怀里，听爷爷用汉语给他讲述一个个新鲜奇怪的故事。

那时候的爷爷，身上总有一股泥土的味道，像是形如枯木快要走到生命尽头的腐朽，又似风餐露宿后遗留的风尘。连清晖贪恋这种味道，直到爷爷走的那一天，这味道忽然就飘散了，带着无尽的不甘和遗憾，消失在了千万里外的异国他乡。

连清晖深吸一口气，看向所有人：“我并不觉得这是一个故事……只是……”

江见月拍拍连清晖的肩膀：“你也可以选择不说的。”

连清晖点头，冲江见月轻轻扯起唇角：“当然，这个世上没有人能逼迫我。”

连清晖的目光又落在了许亦然的身上：“相信大家还记得，之前在是道楼，已经听许少爷讲过，一百年前敦煌莫高两个小孩的故事了吧？”

许亦然耸肩摊手，示意连清晖继续，连清晖便坐下来，娓娓道来：“那个被小道士捡回去的孩子，就是我的爷爷……”

莫高窟冬天的寒风，能将人的皮肉撕下来一层。连梵志清醒过来的时候，已经过了快两周。

他坐在炉火前，盯着跃动的火焰，耳边是小道士喋喋不休的念叨，后腰被搡了一把，连梵志才在疼痛中回过神来。

“想什么呢？”

“我老板，”连梵志说，“他来这里已经十四天了，我们快走了。”

小道士张了张嘴巴，而后扭过身躯，用不怎么在乎的语气说：“走就走啊，这里要吃的没吃的，要穿的没穿的！”

连梵志歪着脑袋看他，见小道士肉嘟嘟的脸蛋支棱着，红扑扑的，还怪好看，便逗他说：“我老板人很可怕的，会吃人！你没听过吗？长着黄头发的鬼佬最爱吃小孩！”

小道士脖子缩了缩，还挺机灵：“那怎么没吃了你？”

“这不是差点吃了吗，所以才被你救了！”

两人这胡乱说着话，房门被“吱呀”一声推了开来，进来的正是斯坦因！

小道士吓得“嘎”了一声，险些跳起来。

斯坦因用蹩脚的中文问道：“王师父呢？”

“我师父化斋去了！”小道士怯怯地说着，躲到了连梵志的身后。

斯坦因看到连梵志，“咦”了一声，“张工说你冻死了，怎么在这里？”

连梵志赶忙站起来：“不是冻死的，是被他打死的！”

斯坦因看着眼前这个瘦高的男孩，这是自己花了不少钱买来的，心道肯定是这群爱耍心眼的黄皮猴子在背着他钩心斗角，不由得皱起了眉。

“去干活吧。”

连梵志低头看了眼小道士，小道士仰着脑袋，瞪着一双大眼睛，茫然地看着他。连梵志揉了揉小道士的脑袋，绕过斯坦因迅速一头扎进了风雪里。小道士连忙追出去，就见山下站满了骡马骆驼，全部背得满满当当。

小道士问斯坦因：“老爷，您这是在运什么？”

斯坦因自然不会屑于同一个中国的小孩子讲话，他裹紧棉衣，从小道士居住的“洞里”下来，钻进了自己暖和的帐篷。

小道士看到连梵志小小的肩膀上，扛着比他还高大的袋子，往马车上运，便裹了汤婆子，冒着风雪也跑了下来。

“你疯啦？”小道士看到连梵志冻得青紫的脸，“我刚把你救活！”

连梵志挡住了后面工人的路，被踢了一脚，险些扑倒在地。小道士登时怒目圆睁，瞪着那工友骂道：“你有毛病啊，你踹他做甚！”

那工友被惹得哈哈大笑，吃了一口冷风后赶紧闭上了嘴。笑声吸引了张工头的注意，他拿着鞭子走了过来。

连梵志搡了一把小道士：“没你的事，快回屋里去！”

小道士气得打颤，说什么也要把汤婆子塞到连梵志的衣襟里去，两人拉扯间张工已经走了过来。

“干吗呢？”张工夺过小道士的汤婆子，“嘿！长工还想当少爷？这汤婆子比这小子的命都贵吧？”

“你还给我！那是我的！”小道士蹬着小短腿要抢回来，奈何自己实在太小，只能绕着张工转圈。

连梵志扔了肩上的货，朝张工冷声说：“还来！”

张工“嘿”一声就扬起了鞭子，“什么口气？没大没小！”

“你干吗？”小道士挡在连梵志的前面，“动不动就打人！”

张工不耐烦，也不管这小道士是谁，干脆利落地一鞭子就抽了下去：“关你什么狗事！给我让开！”

鞭子不偏不倚落在了小道士的脸上，小道士疼得“哇”一声就哭了出来。连梵志连忙把人抱起来，就见那原本肉嘟嘟的半张脸，已然皮开肉绽！

连梵志大叫一声，冲着张工就一头撞了过去。张工没想到这小孩竟敢对自己动手，一时不察，被撞了个趔趄直接歪坐在了雪地里。

张工也上了火，跳起来抡着鞭子，就要当场把这两个不知天高地厚的小东西给收拾了。

这时远处传来一声大喝，只见皑皑雪原上，一个矮小的道士，竖着眉毛火急火燎地跑了过来！

“做甚打我家徒弟！”

是王圆箓！

张工跟着斯坦因这些年作威作福惯了，管你和尚道士天大的来历，更何况俩小孩！他也不管王圆箓喝止，依旧扬起鞭子，朝着连梵志就是几下狠抽。带着倒刺的长鞭甩在单薄的棉衣上，连梵志原本紫红的脸，瞬间没了血色。

王圆箓气得原地直蹦：“还有没有王法了！你再敢打一下试试！”

张工狞笑一声：“试试就试试！你奈我何？”说着，又扬起了鞭子！

这时，斯坦因的帐篷揭开了，斯坦因皱着眉从帐篷里出来，远远地看向这边。

张工见斯坦因并未喝止，气焰便愈发嚣张！毕竟他跟着斯坦因已有五六年，当工长也有三四年，斯坦因总归是信任他的。又是一鞭落下，连梵志终于熬不住，抱着小道士扑倒在了雪地里。

王圆箓冲着斯坦因怒喝："这生意我不做了！不做了！"

斯坦因终于动了，他对身后的两个中东人交代了几句，便反身回了帐篷。

很快，两个中东人便气势汹汹地走了过来，一个请王圆箓进帐篷一叙，一个将两个小孩抱了起来。

斯坦因的帐篷里有个长相奇怪的炉子，里面炭火熊熊，整个帐篷里暖若晚春。王圆箓看着帐篷里干净的沙发和藤椅，心里的那股子怒火忽然就被人捻了芯儿。

"还请见谅，王师父，"斯坦因绅士地请王圆箓坐下来，"是我的管理疏忽，让你的徒弟受累了。"

斯坦因口音奇怪，幸亏旁边还有个负责翻译的师爷。王圆箓听完张嘴想说无妨，又想到方才的情景，便不情不愿地说："我待你是客人，和你做生意，你不该纵容手下欺辱人！"

斯坦因也不向王圆箓解释什么，只对手下用外语交代了几句，而后手下便当着张工和王圆箓的面，将一份合同撕毁了。

"从今天起，"斯坦因说，"连梵志就作为团队的工长，另外负责我的货物运输工作。我会付给他每月二两银子的薪水，如何？"

王圆箓甚至都没有听清："多……多少？"

斯坦因已经干脆利落地抽出来一份合同，用羽毛笔洋洋洒洒地签上了字，递到了连梵志的手中，当然还有一小块白银！

连梵志不认得字，又交到王圆箓手中。王圆箓自然也不识得鬼画符一般的英文，只草草地看了一圈，便不尴不尬地交还给了连梵志。

等王圆箓抱着小道士走了，斯坦因才冷下脸来看向连梵志。

斯坦因说："做我的工长，最重要的不是管理工人，他们都是我花钱买来的，不听话可以随时离开。”

连梵志没敢说话，只唯唯诺诺地站在一旁，被两个中东人高大的身影笼罩着。

斯坦因用手指轻轻地捻动着胡子，一双湖蓝色的眼睛望向连梵志，看到他脖子上的小玉后，忽然撇嘴耸了耸肩：“别紧张孩子，我们只是做文物研究的，别把事情想得太复杂。”

说着，他从火炉上取下一块烤面包，递到了连梵志的手上：“去吧孩子，去找你的朋友。告诉王师父，明早我会去找他谈一谈。”

连梵志退出帐篷，外面凛冽的寒风终于能让他的头脑清醒一些。

小道士的哭喊声远远地就能听到，连梵志连滚带爬地跑去找他，到了门口却不敢进去。不过几秒钟，呼啸的寒风就吹透了他的棉衣，连梵志捧着手里的面包，透过门缝，看到小道士满脸是血，被王圆箓压在炕上上药。

“师父我疼！我疼啊……”

王圆箓打了小道士屁股一把：“做甚逞英雄！自讨苦吃！”

小道士哭得打嗝，他拖着奶腔说：“连梵志呢？没被鬼佬打死吧？”

“你死了他都死不了！躺着吧！”

王圆箓把小道士的脑袋裹成了一个大粽子，没好气地去给火盆加炭，推开门，却见连梵志瑟缩着肩膀站在门外，一双黑黝黝的大眼睛，惊讶地看着他。

小道士爬了起来，看到连梵志惊喜地喊道：“你没死啊！”

连梵志不知道自己能不能进门，只在外面举起面包问：“吃吗？”

小道士摇摇头：“吃不了，脸疼。”

连梵志又放下双手，垂着脑袋，像个做错事的孩子，全然没了和张工对峙时的小狼模样。

王圆箓叹口气，拍了一把连梵志后背：“进去吧，外头冷。”

连梵志这才敢进门，像个流浪的大狗一样，小心翼翼地守在一旁。

夜里小道士疼得紧，王圆箓被他闹得睡不着觉，翻箱倒柜地找："以前有个传教士来过，说有种药叫什么……什么匹林……"

"阿司匹林！"连梵志连忙站起来说，"我给老板买过，我知道！"

王圆箓说："去年我有过，怎地找不到了……"

连梵志说："早放坏了……吃了会死人的……"

王圆箓回过头来看他："县城的教堂里有卖的，我去买，你能看好他吗？"

连梵志摇头："你看着，我去买，我认得！"

连梵志说着，就把一直捧着的面包塞到了王圆箓的怀里，也不等王圆箓答话，一把拉开房门就冲了出去！

"哎，你等会，白天再去！"

王圆箓追上去，却见这半大小子，顶着夜里要吃人的寒风，已经从半山上跑了下去，冲进了马厩。

看马的长工被他吓一跳，连梵志新官上任第一件事就是抢了他老板的马，一声不吭地冲进了雪原……

第二十二章

只是买卖

从莫高到敦煌，快马加鞭，不吃不喝一个来回至少也得四个时辰。

早晨起来斯坦因没找到连梵志，气得用鸟语骂了大半天。王圆箓向他解释好久，斯坦因才不情不愿地对王圆箓说："小孩子的事情暂且不论，我们来谈谈生意吧，王师父如果不介意，可以到我的帐篷喝喝咖啡？"

王圆箓喝不惯鬼佬鸟屎一般的东西，只能拘束地听斯坦因说："我明白，王师父不愿意把经卷卖给我，是怕朝廷责难？"

王圆箓艰难地点点头，支支吾吾地说："也不全是……"

"那便是钱的问题了，"斯坦因双手插兜，指着外头破败的洞窟说，"这里从元朝以后就无人问津了，这么些年前的东西，你如果不卖给我，你们清国人谁会要？"

"都是传了千年的东西……"王圆箓低着头，抬眼窥着斯坦因，见他表情没有不耐，这才斟酌着说，"虽说经书没甚价值，可总归是佛家之物，我不过是个道士……"

斯坦因闻言一下子笑了起来，忽然转了话头："我看你在石窟的对面，修了座凉廊？"

王圆箓点头："都是用香火供奉修的。"

斯坦因点头："上头画的东西很好玩，讲的什么？"

王圆箓不好意思地挠挠头，没敢说实情，只道是近些年才传出的民间传说："叫西山十戾。"

斯坦因不懂，便说他对中国民间故事，了解最深也最为敬佩的，只有玄奘和尚。

"我曾经也想像他一样，从印度出发横跨荒漠……"斯坦因说着，表情居然稍显落寞，"书上说玄奘将这里变成了佛国传达神祇音讯的天道，我循着他的踪迹而来，没想到看到的，却只有一片破败。"

王圆箓张了张嘴，既觉得尴尬，又感到无奈："前些年……前头几千年，确实繁华。"

斯坦因看着王圆箓满是褶皱的脸和枯黄的眼睛："难道你想让这

些东西，彻底掩藏在黄沙之下？”

斯坦因的汉语很不好，说得七扭八拐，神情却极为认真。

王圆箓没想到这鬼佬竟也有堪称情怀的东西，一时之间，也有一些感怀涌上心头。

他感怀的并不是斯坦因对于这些传承千年的东西的重视，而是想到自己，想到无数个日月中，他捧着莫高经书四处求人，希冀那些个官老爷能管一管，却从未有过回音的困苦与寂寥。不给银钱，不下文书，不予重视都可以既往不论，总归得有个说法！可朝廷，什么都没给他……谁能想到，一个鬼佬竟能懂得他心中的苦闷？

斯坦因又说：“这些经书放在这里，终归是要烂的，你把它给我，有朝一日，或许会有人替你拿回来。”

似是这句话终于触动了王圆箓，他放下咖啡杯站了起来，问斯坦因接下来要去哪儿。

斯坦因说：“我在新疆已经运了不少东西，如果此行有收获，应该会回英国。”

“英国离大清国远吗？”

斯坦因笑了：“不远，坐几天船而已。”

王圆箓辞别斯坦因，回到屋子时小徒弟还在昏昏沉沉地睡着。小孩将那块发黑发硬的糠饼一直放在炕头，跟看着个宝贝似的。

王圆箓摩挲着小徒弟的头发，听到他昏昏沉沉的呓语，轻轻地叹了口气。

连梵志是第二天晚上回来的。

他的棉衣全部湿透了，一进门，便小心地从怀里掏出一个纸包，而后蹲在了火盆前，全身蒸腾着热气，像个蒸熟了的大馒头。

“怎地有两种药？”王圆箓小心地拿出药粒。

连梵志说：“鬼佬大夫说伤口要消炎，还得退烧。”

“花了多少银子？”

连梵志没说话，只蹲在一旁烤着火。不消半刻，肚子忽然传出一声“青蛙叫”，他却一动也不动。

王圆箓笑他：“不是领了工钱？怎的不知道买些吃的回来？”

“全买药了！”

王圆箓手一顿，数了数，纸包里统共不到十粒药，竟要一两银！

王圆箓把药小心地塞到小徒弟的嘴巴里，小道士嘴巴一咧就要吐：“什么东西？好苦！”

“救命的！千万咽下去！”

小道士抻长了脖子硬生生地咽了，却还是觉得苦，烧得稀里糊涂嚷着要喝水。王圆箓忙前忙后地伺候他，连梵志便悄无声息地退了出去。几日后，小道士顶着高高肿起的小半张脸，走出了屋子。

他看到连梵志拿着鞭子，骑在高头大马上，冷着一张脸督促长工们搬运货物。连梵志换了身和鬼佬一样的长棉衣，腰间甚至挂着皮带，看起来宛若新生。

小道士突然就不好意思叫他了，只远远地瞅着。

连梵志似有所感，忽地转过头来，看到小道士，当即双腿一夹，猛地调转马头，狠抽一记马鞭，飞驰而来！

小道士和王圆箓的屋子用的是以前废弃的洞窟，两层楼高，用木围栏围着。

连梵志坐在马上，仰头看着他：“好些了？”

今日是个大晴天，愈发显得连梵志英武非常。小道士点了点头，一句话也没有。

连梵志又从怀里掏出个油纸包：“昨天去县城运货买的，吃吧！”

小道士打开油纸包，里头竟然是驴肉火烧！吓得他一把捂住：“佛门重地，怎能吃肉！”

连梵志一下子笑了出来：“无妨！酒肉穿肠过，佛祖心中留！”

小道士嘟囔道：“我信的是三清天尊……”

“那不就得了？有理便让三清天尊同佛祖说去！”

小道士扑嗤一声笑了出来。而后每隔两三天，连梵志去县城押送货物，就会给小道士捎回来各类吃食。

但斯坦因从新疆运来的货物，却是越来越少了。

下了夜，两个半大小子坐在莫高无人的洞窟里，烤着火盆，看着洞窟外野旷天低树，啃着驴肉火烧，背靠着一壁的诸天神佛，感觉前所未有地安逸。

连梵志说：“我这月末就走。”

小道士“啊”了一声，连梵志又说：“这次老板从你师父手里买了拓本古籍二十四箱，佛画、织绣品等五箱，你可知道？”

小道士点点头，低着头，踢着脚边的砂石：“听师父说，换了四个马蹄银呢，他从未见过这么些钱。”

连梵志“嗯”了一声，看着远处几乎与雪海接壤的星海：“昨天你师父私下同我说，要我好好保管这些东西，有朝一日，再送回来。”

小道士茫然地问：“你们要去哪儿？”

“英国。”

“远吗？”

“不远，”连梵志听到山下的长工们有起夜的，还有人在说话，便也站了起来，又补了一句，“若是有心送回来，必是不远。”

连梵志出了洞窟，就见一个穿着青蓝补子的官，带着七八个人，同王圆箓说着什么。王圆箓不知讲了什么，一下子就被按倒在了地上！

听到动静的斯坦因也赶了出来，被青蓝补子长刀一指，连忙举起了双手，喊叫着让对方冷静一些。

连梵志直接从崖上一层层跳了下去，和十几个长工一起，将青蓝补子围拢了起来！

那青蓝补子怒目圆睁："怎的？反了不成？"

王圆箓赶忙将连梵志护在身后，跪在地上告饶道："大人海涵！赤脚孩子，不懂规矩！"

两个阿拉伯人也给青蓝补子奉上了一个精致的盒子，还有一封"上头"开出的"通行证"。

那青蓝补子正是王圆箓三番四请的安肃兵备道的道台廷栋。

廷栋斜眼看看斯坦因："这不过是通行证，你在这里做甚买卖？"

斯坦因没听懂，他身边的蒋师爷便赶紧向他翻译。斯坦因这才恍然大悟："不是买卖，是帮忙保管和研究！"

廷栋嗤笑一声，朝着东边拱了拱手："上头听闻这里出了珍贵文物，叫我等前来协管押送京城！"

廷栋说着，用马鞭指着远处几辆马车："把这些个……都卸下来吧！"

斯坦因着了急，连忙拉住廷栋的手说道："这些不行！这些都是我交过钱的！"

廷栋大怒，却不敢甩开洋老爷的手，急赤白脸地喊道："皇命不可违！你的钱又不是给我的！"

斯坦因还要再说，蒋师爷便上前将他拦了回来。

蒋师爷心思玲珑剔透，哪里还不明白这廷栋的想法！

蒋师爷同斯坦因小声说："您在莫高花马蹄银买经书的事，早就传遍整个敦煌了！这些人是见钱眼开了，觉得此处有利可图！"

斯坦因不可置信："这些东西又不是他的！"

"怎的不是？"蒋师爷也像廷栋一样，朝着东边拱了拱手，"人家说是朝廷的，那便是他的了！"

斯坦因气得脸色通红，鼓着一双眼睛不知该骂什么好。蒋师爷便又劝说斯坦因："这道士愚钝，好打发，朝廷的人可不好糊弄。干脆给钱了事，咱们把经书一运上船，管他皇帝老子慈禧佛爷，天高皇帝远，谁还能管得着呢？”

斯坦因冷静下来，回头看向抻着脖子看向他的廷栋，忍不住嗤笑一声，转身回了自己的帐篷。

“哎！这……”廷栋没想到自己竟被晾在了当场，顿时火冒三丈，想去质问王圆箓，但看到王圆箓那张憨如蠢驴的脸，又没了由头，转而龇牙咧嘴地又去骂蒋师爷。

蒋师爷却挺起了肚子，背着手，无所谓道：“这些经书，我们斯老爷也并不重视，你们若要收归，拿去便好了。只是我们人手有限，要劳烦大人自己搬卸了！”

廷栋气得险些背过气去，还当真去叫手下搬货。

一群人吵吵嚷嚷，通红的火光映在莫高窟斑驳的崖壁上，宛若群魔乱舞。

连梵志去看王圆箓，只见他一个人孤零零地站在脏污的雪地里，脸色惨白而呆滞。垂着手，宽大的道袍几乎将他装在里头，看起来有些可怜，又有点可笑。此处的交易，竟全然与他无关了一般。

连梵志打了个呼哨，猛地抽出了腰间短火铳，朝着天际开了一枪！

一声响彻天地的巨响吓得所有人脖子都缩了起来，被这声音吓得从没敢直起腰的廷栋险些掉下马来，吓得蒋师爷下意识就想往斯坦因的帐篷跑，吓得所有长工都跪趴在了地上。

连梵志大喝一声：“我看谁敢动这些货！”

廷栋的人瑟缩着从马车上爬了下来，小心地觑着廷栋的反应。

廷栋气得浑身发抖，没想到这半大小子竟然有火器！他给朝廷干了大半辈子，才有幸分得两柄火铳，他平日里根本舍不得带，没想到这小子竟然也有！

长工牵来马匹，连梵志翻身上马，抬着下巴，垂着眼看着廷栋，绕着他走了一圈。

连梵志指着身后的洞窟："这里所有东西你都可以拿！唯独这马车上的东西，你敢动一个，我叫你尸横此处！"

廷栋眉毛一横，扬起马刀就要去砍连梵志，就见连梵志忽然扬起手来，朝着天空"嘭"又是一枪！

浓烈的火药味在空中弥漫开来，有些人已经吓得瘫软在了地上。廷栋竟是硬生生将马刀又放了回去，就见那位蒋师爷笑呵呵地从怀里掏出来一块"通牒"。

"大人莫要误会，上头早就给了咱们老爷贸易通牒，否则也没法从新疆拉回来那么多的货不是？"

廷栋心里还不舒坦，蒋师爷便又贴着他小声地说："鬼佬只是拿走一丁点，无伤大雅，里头多的是经书佛画！要是大人闹得太难看，鬼佬给使馆修书一封，岂不是坏了大事？"

廷栋眉头一挑："他挑了什么要带走？莫不是金银珠宝？"

"嘿！"蒋师爷不屑，而后用手挡住自己的嘴，贴着廷栋道，"都是些经书卷宗，大多还是誊写本，撑死了就是些彩绢，放了这么些年，还值什么钱？鬼佬不识货！"

廷栋终于被说服了，他斜眼看看坐在马上、警惕的连梵志，不屑地嗤笑一声，甩着长刀又走向了王圆箓。

"你既要朝廷为你做主，便去将你发现的经书都整理出来，择日我差人来送经书上京！"

王圆箓张着嘴巴，不知道如何回答，而廷栋已然带着人马气势汹汹地离开。

蒋师爷完成了任务，也哼着小曲离开，跟着他的两个中东人拍了拍王圆箓的肩膀，用拗口的汉语说："习惯就好了。"

王圆箓不懂，等他再回过头去看，白茫茫的雪原上，只有他和连梵志两个人，呆愣愣地站着。

连梵志翻身下马，对王圆箓说："师父，真要把经书交给朝廷？"

王圆箓茫然道："不给又能怎么办？也不是我的……"

连梵志回头去看，小道士趴在洞窟边，也茫然地看着他们，王圆箓忽然一跺脚："不成，得想个办法才行！"

王圆箓撩起道袍就往回跑，跑得急了，险些摔倒。

连梵志急忙将他扶稳，王圆箓回过头来拍拍连梵志的手："好样的……你是好样的……"

第二天，大雪封山，斯坦因的马队被堵在了路上，不得不再次返回莫高。

其间王圆箓便把自己锁在屋子里，不吃也不喝，过了整整三日，王圆箓把房门打开，摇摇晃晃地走了出来！

他满脸胡楂，整个人都有些神情恍惚，他冲着连梵志招招手："孩子，过来……"

连梵志一进门，就看到乱七八糟的书案上，摆放着一卷经书，正是前些日子他们一起在三危山中发现的一个洞窟中的经卷。斯坦因说此卷价值不大，因而没有被放进此次购买的名单里。王圆箓小心地将经书翻转，露出了后面的图案。

连梵志虽不识字，但他最起码能感觉到丑美，他看着被涂涂画画搞得乱七八糟的经书，无语地问："师父要我做什么？"

王圆箓因为连日的煎熬，声音已经嘶哑，他佝偻着几乎已经快伸展不开的背，小心翼翼地将经书卷起来，交到了连梵志的手中："替我保管好它……若此生有幸，带着这卷经书来见我……"

连梵志不明所以，但见着王圆箓这副模样，还是郑重地将经书放进了自己的怀里。

曾经破败的莫高经过了百年的沧桑洗礼，历经了战火和变革，终于焕然一新，重新矗立在了这条苍茫的敦煌古道上！

众人听到这里，都是一阵唏嘘。

江见月说："这件事，仅是莫高窟所经历的浩劫中的冰山一角。自从斯坦因在王圆箓手中购得经书佛画之后，陆陆续续又有不同国家的人，都以探险的名义来到敦煌，从王圆箓处购买大量的文物宝藏。而最让人唏嘘的，还是廷栋之流，假借朝廷名义，从莫高搜刮文物，说是运往京城，实则一路私吞，甚至有不懂其贵重的人，在运送的路上，直接将经卷书画损坏了。"

连映蔚听了狠砸一圈桌子："莫不是一群大傻子吧?!"

江见月苦笑："历史的局限性。"

是了，这是一句十分具有概括总结意义的话，简单精练，又那么的冷冰冰。

谁都不知道这些文物经历了千年风霜之后，是如何在一个可悲又可笑的道士手中，被辗转相送，被金钱交易，被小心翼翼地藏于无人之处。也没有人知道奔走在千里戈壁的王圆箓，最终向斯坦因点头时，心中究竟有没有苦楚。更没有人知道，经历过这场浩劫的人们，究竟都做了什么，想了什么。留给历史和今天的，只有空茫茫的几段言语记载，几句历史评说。

星子禾野好奇地问连清晖："那你爷爷后来就是靠从敦煌带出来的文物发家的吗?"

连清晖摇头："不全是，他后来跟着斯坦因积累了一些文物鉴定的经验，替自己赎身后，便在文物拍卖行做了近二十年的工。后来靠文物拍卖转手交易，积攒了自己的第一桶金。"

星子禾野"唔"一声，而后又好奇地问："那个爱吃驴肉火烧的小道士呢？他最后去哪儿了呢?"

连清晖摇头："不知道，爷爷从未再向我提过这个孩子，即便后来他跟着斯坦因还回过一次敦煌。"

"那就奇怪了，"星子禾野说，"按照你说的，当初王圆箓交给你爷爷的经书，应当就是《危峰东屹经》，可后来为什么会变成两半呢?”

连清晖还是摇头：“应当还有变故，只是爷爷什么都没有提过……又或者他讲过，我以前太小，并没有用心去记……”

杨柳倒是很能抓住重点，说：“听你讲的意思，这幅舆图就是王圆箓所画，对吗?”

“不出意外的话，应该是的。”连清晖说。

江见月说：“按照我们现在掌握的情报来看，这幅舆图是王圆箓所画八九不离十。比如回纥王庭遗址中，莫名出现的晚清‘西山十戾’雕像。”

“不会吧！”连映蔚说，“王圆箓都穷得快掉裤裆了，哪有钱修那么多东西？你们也不看看，那些个暗道齿轮，那得耗费多大的人力物力才能修得起来？就算请个现代化的机械公司，恐怕也得三四年吧?”

连清晖点头：“我也同意连映蔚的观点。”

一直没有说话的许亦然，忽然道：“或许事情更加复杂呢？几个藏宝处的宝藏确实为王圆箓所藏，但不能排除，有人帮他将这些藏宝处进行了复杂化处理。”

众人互相对视一眼，星子禾野忽然双手一拍：“许亦然！难不成你就是那个小道士?！你是穿越来的!”

许亦然一时无言。

故事讲到这里，包括刘伯披露的秘密，经过大家的再次梳理，一条十分明显的线逐渐浮现在了众人的面前。

很多年前，有个被伤透了心的和尚，一路西行到了敦煌。他作为政权间的战利品，被四处争夺。每到一处，这个倒霉的和尚就栽一棵树，用以纪念自己逝去的青春。

等到一千年以后，一个同样失魂落魄六神无主的老道士，也流浪到了敦煌。道士比和尚幸运，他坐拥整个莫高。

道士将很大一部分文物卖给了外国人，也送给了朝廷一些。而后又出于某种原因，想将剩下的文物宝藏藏起来。可是藏在哪里比较好呢？机智的道士瞬间想到了一个十分精妙的法子。他以和尚待过的地方作为地标，凭借自己对敦煌的绝对了解，将这些宝藏全部藏了起来！

而后，还有人帮着这个可怜的道士，花费了巨大的力气，让这些藏宝处变成谁都不敢接近的悬墓古堡。

不承想这个秘密时至今日，终于披露于天下。

连映蔚笑嘻嘻地说："你们说眼下这个情节，像不像一百年前？只是威德这小老头不干人事，人家斯坦因还知道买卖自愿，他干脆上手直接抢！"

江见月笑道："抱歉，我们也不是无知无能的清朝政府！"

杨柳挑眉："咱们猎宝队更不是傻子老道士！"

连映蔚举手投降："是我嘴贱！我收回！"